二十一世纪出版社集团
21st Century Publishing Group
全国百佳出版社

图书在版编目（CIP）数据

灭秦：全 10 册 / 龙人著. -- 南昌：二十一世纪出版社集团，2017.10

ISBN 978-7-5568-3105-0

Ⅰ. ①灭… Ⅱ. ①龙… Ⅲ. ①长篇历史小说－中国－当代 Ⅳ. ① I247.5

中国版本图书馆 CIP 数据核字 (2017) 第 243764 号

灭秦 龙 人 著

责任编辑 敖登格日乐
出版发行 二十一世纪出版社集团
（江西省南昌市子安路75号 330025）
www.21cccc.com cc21@163.net
出 版 人 张秋林
经　　销 新华书店
印　　刷 北京龙跃印务有限公司
版　　次 2018年1月第1版 2018年1月第1次印刷
开　　本 710mm × 1000mm 1/16
印　　张 150
字　　数 1572千
书　　号 ISBN 978-7-5568-3105-0
定　　价 498.00元（全10册）

赣版权登字—04—2017—747

目　录

第五十四章　夜郎之行

洞殿中只剩下纪空手与红颜，两人相拥一起，默然相对，似乎都不愿意打破这宁静中的温馨。

纪空手轻抚着红颜一头乌黑滑亮的秀发，闻着那淡淡沁人的体香，突然道：“对不起！虽然我曾经发誓，今生今世绝不在你的面前提起这三个字，但是为了不失信于你的父亲，我不得不说，只希望你能理解我此刻的心情。”

红颜斜靠在他的肩上，幽然叹道：“我明白，其实在我第一眼见到你的时候，就知道像你这样的男人，本就不该属于我一个人。”她的眼中闪动着一丝亮光，“你也不属于虞姬，更不属于你自己，你本是应运而生，属于这个天下的黎民百姓。”

纪空手却摇了摇头，道：“我不知道自己是否属于这个天下，但我心中所想的是尽力而为，不愿此生有丝毫的遗憾，对你和虞姬来说，这未免有些不公平，可我已无退路可言。”

“君这一去，不知相逢又在何年？”红颜轻叹一声，脸上已是离愁万千。

“我不能预测今后的事情，但是今日一别，相逢终会有期。”纪空手的脸上充满了刚毅。

当他的目光与红颜的秋波相对时，心中顿时涌现出无数柔情，柔声道：“只是我走之后，这峡谷中的一切事务都得靠你承担，实是有些难为你了。”

“有车叔叔与扶大哥的襄助，再加上后生无生财有道，相信峡谷只会越来越兴旺，绝不会有败落之虞。倒是你一人踏入江湖，凶险异常，让人家揪心得紧。”红颜掩饰不住自己心中的担心，紧紧地握住纪空手的手。

纪空手微微一笑，道：“我也许天生就是江湖命，江湖对我来说，就像是鱼儿与水的关系，只有踏入江湖，我才会有活力与生命，所以你无须担心。你听过有水将鱼儿淹死的事情吗？”

红颜也笑了，虽然纪空手一脸轻松，其实两人的心里都好生沉重。谁都明白，此次离别，也许有再见的一日，也许就是永别，当自己最敬爱的父亲离她而去之后，红颜又得为爱人的离去而伤怀。

这是一种无奈，人在江湖，身不由己的无奈。有的人只要一踏入江湖，他就不再属于自己，因为他的根就在江湖。

纪空手缓缓地从自己的衣袖里取出三个香囊，一一将它放入红颜的手里，微微笑道：“还记得这三个香囊吗？多么精致的手工啊！每次当我站到你们的身后时，我都在暗暗惊叹，何以老天会这样厚待于你和虞姬，不仅给了你们绝世的容颜，还给予了你们如此灵巧的小手，看来上天制造一种美的东西，就是要让它美到极致，美到让人嫉妒它才甘心。”

“想不到纪大哥奉承起人来也有一套，虽然肉麻，不过我心里着实喜欢。”红颜娇嗔地笑道，脸上已是一抹飞红。

纪空手笑道：“这只是我的真心话。”

“如果你真的以为这三个香囊很美，那么它之所以如此美丽，并不在于绣它的人手巧，而在于我和虞姐姐都是用心在绣。它的一针一线都代表着我们对你的那份深深的感情！”红颜抬起头来，与纪空手的目光交缠于虚空。

对红颜来说，大家闺秀的修养令她从不轻易地对人流露自己的真实情感。虽然当时的礼教并不如后世这般对男女之间设置种种限制，但红颜还是受身份所制约，而不能任情感自由流露。

可是面对离别，她已顾不得这份矜持。她只想让纪空手知道，虽然他纵马江湖，关山万里，她的心总是随着他，魂牵梦绕，永不分离。

纪空手又岂会不知红颜的这一番心情，感动之余，眼中似生一层雾气，没有说话，只是深深地将她拥入自己的怀中。

良久之后，他才深深地吸了一口气，稳住自己略显激动的情绪，然后贴着她的耳垂悄然道："这三个香囊之中，我依序排号，各自置入三个计划在其中。一旦你收到信使九君子或是鹞鹰传来的书简，你照手书中的吩咐，按号拆开香囊，依计而行。你一定要记住，我之生死，尽在这香囊之中，只要你能办好这三件事情，我就可以度过凶险，逢凶化吉，切记！切记！"

红颜将香囊紧紧抓在手里，就像紧紧抓住纪空手的性命一般，拼命点头。

纪空手只觉肩头已是一片湿濡，却没有去看，他只是轻轻地将她推开，然后大步向洞殿之外而去。

他不想看到红颜的眼泪，也不敢，他只怕自己会被那如珠般的泪水融化，而改变主意。

当他即将走出殿门的刹那，只听到红颜幽幽一叹，声音中带着一阵哽咽："虞姐姐要我告诉你，她之所以不来见你，是怕你会为她分心，因为她已有了三个月的身孕。"

纪空手的心里蓦然一颤，顿时涌出了一股莫名的情感，说不出是惊是喜，但他已不能回头。

他知道，只有在这一刻无情，才能最终得到他所想要的东西。人世间的事情，唯有无畏，唯有义无反顾，才能达到目的，他不想让儿女之情改变自己的初衷，改变自己的决定。

传入红颜耳中的，除了那沉重的脚步声外，还有纪空手那一声叹息。

叹息中除了惆怅，更有几分无奈，但谁都不可否认，纪空手在每一个人的印象中，不仅坚韧，更具有大无畏的勇气。

纪空手走出峡谷的时候，正是深冬，天下形势相对平静，就像是暴风雨来临之前的宁静，各地竟成偏安之局，战祸虽无，但几大势力在各个方面的明争暗斗依然有迹可寻，随时随地都有爆发战争的可能。

纪空手孤身一人行走在夜郎北道上。

这条道路一直是夜郎国联系中土的要道之一，一路行去，虽无战乱之祸，但盗寇横行，民不聊生，令纪空手唏嘘不已，心有感慨。

不过，相对于中原军阀割据的乱局，夜郎国倒显得一时兴旺发达，民间殷富。进入夜郎国地界，这种感觉就愈发强烈，也只有在这个时候，纪空手才深深地懂得了百姓之所以视战乱为洪水猛兽的原因。

战争的破坏性之大，远比天灾更甚，是以没有一个民族，没有一方百姓会因为战争而战争，只有在忍无可忍的情况下，他们才会被人利用，为自己的生存而拼杀。

而这种生存的代价，就是在危及别人生存的情况下换取。这似乎是一种无奈，其实更是一种残酷，世道之无情造就了这一幕幕人间的惨剧。

金银寨是夜郎北道上一个重要的矿区，集市繁华，娼赌盛行，到夜郎国不过一日行程。当纪空手单骑入城时，金银寨里的气氛明显与往日不同，虽然热闹依旧，繁华不减，但却多了不少中土口音的游子浪人，从他们腰间鼓鼓的刀套剑鞘中，似乎可以预测到某种正在酝酿的杀机。

这些人无疑都是高手，江湖中少有的高手，人数虽不过百，却显得安分守己，从不惹事生非。纪空手微微一笑，似乎看出了这些人的背景来历，并不惊奇，好像这一切本在他的意料之中。当下寻了一处客栈住下，稍作改装，扮成一个行商，出没于茶楼酒肆之间。

他之所以没有太过惊讶，是因为他知道金银寨正是夜郎国三大世家之一——陈氏世家的辖地。陈氏世家富可敌国，又执掌夜郎国境内铜铁矿产的贸易权，在这非常时期，陈平无疑是中原各方势力必须笼络的对象，在他的辖地里出现一些江湖好手，这说明刘邦、项羽、韩信三方已经派人到了金银寨。

虽然当时天下公推项羽为首，号称西楚霸王，但刘邦以汉王之威统辖巴、蜀、汉中三郡，韩信以淮阴侯坐镇江淮，其声势之大，已力压各路诸侯，隐然与项羽、刘邦形成三足鼎立之势。在大战当即，兵器奇缺的情况下，他们三方虽然表面上看来相安无事，但暗地里却已经开始了你死我活的争夺。

纪空手在这种情况下孤身一人来到夜郎国，其用心之深，让人无法揣度。当他悠然地在金银寨里转了半天之后，已经对金银寨目前的局势有所了解。

原来自后生无从陈平手中买到一批铜铁之后，这大半个月来，夜郎国便再也没有与任何人做过一笔铜铁交易。因为在陈平的书房里，摆下了项羽、刘邦、韩信三方送来的亲笔手书，书信中都只有一个意图，就是谁都想成为夜郎国唯一的合作伙伴，包揽下其境内的所有铜铁产量。

夜郎国毕竟是一个小国，它的兴衰往往取决于中原的局势，所以在形势尚未明朗之前，夜郎国国王根本就不愿得罪这三方中的任何一方，而是将这个难题推到了陈平头上。

陈平心知这是一个烫手山竽，稍有不慎，就有可能给夜郎国带来亡国之虞，于是权衡再三之下，决定在金银寨的铜殿铁塔摆下棋局，以棋局的胜负来决定铜铁的贸易权。

当纪空手闻听这一消息时，大为陈平的奇思妙想而叫绝。唯有如此，陈平才能将自己与夜郎国置身事外，胜者该胜，败者也无话可说，使夜郎国不会轻易得罪任何一方，从而得以保全。

可是当纪空手听说棋赛举办之日时，掐指一算，不由大惊，因为此时距棋赛开赛之日不过七天。

七天，虽然算不上很长的时间，但在纪空手的眼中，却充满了变数，永远无法预测在这七天之中会发生什么事情。

这就是江湖，这就是乱世，只有踏入其中，你才能感受到其中的凶险与残酷。

在不知不觉中，他随着人流来到了金银寨的一条热闹街口，远远望去，便见一座偌大的建筑矗立于一片群楼之中，规模宏大，构造气派，在主建筑群的四周，尚有十余座小型房舍逐一配套，宛如众星捧月，令人顿感富气逼人。

在这套建筑的最高处，立有一杆大旗，上书“通吃馆”。顾名思义，纪空手当然不会不知道这通吃馆里面是干什么营生的，所以一时兴趣，又勾起了他在淮阴城中的旧事，毫不犹豫地入门而去。

待他进入主厅时，才发觉这赌场中的赌客很多，更有一些有头有脸的人物，根本就不在主厅多作停留，在赌场杂役仆从的引领下，纷纷向内厅雅室而去。

纪空手心中一怔：“如此盛况空前，的确少见，看这些赌客之中，倒是外来商旅居多，难道说其中另有缘故？”

纪空手尚自沉吟之际，忽然有人在他的肩上轻拍了一下，他回头一看，只见一个四旬左右的汉子正笑眯眯地冲着他毕恭毕敬地点头哈腰：“这位客官一定是头一遭来我们金银寨，实在面生得紧。”

纪空手一眼就看出这人是专门混迹赌场、靠赌客吃饭的老手，并不生厌，反而多了一丝亲近之感，忙拱手还礼道：“这位兄台好眼力，居然一眼就看出在下不是本地人。”

“这不稀奇，像客官这般英俊挺拔之人，我夜郎国一向少有，加之你一脸风尘，必是远行而来，是以不难猜出。”那人受宠若惊似的拍着马屁道，“在下夜五，最爱结交朋友，若是客官不嫌弃，小弟愿做东道，请客官小斟几杯。”

纪空手明知他是欲擒故纵，套的是自己口袋里的铜钱银子，也不说破，当下与他来到主厅外的一间酒舍，两人谦让一番落座。

“在下姓莫名痴人，江淮人氏，一向做些跑南闯北的行商买卖。”纪空手既已改扮，便随口说出了他在淮阴时用过的化名。他虽然知道像夜五这种人并不可靠，但消息灵通，只要重赏之下，必然可以得到一些自己需要的信息，是以对他显得亲热得紧。

“怪不得，怪不得，莫兄除了英俊挺拔之外，还分外多了一丝清秀，原是只有江淮人氏才独有的风范。”夜五一脸谄媚地道。

纪空手拍了拍他的肩，道：“我们既是朋友，你就无须奉承于我，只要今日玩得尽兴，我一定少不了你的一份报酬，也算有福同享吧。”

“那敢情好！”夜五随便叫了几碟下酒菜，一壶本地产的小烧，装出大方的模样，连连斟酒让菜。

纪空手并不忙着喝酒，而是望着通吃馆人山人海的场景叹道：“我走南闯北这么多年，还是第一次看到开赌场的生意竟有这般好！集赌、酒、色为一体，规模之大，绝非是一般人可以办得起来的。如果我所料不错，这赌场的主人只怕非富即贵，必是大有来头之人。”

夜五立时翘起大拇指赞道：“莫大爷果然好眼力，不错！这通吃馆的主人的确是大有来头，集财权于一身，乃是我夜郎国第二号人物，此人虽然不在朝中做官，但大王对他宠信有加，比及朝中百官更是风光显赫。”

纪空手并不觉得有丝毫诧异，似乎这一切都在他的意料之中，淡淡一笑：“你说的是陈平吧？”

夜五“嘘”了一声，霍然色变，向四周张望一下，压低嗓门道：“这里正是陈公的地盘，莫大爷说话还需注意分寸，须知祸从口出，以免惹上不必要的麻烦。”

“多谢提醒。”纪空手的眼芒从主厅攒动的人头上扫过，耳中尽是盅摇骰响，人声鼎沸，皱皱眉道，“此人既然有这等权势，也就难怪他的生意会这么好了。自古以来，沾上‘嫖赌’二字的生意，想不发达都不行，可见龙有龙道，蛇有蛇路，活该他赚个钵满盆盈，笑逐颜开了。”

夜五道：“莫大爷所说虽有几分道理，但通吃馆的生意之所以突然火爆起来，却另有原因。就在前两天，通吃馆的生意虽然不错，但来往的赌客也只有今日的一半。”

“哦？”纪空手故作诧异地道，“倒要请教。”

夜五轻啜一口酒，道：“再过七天，陈公将在铜寺铁塔摆棋设局，迎战来自中土的三路棋王。据说棋局的胜负关系到矿产的贸易权，内中的详情，便不是我这等小民百姓可以闻知的了。不过我夜郎国自古赌风盛行，任何事情只要可以分出胜负，便可开赌设局，国人当然不会放过这种大好机会，这通吃馆便投其所好，开盘坐庄，开出了每局棋的赔率。而今天便是三日下注的头期，捧场的人当然不会少了。”

纪空手显得颇有兴趣：“这赌棋我倒听说过不少，但有人开盘坐庄却是头一遭闻听，不知这又是怎么个赌法？你能否细细道来，让我也开一回眼界？”

夜五见他如此热心，心中暗喜，笑了笑道：“这次棋局，是由陈公一人分别与三路棋王各下一局棋，每局棋的赔率虽由通吃馆开出，但下注者可以根据双方的棋技选择注数的大小与多寡，随你投注多少，通吃馆都会接单开赌。我平生最爱相人气色，看人财运，莫大爷印堂发亮，隐现红光，当是旺财之命，若是你有兴趣，何不下手一搏？”

纪空手摇了摇头，道：“赌棋一道，要熟谙双方棋技，全盘运筹，逐一分析，才能有所收获。而我只是一个外地客人，对陈公与这三路棋王都陌生得很，哪里敢贸然下注？”

夜五笑道：“其实今天来通吃馆下注的人谁又识得那三位棋王的棋技如何？就连陈公的棋艺也未必有人知道深浅。但正是因为如此，才显得精彩刺激，悬念迭生。而这些赌客最看好的一点，就是棋局绝不会有假，根本不容人去操纵棋赛结果，谁也不可能为了区区几万金赌码而丢失了铜铁的贸易权。因为任谁的心里都非常清楚，这贸易权一旦到手，便是日进斗金，财源滚滚而来，只有傻子才会去拾了芝麻丢掉西瓜。”

纪空手见他说得来劲，微微一笑，道：“你如此热心地怂恿我下注，难道真是帮我这么简单？我倒想听听你能得些什么好处。”

夜五脸色一变再变，忙道：“莫大爷老于江湖世故，真是一点事情都瞒不过你。不错，所谓无利不起早，莫大爷一进通吃馆，我就看出你不是一个平凡之人，所以尽心结纳，是想赌一赌运气，看你是不是一掷千金的赌场豪客！”

纪空手笑了起来：“是与不是，与你有什么相干？”

夜五一脸谄笑，道：“我绝无歹意，假若莫大爷真是赌场豪客，那我夜五也跟着你沾沾光，去万金阁见识一下，顺便瞧瞧漏卧国公主的模样儿长得是否像传说中的那般勾人魂魄。”

纪空手打量了他一眼，见其眼神虽然飘忽，却有一股诚实的味道，知他所言非虚，顿时来了兴趣：“这万金阁又在哪里？而漏卧国公主又是怎么回事？你一五一十说个明白，用不着这般吞吞吐吐，让人听着难受。”

“是！”夜五望了纪空手一眼，忙道，“这万金阁就在通吃馆中，与主厅仅有一墙之隔，若想进入万金阁，必须先在主厅买足千金筹码方可入内，是以常人根本无法踏足一步，而万金阁里的客人，除了那三大棋王之外，听说还来了不少异国的贵宾，其中就有漏卧国的灵竹公主。”

纪空手心中一动，暗自寻思道：“这倒是一个难得的机会，这三大棋王敢来夜郎国应战，想必棋艺极是了得。不过以项羽、刘邦、韩信三人的性格，都非良善之辈，绝不会消极等待棋局的胜负来决定自己的命运，他们肯定会在棋赛之前有所动作，作好万无一失的准备。”思及此处，纪空手立时心生进入万金阁打探虚实的念头，更想知道这三大棋王身边到底有哪些护驾的高手。经过了上庸大钟寺一役，纪空手已经深刻体会到了知己知彼的重要性。

他尚自沉吟间，却听得夜五笑道：“莫非莫大爷也曾听说过灵竹公主的艳名？”

纪空手摇摇头，道：“这倒未曾，我此次南来，只知有夜郎国，却不曾听说还有漏卧国，真是孤陋寡闻，让你见笑了。”

夜五道：“这也怪不得你，但凡中土人士，知道夜郎国的已是不多，更不用说夜郎国之外的相邻小国了。我夜郎国国土虽小，却北靠巴、蜀、黔中三郡，南依漏卧、句町等国，西临邛都、嗔国，实是各国通往中土的必经之道，如果莫大爷有心与这些国家做些买卖，不妨趁今日这个大好机会，进入万金阁，结识几位贵宾，肯定对你的生意不无裨益。”

他一心怂恿，显然对这漏卧国的灵竹公主心仪已久。对他来说，能见佳人一面便已足矣，绝无非分之想，充其量日后在人前吹嘘几句，聊作谈资。毕竟这万金阁不是普通人可以自由出入的，夜五当然不肯放过这个一长见识的机会。

纪空手微微一笑，道：“既然如此，我便听你一句，快点吃吧，吃完我们就上万金阁去。”

夜五大喜之下，将酒菜一推，道：“真要上万金阁，里面的美酒佳肴丰富得紧，谁还吃这些东西?”

纪空手摇了摇头，不再说话，当下在夜五的引领下，来到主厅柜台前，用千两金票兑换得一块通吃馆特制的千金券，大摇大摆地向万金阁走去……

万金阁。

虽以阁为名，却如花园式的殿堂，屹立于主厅之后，以宽大的走廊贯通，廊道两边是水池假山，花草盆栽，此时虽是冬季，但夜郎国地处南方温热地带，是以丝毫不影响到草木的生长。

纪空手缓缓而行，一面欣赏着眼前的景致，一边观察着这美景中暗伏的危机。看似闲散宁静的廊道，其实埋伏了不少暗哨，戒备之严，就连纪空手也暗自心惊。

身后的夜五虽是本地人氏，却哪里见过这等气派的建筑，忍不住啧啧称奇。两人走到廊道尽头，便见四名战士横立一排，拦住去路。

纪空手递上千金券，验明之后，便往里走。刚走了两步，就听到夜五在身后叫了起来。

纪空手回头一看，原来是武士将夜五拦在了门外。

“这位大爷，此人是本地的一名无赖，并非大爷的随从，按照规矩，他是不准入内的。”一名武士拱手作礼道。

“想不到夜兄爷这么有名。”纪空手见夜五一脸猴急相，并不着急，反而打趣道。

夜五顿时哭笑不得：“还请莫大爷看在咱们朋友一场的面子上，替我美言几句。”

纪空手一摆手道：“放他进来吧，他的确是我雇请的跟班。”

他既已发了话，那几名武士不敢违拗，让夜五进入门去。两人说笑几句，沿着一排彩灯而行，老远就看到了万金阁的宏伟建筑。

那是一座可比宫廷的广阔殿堂，两旁各有四根巨木柱，撑起了横过殿顶的四道主梁，分一楼一底，中间搭设了一个偌大的平台，让人一入其间，顿觉自己的渺小，感受那万千气象。

在平台的四周，各排了三列席位，大约一数，应有数十席之多，看席间布置，当是贵宾所坐。

与贵宾席相距五丈之外，便是拥有千金券的赌客的席位，密密匝匝，井然有序，恰设百席之数，而楼上的十数个包厢，则是为本国权贵与邻国贵宾所设，场面之大，令夜五目瞪口呆，啧啧称奇。

这时大半数的席位上都坐有宾客，纪空手选了一个靠南的席位坐下，眼见贵宾席上空无一人，不由惊奇道：“怎么这酒宴还不开始?”

夜五凑到他的耳边道：“这不叫酒宴，而是歌妓会，是陈公专门为答谢三大棋王远道而来设下的表演。这样既可让三大棋王欣赏到我夜郎美女的万种风情，又可让持有千金券的赌客观察几位棋王的表现，作好下注的准备。这三日下注之期，每逢酉时便在万金阁内举行一次，赌客可以随意尽兴，一律免费。”

“这就是你要跟着我进来的目的?”纪空手似笑非笑地问道。

夜五一脸兴奋地道：“进入万金阁是我这一生中最大的梦想，凭我的这点本事，一辈子也挣不到一千金，更不要说将它豪赌一场了，难得今日遇上了你，总算遂了今生的心愿。”

纪空手相信夜五所言非虚，因为他在淮阴的时候，最大的理想就是能像那些富人一样赌十两银子一注的筹码，喝一两银子一坛的美酒，娶个小家碧玉式的邻家女孩……这些在现在看来都是随手可及的事情，可是换在当时，却是难以企及的目标，所以纪空手理解夜五此刻的心情。

“一个人的欲望真的是没有止境的吗？若非如此，我何以实现了少年时候的理想之后仍不知足，竟然想到的是争霸天下？”纪空手霍然心惊，陡然之间，当他从夜五的身上看到自己往昔的影子时，这才发现，自己真的变了，再也不是昔日街头的无赖。

“难道世事如棋，真的不是人力可以掌握？若非如此，自己何以会身不由己？”纪空手的眼中闪烁出一种迷茫与困惑。

“哇，这莫非就是灵竹公主？”夜五一声低呼，令纪空手头脑清醒过来。他顺着夜五的目光朝左边楼上的一间包厢望去，首先入目的是肉光油亮、健康美丽的玉臂与美腿。

穿着如此大胆的美女，令纪空手联想到张盈与色使者，但是这位美女虽是袒胸露臂，身材毕现，却没有一丝下流的感觉，反而浑身上下充满着野性的美感与青春的活力。当她斜凭栏杆，流波顾盼时，甜美的笑意犹如灿烂的阳光，顿时吸引了全场人的注意。

如果说红颜如幽谷的芝兰，虞姬似绽放的牡丹，那么这美人便如大山深处的一朵野玫瑰，一切都那么清新自然，令纪空手的眼睛为之一亮。

正当纪空手的目光流连之余，灵竹公主偶一偏首，正好与纪空手的目光在空中相对。

灵竹公主抿嘴一笑，似乎并不在意，反而大胆地看了他几眼。

纪空手唯有低头，他忽然发觉灵竹公主的笑很像一个人，似有红颜的几分神韵。

在这一刻，他的心里涌出一股温馨，不是因为灵竹公主，而是想到了红颜，想到了虞姬，甚至想到了虞姬肚子里的那个小生命……

人群突然骚动起来，有些人纷纷起身离座，望向自阁后而来的一条通道，上面铺着鲜红的地毯，直通贵宾席，显然是专为陈平与三大棋王进入万金阁所设。

“汉中棋王房卫、西楚棋圣刁泗到！”一声响亮的唱喏传遍全场，纪空手精神一振，循声望去，便见当先一人五十余岁，白眉黑发，精神矍烁，衣袂飘飘，有一种说不出的飘逸，只是面容冷峻，故作清高，一副拒人于千里之外的架势，令人难生好感。

在他的身后，还有数十亲卫，其中竟有乐白与宁戈护驾左右，看来刘邦在无法取出登龙图宝藏之后，对此次的铜铁贸易权已有了势在必得的决心。

纪空手迎头望去，并没有闪避之意，正好与乐白、宁戈等人的目光相对，这倒不是他对自己的整形术有十足的自信，而是他必须让自己整形过后的面容经受考验。如果乐白、宁戈能够看出其中的破绽，那么他就根本无法实施心中远大的计划。

“与其将来被人识破真相，倒不如现在就担当风险。如此一来，至少可以让自己还有机会一搏。”纪空手如此思忖着。

当他的目光移到房卫之后的刁泗时，心神不由一震！

刁泗比及房卫并未年轻多少，相貌也不出奇，纪空手一眼望去，就知道他没有武功，不足为惧，但在刁泗身后的几名老者，却令纪空手心生忌惮。

这几名老者显然是流云斋真正的精英，即使是身为将军的尹纵，对他们也丝毫不敢怠慢，礼数有加，神情谦恭。当纪空手的目光从他们的脸上一扫而过时，分明看到了那无神的眼眸中蕴藏的一丝精光，其内力之深，根本不在凌丁、申子龙这三大长老之下。

纪空手此时的内力已到了收发自如的地步，锋芒内敛，并不怕别人看出他的功力深浅。不过，为了保险起见，他的目光仍不敢多作停留，而是迅速移至一边，低下头来。

“看来项羽与刘邦都对这次贸易权的争夺十分重视，不排除他们在棋局上一争胜负的同时，在暗地里做手脚，否则的话，他们就没有必要兴师动众，精英尽出了。”纪空手心中寻思着，仿佛有一种强烈的预感。他始终觉得，无论是项羽方面，还是刘邦方面，他们在万金阁显示的实力并不是他们此次夜郎之行的全部，也许真正的主力正藏于暗处，等待时机。

这并非没有可能。

以纪空手对刘、项二人的了解，这种推理的准确性实在不小，不过纪空手此刻心中更想知道的，还是韩信那一方面的实力，因为在他的心中，始终有一个悬疑。

这贸易权之争，对于项羽、刘邦来说，尽力争夺尚属情理之中，毕竟他们各自所占的地界与夜郎相邻，而韩信远在江淮一带，就算夺得贸易权，也无法将铜铁运抵江淮，他又何必要多此一举，凑这个热闹呢？难道他就不怕因此得罪刘、项二人吗？

“莫大爷，你看了这两位的模样，心里可否有了底气？”夜五见他兀自沉思，谄笑道。

纪空手斜了他一眼，道：“赌棋一道，讲究棋技，与人的模样有何相干？”

“话可不能这么说。”夜五一本正经地道，“世间万事万物，但凡沾上一个‘赌’字，就是要讲运气。一个人的运气好坏，往往可以在气色中显现出来，你可千万不要小瞧了它。”

纪空手心中一动，蓦然想到了五音先生临去上庸时的脸色的确隐现暗黑，当时自己见了心中虽有疑虑，却并未引起注意，现在想来，真是追悔莫及。

可见大千世界之万事万物，当它出现或是发生之际，总是在某些细微之处可以预见，夜五所言虽然违心，却有一定的道理存在。

不过对纪空手来说，无论房卫与刁泗的气色如何，并不重要，他想知道的是在他们此行夜郎的背后，除了这贸易权之争外，是否还有其他的目的？

而这才是纪空手关心的问题。

当房卫与刁泗坐定之后，门官唱道："江淮棋侠卞白到。"

大厅顿时又骚乱起来，除了房卫与刁泗等一干人冷笑以对，无动于衷之外，其他人的目光纷纷投向阁后的那条通道。

卞白的出现立时惹起了大厅中人一阵嗡嗡低语，因为谁也没有料到，以江淮棋侠之名出现的卞白，居然不是江淮人氏，而是高鼻蓝眼，长相怪异，属于西域种族的另类。

夜郎国地处偏僻之地，消息闭塞，国人自然见识不多，眼见卞白的长相迥然有异，无不心生好奇，就连身为漏卧国公主的灵竹，也是直瞪瞪地望着卞白，毫无女儿家的羞涩可言。

但纪空手的目光并没有在卞白的脸上作过多的停留，而是对卞白身后的一班人更加有兴趣。这些人虽然身着中土服饰，言行举止已然汉化，但纪空手一眼就看出他们都不是中土人氏。

"卞白的身后由韩信支撑着，以韩信封侯的时间来看，仅只一年，却能迅速地发展壮大，想必其中另有原因。"纪空手心中暗自揣度，从这些人显现出来的气势来看，丝毫不弱于其他两方，可见韩信对夜郎此行也是十分重视。

当卞白等人落座之后，在主人的席位上才出现了一位中年男子，一身华服，气宇不凡，向四周人群拱手作礼之后，这才开口说话："再过七日，就是比棋之期，难得有这么多朋友相聚于此，以棋会友，我家主人实在高兴，是以特别嘱咐小人不惜重金，尽心款待，设下了这七日长宴。"

三大棋王纷纷还礼答谢。

夜五凑到纪空手耳际道："此人乃是陈家大总管陈左陈大爷，陈公一向深居简出，不喜热闹，是以府中的一切事务都交由此人掌管，在我国也算得上是一号人物。"

纪空手微微点头，似乎对此人并不陌生，事实上后生无登门求见陈平时，正是此人拒而不见，所以纪空手对他留有印象。

陈左果然精明能干，在这种大场合下代主行事，不卑不亢，礼数周到，令人感到场面热闹而不乱。

此刻全场足有百人之数，当陈左的双掌在空中一拍之际，人声俱无，一道管弦之声悠然而起。

一溜手舞水袖的舞姬踏着音乐的节拍而出，舞步轻盈，款款而动，肉光闪烁于轻纱之间，诱发出让人想入非非的青春与活力，在一种异族音乐的蛊惑下，演绎出别具一格的舞姿。

歌舞旋动，并未让纪空手有所迷失，他的目光始终盯注着三大棋王背后的动静，心中盘算着自己下一步的行动。

陡然之间，他浑身顿起一丝不适的感觉，感觉到有一道目光正时时关注着自己。

他心中一惊！经过整形术的他，已是面目全非，加上刻意内敛，气质上也改变不少，整个人已经完全变了个人一般，怎么还会有人对自己这般感兴趣？

难道说自己的整形术还有破绽不成？

思及此时，纪空手不敢大意，眼芒一横，迅速转换角度，捕捉到这道目光的来源。

目光所及之处，竟是陈左！

陈左脸上泛出一丝笑意，微一点头，迅即将目光移至别处。纪空手一怔之下，仿佛坠入迷雾之中，不知其有何深意。

不知为何，他的心里蓦生一种莫名的诧异！

与此同时，随着歌舞的助兴，场中的气氛开始热闹起来，杯盏交错间，陈左周旋于三大棋王之间，显得极是忙碌。

纪空手想到陈左脸上的笑意，心中不安，在未知其底细之前，决定先行离开此地。

他拿定主意之后，故作无聊道："这歌舞虽然新奇，但比及中土，仍然缺少了内涵与韵律，看久了实在无趣，不如我们返回大厅赌几局过瘾。”

夜五笑道：“莫大爷要想赌上几局，何必要回大厅呢？你现在可是持有千金券的豪客，要赌就得与这里的人赌，那才叫过瘾呢。”

纪空手惊奇道：“难道这万金阁里还设有赌场？”

“不但有，而且还是第一流的赌场，只有像你这样有钱的主儿，才有机会得以见识。”夜五神秘一笑，当下引着纪空手离开席位，向旁边的一扇侧门走去。

自门走出，是一段长廊，架设于一个小湖之上，通向湖心的小岛。一路行去，除了森严的戒备之外，不时还遇到三三两两穿行的赌客与侍婢，每人的脸上都透出一种素质与涵养，显示出他们将去的地方是一个品位格调都属一流的场所。

“这通吃馆之大，真是不可想象，我最初只道这通吃馆规模虽大，毕竟大得有限，却想不到馆中有阁，阁中有岛，真不知这岛上还会有些什么？”纪空手眼见这等规模的建筑，不由心生感慨。

夜五微微一笑，指着夕阳斜照下两座灿然生辉的建筑道：“这岛上除了铜寺铁塔之外，还有一座楼，楼名‘一掷地’，原是取一掷千金之意，所以只有身携千金券的赌客才有资格进楼一赌。莫大爷进去之后，不愁找不到旗鼓相当的对手。”

纪空手笑了一笑：“这么说来，七日之后，这棋赛就将在这里举行？”

夜五道：“进了一掷地，就不要去多想明日的事情，因为谁也算不准自己的运气，更算不到自己的输赢。”

纪空手深深地看了他一眼，微微笑道：“说得也是，俗话说，人到法场，钱入赌场。一个人不管他多么有钱，只要进了赌场，这钱就当不得钱了，何况这七天豪赌下来，谁又知道我有多少钱去搏棋呢？”

夜五淡淡一笑，道：“所以说你若真想搏棋，最好的办法就是不入一掷地，回到万金阁欣赏歌妓们的表演，否则的话，你有可能要不了七天，就会输得一身精光出来。”

“我还能回去吗?”纪空手笑道。

“不能。”夜五平静地道,“只要你是一个赌徒,就不可能不进一掷地,因为没有人不想过上一把一掷千金的豪情与赌瘾。”

“我是这样的赌徒吗?”纪空手说这句话的时候,脸上露出一丝莫名的笑意。

“你是,当然是!而且是不折不扣的大赌徒,否则,我就不会一眼看上了你。”夜五同样也笑得十分诡异。

第五十五章　剑仆出世

只要有人的地方，就会有赌。

不论男女，不论老少，只要是人，血液中天生就流淌着一种物质——赌性。

有的人赌的是一口气；有的人赌的是面子；有的人赌的是钱；有的人赌的是命……

女人最大的赌注是自己，她用最美好的青春去赌自己这一生中的归宿；男人最大的赌注是尊严，当一个男人失去了身份地位，失去了金钱，他也就没有尊严可言！

赌有千种万种，赌注也是千奇百怪，但赌的本质，就是胜负。而衡量胜负的标准，人们通常都喜欢用钱的流向来衡量。

所以一掷千金永远是赌徒最向往的事情，它需要赌者的激情、实力与良好的心态，是以能进一掷地的赌客，几乎都有一流的赌品。

纪空手两人进入一掷地后，在一位侍婢的引领下，来到了一间专设骰宝的厢房中，里面的赌徒只有二三十位，比起外面大厅中的人气来说，的确差了许多，但每个人的面前都堆放着一堆筹码，下注的筹码之大，就连纪空手也吃了一惊。

他之所以选择骰宝来赌钱，是因为他在淮阴的时候就深谙此道。骰宝赌钱，不仅简单，而且声音好听，在“叮叮当当……”之声中分出输赢，让纪空手觉得是一件非常享受的事情。不过，这一次吸引纪空手的却不是这些，而是坐在庄家位上那位先他而至的灵竹公主。

纪空手第一眼看到她时，就觉得有几分诧异，没料到堂堂公主也是赌道中人，待他看到灵竹掷骰的动作时，心里十分明白，这位美女无疑是个中高手！

掷骰的动作虽然简单，却讲究静心，手稳掷骰的一刹那，必须干净利落，如行云流水般快捷。灵竹公主显然深谙此道，一掷之下，来了个满场通吃，这才笑意盈盈地抬起头来，看了看刚刚进门的纪空手。

纪空手微微一笑，在近处观望，只见此女长得眉如弯月，眼似秋水，容貌皮肤匀称得不同寻常，隐隐带着异族女子的神秘。特别是她那诱人的身段，吸引着一大帮富家子弟如蝇虫般阴魂不散，大有不得美人青睐势不收兵之势。

夜五低声道："莫大爷，我们还是换一种赌法吧，玩番推，斗叶子，一样有趣得紧。"

纪空手道："你不就是冲着这位公主慕名而来的吗？怎么人到了近前，你反而畏手畏脚，害怕起来了？"

夜五尴尬一笑，道："美人虽好，毕竟钱也要紧，万一你真的输了个精光，我的那份赏钱可就泡汤了。"

纪空手拍了拍他的肩，道："这你大可放心，我对赌术虽然不甚精通，但运气一向不错，说不定财色兼收，也未尝没有可能。"

他的声音略微高了一点，引得房中众人无不回头来望，每人脸上都带着一丝怒意，倒是灵竹公主毫不介意，抿嘴一笑，招呼道："光说不练，运气再好也毫无用处，既然你这么自信，何不坐下来玩上几手？"

"美人相约，岂敢不从？"纪空手不顾众人的白眼，笑嘻嘻地在灵竹公主身边的一个位置上坐下。

灵竹公主身后的四位侍婢眉锋一紧，手已按在剑柄之上，便要发难。

"退下。"灵竹公主低斥一声，然后回过头来，微笑道，"请君下注！"

纪空手的目光在骰盒上流连了一下，道："你坐庄，还是我坐庄？"

"谁坐庄都行。"灵竹公主的脸上透着一股傲气，"只要你能拿出十万两银子，也就是一百张千金券。"

"十万两银子?"纪空手一脸惊诧地道，"我可没有这么多。"

"那么你有多少?"灵竹公主很想看到纪空手尴尬的样子，所以眼珠一转，问道。

"一万两！够不够?"纪空手从怀中掏出大秦万源汇票，放在桌上。

"够了!"灵竹公主根本就没有往汇票上看一眼便道，"至少可以与我赌一把。"

此言一出，无人不惊。

虽然在座的诸位都是见过大场面的豪客，个个都有雄厚的家当，但是一万两银子只赌一把的豪注依然让他们感到震惊，毕竟这样的赌法已近疯狂。

不过灵竹公主是通吃馆中的常客，一年总要在这里赌上几回，手笔之大，往往引起一时轰动，是以场中的赌客很快安静下来，将目光投在了纪空手的脸上。

纪空手想都没想，点点头道："一把赌输赢的确痛快，不过怎么个赌法，倒要请教?"

灵竹公主没有料到纪空手会是如此爽快，立时喜上眉梢，道："两家对赌，一掷见生死，先掷出豹子来，没得赶。"

"什么叫豹子?"纪空手追问了一句。

众人顿时笑了起来，一个连豹子都不懂的人，居然敢赌骰宝，这有些像是天方夜谭。

但灵竹公主却没有笑，只是凝神望着纪空手的眼睛："你真的不知道?"

纪空手淡淡一笑，道："我赌的骰宝，掷出三个六就叫豹子，但是你们这里的规矩我却一窍不通，多问一下总没坏处。"

灵竹公主道："你这么谨慎，一定在别的地方赌钱时吃过大亏。"

纪空手道："以前的事不提也罢，只要今后不再吃亏就行了，难道公主不这么认为吗？”

灵竹公主深深地看了他一眼，没有说话，只是手在桌上轻叩了一下，一个荷官模样的男子从门外进来，向灵竹公主叩首见礼道：“小人陈十七见过公主。”

灵竹公主望着纪空手道：“这位大爷是远道而来，第一次来到你们通吃馆照顾生意，你不妨向他说说你们通吃馆的规矩，免得人家下起注来有所顾忌。”

陈十七清清嗓音道：“我们通吃馆算来也是有百年历史的老字号了，之所以生意兴隆，长盛不衰，是因为在我们的场子里，从来就不允许有假的东西出现。”

他来到桌前，指着桌上那个雕工精致、滑腻如玉的瓷碗道：“这个碗乃是从西域火焰山下的名窖烧制出来的，骰子是滇王府的御用玉匠花了一年零七个月做出的精品。在我们通吃馆内，每一件赌具都是精雕细琢而成，不仅精美，而且可以防范一切作假的可能，甚至连一些内家高手企图以气驭骰的可能性亦被杜绝。所以客官无须多虑，只要到了通吃馆，你就放心大胆地豪赌，输赢只能怪你自己的手气。”

纪空手微微一笑，道：“我相信你们的信誉。”

“这么说来，客官可以下注了。”陈十七做了一个请的手势。

纪空手深深地吸了一口气，然后望向灵竹公主道：“你真的要与我对赌，一把定输赢？”

灵竹公主冷哼一声：“除非是你怕了！”

纪空手伸手入碗，抓起骰子在手中掂量了一下，脸上突然现出了一丝怪异的表情。

“谁先掷？”纪空手道。

“你！”灵竹公主显得胸有成竹的样子，只要纪空手掷不出豹子，她就始终会赢得机会，是以她一点都不着急，反而觉得新鲜刺激。

纪空手笑了笑：“可以开始了吗？”

“请便!”灵竹公主笑得很甜，是一种迷死人的甜美。

当这甜美的笑意刚刚绽放在她那嫩滑的俏脸上时，纪空手的手掌向上一抛，随随便便将三颗骰子掷入碗中。

房中除了骰子撞击碗面的声音，不闻其他任何杂音，每一个人都屏住呼吸，紧盯住骰子的转动，根本不敢出半口大气。

毕竟这是万金之注!

只有当骰子将停未停之际，纪空手这才一声大喝:“三个六，豹子!”

声音尚在耳边回响之际，骰子已经静卧碗中，灵竹公主探头一看，眼中闪出一丝惊奇:“我输了。”

她的确输了，因为那碗里三枚骰子都是六，是骰宝中的最高点数，她连赶的机会都没有了。

众人无不啧啧称奇，似乎没有料到纪空手真有这么好的运气。

但纪空手连眼睛也没有眨一下，依然保持着他的微笑，好像这结果就在他的预料之中一般。

过了半晌，灵竹公主才笑了笑，道:“再赌一把?”

“不!”纪空手收起桌上的码注，揣入怀中，“我相信一个人的运气再好，总有衰败的时候，与其到时候输个精光，倒不如现在见好就收。”

灵竹公主气极而笑，没料到纪空手会来这么一手。对她来说，万两白银算不了什么，她只是输得心有不甘，没料到这个一脸猪相的男子居然深谙赌道。

她之所以会如此肯定，是因为她不相信一个人的运气真的会这样好，随手一掷，就是三个六，这种情况出现的概率应在万分之一。如果纪空手不是靠运气赢得这场赌局，那么只能说明他在掷骰的过程中捣了鬼。

可是，她却无法认定纪空手使用了何种手法，不过假如纪空手故伎重施，她或许还有机会。

但是纪空手显然没有给她这个机会，而是带着夜五消失在众人的视线之中。

"我好像做了一场梦一般，眨眼的功夫，就多了一万两银子，这简直有些不可思议。"夜五领着纪空手来到了铜寺边的一座建筑前，门上有匾，题名"迎宾小筑"，两人在知客的引领下住进了一间客房中。

纪空手奇怪道："我们何以要住在这里？"

夜五笑嘻嘻地道："因为有人想见你。"

纪空手并没有出现任何诧异的表情，只是深深地看了夜五一眼，道："谁？"

夜五面对纪空手如此平静的反应倒吃了一惊，问道："不管他是谁，你不觉得今天所发生的一切都非常奇怪吗？"

纪空手淡淡一笑，道："的确很怪，自从遇上你之后。"他当然不会相信夜五的话，本来夜五的这句话并无破绽——每一个人活在这个世上，都会有朋友往来，莫痴人在夜郎国遇上一两个朋友熟人，也未尝没有可能——但纪空手却明白夜五在撒谎！

因为这个世上根本就没有莫痴人这个人的存在，那么莫痴人又怎会有朋友呢？

这个道理就像是母鸡生蛋那么简单，没有鸡就没有蛋，夜五之所以撒谎，难道是想意图不轨？

古训有云：财不露白。纪空手并没有遵守这条古训，这就难怪夜五会生异心。对夜五这样一个街头混混来说，他一辈子也没有见过这么多的钱，现在既有这样的一个机会让他一夜暴富，他欲铤而走险也是很正常的事情。

可问题是夜五的算盘虽精，胆子也大，却选错了对象，要想在纪空手的身上打主意，实在是一件极具风险的事情。

"为什么你会觉得遇上我是一件奇怪的事情呢？像你这样一个远道而来的外地客商，在赌馆里遇上我这样的街头混混，应该再平常不过了。"夜五讶然问道。

“这只是我的一种感觉。”纪空手道。

夜五笑了，就在这时，门外突然响起了三声敲门声。

“正主儿来了。”夜五起身开门。

门开处，一个人踱步进来，纪空手抬头一看，不由吃了一惊，似乎没有料到来者竟然会是陈左。

如果夜五只是陈左手下的一个卒子，图的是财，那么纪空手此行的确有些风险。因为这里是通吃馆，陈左摆下的是瓮中捉鳖的架势，纪空手要想脱围而去，并不容易。

可是陈左的脸上没有杀气，只有笑意，拱手道：“我家主人有请大爷前去一见，不知可否赏脸？”

纪空手道：“我与你家主人素昧平生，他怎么会想到与我见面呢？”

陈左微微一笑，道：“这就不是我们这些下人可以知道的事了，不过，只要大爷见到了我家主人，相信就能知道原因了。”

纪空手的脸上毫无表情，心中却有了几分诧异。如果陈左所言是真，难道说这个世上真的有人长得与自己的扮相一模一样？而且还与陈平相识？

这实在太令人匪夷所思了，由不得纪空手不去解开这个悬念，所以他二话没说，随着陈左、夜五来到了迎宾小筑附近的铜寺。

铜寺不大，占地不过数亩，却极有气派，虽在夜色之下，却依然可见黄灿灿的光芒渗入空中。这是一座完全以黄铜所建的寺庙，所以得名铜寺。

寺中一片寂静，当纪空手走入临近正门的大殿时，突然间感到一阵心绪不宁，就像是老狼突遇危机时的感应，令他心生莫名惊惧。

是以，他止住了步伐。

此时的夜色正一点一点地变浓，夜色中的凉风习习而来，带出了一股春寒露重般的寒意。

当纪空手停步不前时，陈左与夜五也同时止步，有意无意之间，双方已拉开了一定的距离。

“请继续向前。”陈左依然显得彬彬有礼。

纪空手眉头一皱：“你家主人真的在殿中？”

陈左淡淡一笑，道：“你难道还怕有人伏击于此不成？”他说这句话后，快走几步，当先而行。

进入殿门之后，纪空手果然看到黄铜佛像前伫立着一条人影，身影映于夜色之中，有一种说不出的飘逸。

此人的年纪不过三旬，眼芒厉寒，浑身上下透发出一股令人不可仰视之势，完全是一派大家风范。

让纪空手感到惊讶的是，当他进入到铜殿之中时，他明明看到了此人的存在，却感应不到对方的存在，只有一种可怕的气息似有若无地萦绕于大殿之中，始终保持着一种神秘。

“你姓莫？”两人沉默以对，片刻之后，那人终于开口说话了。

“不，我不姓莫。”纪空手淡淡一笑，“就像你不是陈平一样。”

此言一出，无论是纪空手身前的人，还是他身后的陈左、夜五，眼中都闪露出一丝惊奇。

这简直令人匪夷所思，毕竟纪空手与陈平从未谋面，而且陈平一向低调行事，深居简出，世人很少有识得他真面目的，何以纪空手一眼看去，就敢如此断定？

“我若不是陈平，那么我又是谁？”那人笑了，追问道。

“听说在夜郎国的陈氏家族中，有三大高手，都善使弯刀。”纪空手显然从后生无那里知道了夜郎国中的许多情报，是以对陈家的内幕并不陌生，娓娓道来，“而你却不是这三人之列，因为在你的身上，虽然有着极度张扬的杀气，但我感觉到的，更多的是一股剑气，而无刀的偏锋之邪性。”

那人一怔之下，眼中更多了一份惊奇，道：“难道说只凭感觉，你就可以断定我所用的兵器是剑？”

纪空手微笑而道："要成为一名卓尔不群的剑手，必须用心。当你将全部心血贯注于剑道之上时，你的剑自然也沾染了你的灵性，所以只要用心去察觉，虽然剑未出鞘，依然可以感觉到它的存在，这就是武道中所谓的高手之感应。"

那人的表情为之肃然，拱手道："你能说出这一点，这说明你已是高手，不错！我的确不是陈平。"

他似乎有意想考验纪空手的眼力，顿了顿又道："那么我是谁？"

纪空手的眼睛在夜色的阴影下绽放出一道厉芒，缓缓地从他的脸上扫过："这似乎是一个非常困难的问题，因为你自剑道有成之后，从未现身江湖，是以没有人知道江湖上还有你这样一号人物，但你的剑术之高，放眼天下，几乎无人能敌，这就让人感到有些奇怪了。不过，我幸好知道这个问题的答案。"

那人眼神一亮，微笑而道："你真的知道？"

纪空手深吸了一口气："知道。"

"好！"那人的脸上陡然一沉，身形一晃之下，一道剑芒如闪电般自腰间掠出，直奔纪空手咽喉。

出手之快，毫无征兆，仿若艳阳天下的一道霹雳，在最不可能的情况下迫出了剑锋。

这似乎印证了纪空手对他的评价，他的确是一个让任何人都不敢小视的对手，包括纪空手自己在内！

所以纪空手不敢有丝毫的大意，就在剑出的同时，他的离别刀已经横出虚空，在最短的时间内封锁了来剑的攻势。

那人"咦"了一声，声音中带着几分惊奇，又带着几分棋逢对手般的兴奋。手腕一抖，闪射出万千幻影，绕身攻击。

他的脚步移动极速，以纪空手所站位置为中心，一圈一圈地收紧，大殿中顿时剑气横溢，劲风呼呼，犹如掀起了狂风巨浪，向纪空手发出了如潮水般的攻势。

但纪空手根本不为他的攻势所动，刀悬虚空，人却一动未动，就像是一条盘身反击的毒蛇，用自己的灵觉去感应对方真正出手的线路。

两人无疑都是真正的高手，所以甫一出手，就演绎出了近乎极致的以静制动，攻防之间，完全达到了很高的层次，让陈左与夜五看得眼花缭乱，并在杀气的逼迫下，一步一步地退向墙边。

纪空手知道，对方的剑术之精，根本不在韩信之下，与其跟着对方的节奏变化，倒不如等待时机，后发制人。这看上去虽然有些冒险，但是他有充沛的补天石异力作为保证，使得他体内的各项机能与反应明显要比常人更快，甚至具备了一定的超自然能力。

“哧……”就在纪空手的灵觉迅速捕捉对方在万千幻影中存在的剑锋时，幻影突然散灭，一道电芒闪烁着青光强行挤入纪空手布下的气场，直逼纪空手的眉心而来。

如此凄迷的剑气，刺破了虚幻迷茫的天际，只凭这霸烈而肃杀无边的气势，已足以震慑人心。

纪空手的眼眉一跳，似乎也感应到了这一剑中的必杀之气。

所以他在最及时的一瞬间出刀！

刀出，仿若在虚空中织就了一张密网，密网的每一个网眼都产生出一股巨大的磁力，吸纳着这虚空中的杀戾之气。无论再快的剑，当它进入刀网的刹那，其速也必会减弱三分，就像刺入一道无形的冰幕般难行。

“叮……”毫无花巧的撞击，使得刀剑在刹那间一触即分，一声清脆而悠扬的响声随着一溜火花爆裂开来，带出一种摄人魂魄的能量，使人气血难畅。

杀气因此而俱灭，两人的刀剑同时入鞘，相对三丈而立。

风轻扬，微微的寒意渗入大殿中，使得气氛变得轻松而惬意。两人的脸上无不露出一丝如春风般的微笑，单看脸色，谁又想到就在刚才他们曾经作过生死的较量？

无论是这位剑客，还是陈左、夜五，他们的目光都紧盯着纪空手腰间的刀鞘，似乎对纪空手刀鞘中的离别刀产生了兴趣。

“好刀，果然是一把绝世好刀！”那位剑客喃喃而道，“但不知刀名如何？能否赐告？”

纪空手的脸上流露出一丝悲伤，黯然道：“刀名离别，实属凶兆，因为铸刀之人在刀成之际，就已辞世而去，与这个人世离别了。”

那名剑客轻轻一叹：“他的死虽然可惜，却足以瞑目了。宝刀配英雄，他所铸的刀能寻到你这样的主人，总算不冤了。”

他的眼中突然暴射出一缕厉芒，在纪空手的脸上打量片刻，道：“你果然不姓莫，应该姓纪！”

纪空手道：“你也不是陈平，而是五音门下兵、铸、棋、剑、盗之一的剑！”

那人微微一笑，浑身上下顿时涌出一股无法形容的气势，在刹那之间，他的整个人就像是凝成了一座山岳，高不可攀，腰间的剑蓦发一声龙吟，飞入天际。

“我姓龙，名赓，师从五音先生，一直归隐于山水之间。若非得悉恩师死讯，只怕今生都不会踏足江湖。”那人神情一黯，想到恩师之死，脸上不自禁地多了一股凄凉。

“先生之死，的确是一个意外。”纪空手看出龙赓对五音先生的那份敬仰之情，心中一痛，道，“因为我们都低估了刘邦，问天楼即使死了一个卫三公子，其实力依然非常可怕。”

“无论刘邦的实力有多么可怕，都不能改变我们必杀他的决心！”龙赓的脸上线条分明，棱角刚毅，道：“我们已经为此订下了一个非常周密的计划，即使没有你的加入，我们也势在必行！”

“我们？”纪空手看了看陈左与夜五，“如果我所料不差，陈平就是先生门下的棋弟子！”

“不错。”龙赓点了点头，“陈平虽然是夜郎国的世家子弟，当年也曾拜在先生门下学艺，所以当先生的死讯传来时，他就找到了我，开始策划起这桩复仇的计划来。”

“哦?”纪空手沉吟半晌,“原来如此,我似乎有些明白你们的计划了。”

他缓缓转过身来,面对夜五,凝神看了他一眼,道:“虽然你从丁衡那里学过一点易形术,但我还是一眼就认出你是陈平,这不是说明你的易形术有问题,而是你没有学到如何改变你本身的气质。”

“夜五”笑了笑,道:“纪空手就是纪空手,怪不得先生会如此辅佐于你,我陈平总算服了。”

他在说这句话的时候,整个人的气质陡然一变,恢复了他身为豪雄家主的霸气。当他随随便便站在那里的时候,谁又曾想到他就是刚才一脸无赖相的夜五?

第五十六章　舍刀悟道

“我们总算等到了你。”在铁塔最顶端的密室里，陈平望着纪空手手中的信物，真诚地道。

虽然这只是他们的第一次碰面，但彼此间就像是多年相识的朋友，没有丝毫的隔阂，更不陌生。五音先生的死将他们这几个天南地北的人召集在一起，共同商议着复仇大计。

“如此说来，你们已经算定我一定会来夜郎?”纪空手微感诧异，因为这只是他临时作出的决定。

“半月前，后生无来到夜郎时，我就得到了先生的一封手书，要我全力帮他搞定铜铁生意。并且知道了你们在登龙图宝藏的取用上出现了麻烦，否则我也不知道后生无是你们的人，更不会在这个非常时期向他低价出售铜铁了。”陈平的言语中略带哽咽，想到五音先生半月前尚在人世，却不料说死就死，可见世事难料。

纪空手这才知道后生无的生意之所以如此顺利，竟然是五音先生在暗中襄助。

“我们一直对你有所关注，知道你是一个非常聪明的人，肯定会从后生无夜郎之行的遭遇中看出点什么来，所以就派出了大量的眼线，布于夜郎北道，准备试一试你是否如传说中的那般神奇。”陈平与龙赓相视一眼，然后才道。

“这么说来，我岂不是要令你们失望了?”纪空手当然清楚以陈平与龙赓的实力，绝对不会轻易服人，就算自己与五音先生有着这么亲密的关系，假如没有真才实料，也难以让他们心服。

“不！”陈平肃然，道：“恰恰相反，经过今日的一试，不仅证明了先生识人的眼力不错，也证明了你的确有过人的本事，我与龙兄实在是佩服得紧。”

陈平顿了一顿，又微微一笑，道：“更让我感到惊奇的，就是你纵然认出‘夜五’只是假冒之人，又怎能一口断定那就是我？我心中一直纳闷，还要请教纪公子。”

纪空手笑了笑，道：“你将自己变成一个无赖，这就是你最大的破绽。因为我出道之前，是淮阴城里真正的街头混混，你这个假无赖遇上我这个真无赖，岂有不露馅的道理？”

三人同时笑了起来，陈平与龙赓心中欢喜，暗道：“此子连这等底细都向我们和盘托出，显然没有把我们当作外人。”不由更对纪空手敬服三分。

“其二，当你进入万金阁时，似乎对每一个地方都十分熟悉，根本不像你所说的从未到过万金阁。如此一来，我虽然不能断定你是陈平，却已经知道你与陈家必有瓜葛。”纪空手继续说道。

陈平皱了皱眉：“这的确是一个不小的破绽。”

“任何事情的成与败，关键在于细节，只有在细微之处你才容易看到破绽。是以一件事情要想成功，一个计划要想得以实现，在掌握大局的同时，千万不要忽略了细节。”纪空手道，“我之所以能判断出你的真实身份，错不在你，而在于他。”

纪空手所指之人，乃是守候于密室之外的陈左。

陈平微感诧异：“这与他有什么关系？”

“当然大有关系，当时在万金阁观看歌舞时，他曾冲着我笑了一下，我就觉得有些奇怪了。”纪空手道，“他笑得有点谦恭，就像是家奴对主人的那种笑一般，于是我就在想，他所对的方向只有你我二人，既然他不是冲着我来，就只能是对着你笑。这个问题就像一加一这么简单，而当他出现在迎宾小筑的时候，无意识中总是带出几分敬畏，你们也许没有察觉，但却逃不过我的眼睛。”

面对纪空手无懈可击的推理，陈平这才知晓自己破绽多多，然而在他的心里还有一个悬疑，如鲠在喉，不吐不快。

“你与灵竹公主对赌的时候，真的是凭着运气掷出的豹子？抑或使用了非常高明的手法？”

纪空手看了陈平一眼，道：“你为什么会提出这么一个问题？”

陈平神情一紧，道：“我们夜郎陈家置办赌业已有百年，凭的就是‘信誉’二字，假如你使用了手法而获胜，这说明我们的赌具还有问题，必须改进。”

纪空手微微一笑，道：“其实你应该猜得出来，我之所以见好就收，就是担心别人识破我的手法。”

陈平猛吃一惊：“你真的能在西域名窖烧制的骰碗中作假？”

“这个世上本来就没有绝对的事情，只要你对症下药，就可以做到一些在别人眼里不可能完成的事情。”纪空手道，“这碗与骰子虽然可以隔绝内力的渗透，防止一些内家高手以气驭骰，却隔不断声波的传送。当我掷出骰子的刹那，便已束音成线，控制了骰子滚动的力道与方向，所以随手就可以掷出三个六来。”

纪空手淡淡一笑，又接着道：“不过你放心，天下能束音成线，驾驭此法之人，不会超过两个，因为这种内力心法十分独特，别人就是知道这种方法，也休想将之付诸实现。”

陈平一惊：“除了你之外，还有谁？”

“韩信。”纪空手道，“他的内力心法与我同源同宗，应该也能做到束音成线。”

陈平的表情为之一松。

因为他心里明白，无论是纪空手，还是韩信，他们的抱负远大，所看重的不是钱财，而是天下。

此刻夜色已浓。

纪空手沉吟半晌，与陈平相视一眼，道："在你的计划中，七日之后的棋赛无疑是关键，这三大棋王的棋技如何，你是否了解？"

"房卫的棋，寓攻于守，是以布局严谨；刁泗的棋，精于算计，尤其于官子功夫最为老到。这两人都是名扬天下的棋道高手，成名已久，棋技深厚，的确是难得的对手。但是在我的眼中，这两人尚不足为惧。倒是这卞白虽然号称江淮棋侠，我却从未听人说过，棋技如何，尚是未知，有点让人头痛。"陈平一说到棋，整个人便变得非常冷静，俨然一派大师风范。

事实上他师从五音先生门下学棋，于棋道已有很高的造诣，只是人在夜郎小国，又一向深居简出，是以无名，但是他对天下棋手非常关注，假如连他都对卞白不甚了解，那么此人的来历的确神秘。

果然，纪空手皱眉道："如果是这样，问题就有些棘手了。韩信远在淮阴，派人参加棋赛以争夺这铜铁的贸易权，这本身就有悖常理。"

陈平与龙赓相视一眼，再看纪空手时，眼中已多了一丝敬佩。显然他们也意识到了这个问题，却没有料到纪空手才到夜郎，就看到了问题的实质，可见其思路缜密，目光敏锐。

"的确如此。当时韩信派来信使时，我也生疑，毕竟从夜郎到江淮各郡，无论走水路还是陆路，都必须从项羽的地盘经过。一旦韩信争得铜铁的贸易权，势必与项羽、刘邦决裂，他又怎能将大批的铜铁运回江淮？"陈平难以理解韩信此举的真正动机，是以眉头紧皱。

"你真的确定从夜郎到江淮再没有别的路线可走？"纪空手必须要问清这个问题，只有这样，他才能进行准确的推断。

"我可以确定！"陈平点头道，"夜郎至中原的路径只有两条，一条是夜郎北道，一条是夜郎西道。夜郎西道乃是通往巴蜀的道路，韩信即使得到了夜郎国的铜铁，也无法运回江淮。"

纪空手站了起来，缓缓踱行几步，突然停下道："也许韩信的目的，并不是为了得到这批铜铁，而是不想让刘邦、项羽得到。此时天下渐成三足鼎立之势，兵器奇缺，严重影响到军力的扩充与装备的改进，在这个时候，只要有任何一方得到这批铜铁，都会打破目前均衡的局势，所以韩信既无地利得到它，当然也不想让别人轻易得之。”

龙赓眼睛一亮，道：“你的意思是，即使卞白在棋技上有所不济，韩信也会于暗中留有一手，根本不让任何人赢得这场棋局？”

纪空手点头道：“以我对韩信的了解，这种可能性极大。如果说卞白能在棋赛上获胜，这固然好，韩信手握贸易权，只要不将铜铁销往刘、项的地盘，他有无铜铁也就无碍大局。假如卞白输了，我想，只怕在这金银寨里必有一场大的杀局，而目标，恐怕就是房卫与刁泗了。”

龙赓道：“今日的歌舞会上，我对这三方的实力都作了估量，应该没有太大的悬殊。假如事态真的如公子所料，那么在金银寨里，肯定还有一支韩信暗藏的力量。为了确保我们的计划能够顺利实施，我们唯有先下手为强！”

说到这里，他的眼眉一跳，眼中尽是杀机。

纪空手道：“从现在开始，我们不仅要密切注意通吃馆内的一切动静，还必须要注视馆外的一切事态，从中找到这股力量的藏身之地。如果我所料不差，在卞白与这股力量之间，必定会有联系，只要我们盯紧卞白，就不难找到他们。”

陈平道：“我这就去安排人手，密切监视卞白的动向。”

他刚要起身，纪空手叮嘱道：“至于我的身份，除了我们几人知道之外，切记不可走漏任何消息。”

陈平一愣，道：“这里已是我的地盘，何必再有顾忌？”

纪空手微微一笑，道：“此乃天机，不可泄漏，若非如此，我也用不着孤身一人来到夜郎了。”

陈平与龙赓一脸疑惑，却又不好再问下去。

三人走出密室，陈平带着陈左赶去布置监听事宜，铁塔上转瞬间便只剩下纪空手与龙赓相对而立，两人眼芒一触，同时笑了。

“你在笑什么？”纪空手在笑的同时，问道。

“我想起了一个人，觉得有趣，就笑了。”龙赓双手抱怀，斜靠在塔墙上，潇洒中带着一份悠然。

“谁？”纪空手忍不住问道。

“小公主。”龙赓的脸上似乎多了一丝温馨，沉浸于回忆之中，“记得当年我离开师门的时候，她还只是一个七八岁的小姑娘，每天缠着我陪她玩耍，想不到几年过去，我没有见到她的人，却见到了她的夫君。”

纪空手听出龙赓的话里带出一份怜爱之情，可想而知，在龙赓的记忆中，他是多么地疼爱自己的这个小师妹。当他看到纪空手时，打心眼里替这个小师妹感到高兴，因为无论从哪个角度来看，纪空手无疑都是男人中的极品。

“总有一天，你们师兄妹会再见的。”纪空手宽慰他道。其实在他的心里，又何尝不想抛开这些恩怨，与自己的爱人长相厮守呢？

龙赓悠然一叹：“将来的事，谁又能够预料？我倒想听听你为什么要笑？”

“我笑，是为先生而笑。在他的门下，出了一名你这样的剑客，的确是一件让他非常欣慰的事情。”纪空手答道。

“你真的认为我的剑法不错？”龙赓淡淡一笑。

“岂止不错，当可排名天下前十之列。单以剑术而论，你在剑道上的造诣已经超过了先生。”纪空手一脸肃然，毫不夸大，显然对龙赓刚才所施剑法极为推崇。

“先生门下，若是不能在各自的领域里超越先生，岂不是要愧对先生吗？”龙赓说这句话的时候全无吹嘘之意，更像是说一个事实。

纪空手“哦”了一声，满脸惊奇地道：“倒要请教。”

“先生一生博学，六艺傍身，到了归隐江湖之后，才深感艺多分心，难以达到技艺之极致，是以才收下我们这几个弟子，专攻他六艺中的一门技艺。”龙赓的思绪仿佛又回到了过去学艺的日子，深有感触地道，“当时我们五人之中丁衡带艺投师，年龄最长，与轩辕子居于闹市，而我与陈平各攻剑、棋，居于山巅茅舍，苦学十载，才各有所成，直到离开师门之后，这才相聚一处。”

“这么说来，你们都没有见过那个学兵之人？”纪空手心中一动，问道。

“没有，这也算是我们四人的一件憾事吧。”龙赓道，“当时我们都问过先生，先生言道，‘兵者，诡道也。’学兵之人，讲究时运，纵然学有所成，假如时势不对，也不过是穷苦一生，难以一展所长，是以大家不见也罢，免得让他徒增伤感。”

顿了顿，龙赓又接着道：“当日先生临行之前曾经言道，‘你们四人今日能够离开师门，是因为为师已经没有什么东西可以传授给你们了。你们若真的想在各自的领域中有所成就，就要韬光隐晦，超越为师。只有这样，你们才配得上我五音门下这四个字。’此话虽然是在数年之前说来，但我觉得犹在昨天，不能忘却，令我这几年来不敢有半点松懈，方有今日这些许成就。”

纪空手喃喃道：“五音门下，的确不凡。”不经意间，他又想起了已经去世的丁衡与轩辕子来，顿感自己肩上的责任重大。

龙赓深深地看了他一眼，然后抬头望天，半晌才道：“其实任何一种形式的超越，都不是一件容易的事情，因为每一次的超越，都意味着你要舍弃一些东西，而这些东西里，包括你的思维模式、固有观念，以及一些曾经被你认为是经典的东西。要将这些东西推翻、舍弃，谈何容易？但你却必须面对！毛毛虫只有经过几次痛苦的蜕变之后，才能化为美丽的蝴蝶。”

“听起来像是一段哲人所说的话，更像是经验之谈。”纪空手忍不住笑了一笑，然后正色道，“但我知道你不会平白无故对我说这些话，一定另有所指。”

“不错！”龙赓不动声色地道，“你的刀法中尚有破绽，刚才在铜寺，若是我全力出击，只怕你已遭重创。”

他的表情非常严肃，是因他认为这是一个非常严肃的话题，身为武者，招式中若有破绽，就意味着死亡，他当然不希望纪空手死，更不愿看到红颜从此伤心。

纪空手心头一震，缓缓抬起头来，与龙赓的眼芒相对。

他相信龙赓所言绝不是危言耸听，自从在咸阳与赵高一战之后，他就开始对自己的武功有所怀疑。每当他与高手相搏之际，便有一种力不从心的感觉，始终脱离不了某种东西的禁锢。

也许，正如龙赓所说，他真的需要一次超越——超越自我！

清风徐来，纪空手卓立于铁塔之上，在他的身后，是灯火阑珊的亭台楼阁。

他的脸上依然带着一丝微笑，但他的眼里，却已多了一份迷茫。

他没有理由不相信龙赓，因为刚才在铜寺的短暂交锋中，他的的确确在一刹那间感到过恐惧。

一个能够超越五音先生的剑者，对武道当然有深刻的理解。此刻的龙赓，就像岩石般屹立不动，整个人犹如未出鞘的宝剑，锋芒内敛，却无处不在，随时随地给人一种无形的威胁。

“你说得一点没错，每当我与高手抗衡的时候，就觉得自己有一种作茧自缚的感觉，似乎被一种意识禁锢了我的行动。”面对龙赓如利芒般的眼神，纪空手不禁有些颓然。

龙赓的眼神却陡然一亮，脸上似有一股欣慰之色。

当一个武者达到一定的境界之后，他的思维与意识通常都会变得固执起来，完全不能接受别人的观点和意见。而纪空手在武道中的所悟已然达到了非常高深的境界，却敢于承认自己的短处，这不仅需要莫大的勇气，也证明纪空手的确不是一个常人。

“你自己难道没有意识到症结所在?”龙赓道。

纪空手摇了摇头，道：“我的直觉告诉自己出了问题，却不明白问题的所在。”

说到这里，他蓦地灵光一现，望向龙赓：“莫非你知道？”

龙赓淡淡一笑：“这应是所谓的旁观者清，当局者迷。我虽然是第一次与你见面，但一经交手，我的确看到了你的问题所在。”

他说得很是平淡，却充满了震撼力，由不得纪空手不信。龙赓也许无名，但他在剑道上的造诣令他的每一句话都有很强的说服力。

纪空手不由大喜，道：“能得高人指点，实是空手之万幸。”

龙赓道：“你真的这么信任我吗？”

“有的人相处一生，临死也未必知道对方的心思；有的人只见一面，却引为知己。”纪空手真诚地道，“以你的剑术，放眼天下，已是罕有敌手，可你却至今无名，这说明你淡泊名利，甘于寂寞；为了杀师之仇，你又舍弃平淡，重出江湖，这说明你重情重义。像这样的热血男儿，我纪空手不交，还想交哪样的朋友？”

“你真的把我当作朋友？”龙赓的眉锋一动，颇显几分激动。

纪空手伸出掌来，两人双掌在空中互击，在这一刹那间，他们仿佛相互间感应到了对方心中的激情。

龙赓缓缓地从纪空手的腰间取下离别刀来端详良久，由衷赞道：“好刀！好刀！的确是一把绝世宝刀，若非出自于轩辕子之手，试问天下间还有谁能铸出这等神兵？”

“它一直是我最心爱的兵器，这不仅因为它的锋利，更让我时刻提醒着自己肩上的责任，不要半途而废！”纪空手看着刀锋在夜色映射下发出的淡淡毫光，有感而发。

但就在这一刻，龙赓突然做出了一个惊人的举动，简直让纪空手感到难以置信。

因为纪空手怎么也没有料到，龙赓竟然随手一掷，将离别刀甩向百步之外的湖心。

纪空手“呀……”的一声，向前冲了几步，随即戛然停止，猛然回头。

“这就叫舍弃。”龙赓冷静得近乎可怕，一字一句地道，“刀虽是好刀，却未必适合于你。”

纪空手深深地吸了一口气，努力让自己的心绪平静下来，道：“我记得轩辕子当年说过一句话，武道的中心在于人，而不在于兵器。在高手的眼中，随便一件物品都可以变成神兵，对于弱者，纵有神兵也徒然无益，所以……”

他没有再说下去，因为他看到了龙赓眼中的真诚，他没有理由不相信朋友。

“轩辕子说得没错，也是至理，却依然不适合你。”龙赓肃然道，“因为你体内的真气纯属另类，根本不是按照武道循序渐进而成，所以它可以释放出一种超自然的能量，这种能量的威力之大，无法估量，一旦引导妥当，就可无敌于天下，反之受到禁锢，则对人体有害，长此以往，经脉必受其害。”

纪空手心头一震，默然无语。

龙赓能够一眼就看出他身上的内力源自补天石异力，这说明此人绝非信口开河，危言耸听，而是看到了问题的所在。

“刀走偏锋，是以无论是上古神兵，还是一把普通的长刀，当它固定成形之后，就必然具备刀的邪性。这种邪性对于一般的武者来说，不仅可以融入使用者的内力之中，而且可以使招式诡异飘忽，大增威力。但到了你的身上，却反而形成了一道无形的禁锢，使你的心意与刀招难以达到和谐的统一。”龙赓一字一句说得很慢，非常清晰，“为什么会出现这样的情况呢？这只能说明你体内的这股异力来自于天地，它吸取了天地的精华，是以充满了灵性，最终使得它难以与刀的邪性融为一体。”

纪空手似有所悟：“正邪不能两立，我体内的异力根本不容于刀的属性，是以不能将刀的精义发挥至极致。”

龙赓道：“无论任何兵器铸成之后，代表它已成为了一件武器，而每种武器必定有它的特殊用途，但你要知道它毕竟是件死物。”

此刻纪空手的脸上闪出一丝喜色，但却一闪即没，代之的是一片黯然，道：“而我却从未体会到这种感觉。”

“其实你对武道的认识远胜于我，内力修为也在我之上，却不能将我制于刀下，就是你已经进入了一个既定的思维模式，正是这种思维模式限制了你思想的自由，从而引你步入歧途，难以企及顶级高手的境界。”龙赓一脸凝重，郑重其事地道。

纪空手豁然贯通了龙赓所说的意思，若有所思：“我似乎有些明白了。以我体内的异力，既然具有天地之灵性，就不能以某种形式来限制它的自由，只要让它发挥出灵性的极致，此时无刀便胜于有刀，天下万物都可被我随手拈来，成为攻击或是防御的武器。”

“不错，你的悟性之高，连我也不得不自叹弗如。”龙赓的脸上终于露出一丝笑意，“心中有刀，不如心中无刀，只有达到心中无刀的境界，你才能做到‘刀’无所不在！所以，首先你必须舍弃离别刀，唯有这样，你才能最终与韩信相抗衡！”

“韩信？”纪空手心头一震，不明白龙赓何以会在此时提起这个名字。

龙赓点点头道：“我之所以能从你的身上看到这一点，的确是因为韩信。不过这也是一个偶然，如果你不提到天下能够束音成线的人还有韩信，我也想不到你与韩信的内力心法竟然如出一辙，同属一脉。”

“这么说来，你与韩信有过交手？”纪空手心中隐生不安。

“先生一直认为，你今生最大的对手就是韩信，所以曾于两月前密令于我前往江淮，密切注视韩信的动向。”龙赓摇了摇头，眼中闪出一种莫名的神情，“但是，我们却根本没有交手。”

纪空手一怔，道：“怎么会这样？”

龙赓淡淡一笑：“因为我没有必胜的把握。”

纪空手的脸色骤然一变，因为龙赓的这句话似乎表明了一件事情，那就是以自己此刻的武功，已经不是韩信的对手！

“他真的变得有这样可怕吗?”纪空手忍不住问道。他不得不为龙赓这句话感到震惊，因为此前在霸上的时候，他对韩信的剑术根本毫无畏惧，难道在这短短数月之间，韩信的功力有了突飞猛进的突破?

“是的，他的确可怕，因为当他出现的时候，我只感觉到了他的剑的存在，却没有感觉到他的人，或许，他已经达到了人剑合一的境界。”龙赓一字一句地道，他看到纪空手有些迷惑的眼神，冷然道，“剑能通灵，正好与他体内的异力相辅相成，融为一体，所以，他最初也许不如你，可到了现在，他无疑已是天下有数的顶尖人物!”

他的目光变得凄迷，就像那一天的雪天，将他带回到那令人心悸的江淮……

江淮的冬天，满眼凄清，一片苍白，飞雪连天，肃寒得让人心生悸动。

淮阴侯府中却充盈着一股肃杀之气，就像这天色，气氛显得无比紧张，每一个人的脸上仿佛都罩了一层严霜。

杀气之浓让人不寒而栗，在府中的大堂前，摆放着一具尸体，没有伤痕，没有血迹，如果不是死尸脸上遗留下来的怪异表情，还以为他只是静静地睡了过去。

虽然只有一具尸体，但围在这具尸体周围的，却有十数人，使得大堂的空间似乎变小了许多。

在死尸的手上，原来还握着一道竹简，此刻却到了韩信的手中。

竹简有字，书云:“欣闻淮阴侯剑道有成，虽在千里之外，但求一战，以慰平生。”

竹简上虽然没有留名，但字迹却是用剑随手刻成，轻重有度，舒缓有方，隐隐然可见字的风骨。

韩信一见之下，心中大惊，因为他已看出书写此简者，绝对是一个可怕的剑道高手。

此人竟敢明目张胆地在淮阴侯府门前杀人，然后从容留书，潇洒而去，可见对方的确是有备而来，有所针对。而且对方所杀之人，并非一般弱手，乃是韩信旗下的一名剑客，姓全名义，在江淮一带大大有名，可是看他的死因，显然是一剑刺中咽喉，根本就没有一点还手之力。

“此人出手之快，十分可怕。”韩信俯下身来，看了看全义咽喉上的那一点剑伤，“剑从此入，又从此出，创口只有一线，不留一丝血痕，可见此人深谙剑道，更懂得杀人之技巧。”

堂上众人一时默然，谁也没有异议，因为韩信本身已是剑道高手，他所下的结论通常都不会有错。

只是每一个人都觉得对方敢在淮阴侯府门前杀人，并且公然向韩信挑战，这本身就是一件非常可怕的事情，如果对方没有惊人的艺业与强大的实力，谁又敢做出如此疯狂的举动？

此时的韩信，已是拥兵十万的淮阴侯，在他的精心操练下，这十万征集而来的流民百姓在短短三月时间之内已成为了一支战无不胜的精锐！

这似乎是一个奇迹，但只有韩信自己知道，他所做的一切，都是在印证上天通过蚁战向他昭示的玄机，他绝对不会放过任何一个证明自己的机会。

“传本侯之令，无论城中守卫还是府里守卫，一旦发现可疑的佩剑者，可以不管不问，任其出入。”韩信看了一眼全义恐怖的表情，皱了皱眉，冷声下令。

“是，属下这就传令下去。”淮阴城守张弛一怔之下，虽然觉得这道命令下得奇怪，却只能无条件地服从。

站在韩信身后的一干战将显然也有同感，韩信看在眼中，淡淡一笑：“你们是不是觉得本侯这个命令下得很怪？”

在韩信的眼芒逼视下，没有人敢喘半口大气，无不低下头来。

“你们都是本侯最为倚重的将军，如果你们不能理解本侯的用心所在，那么本侯实在有点高看了你们。”韩信冷冷地道，“带兵之道，最重要的是爱兵如子，如果你们连自己手下的士兵都不爱惜，又怎能希望他们在沙场上为你们尽心杀敌呢?”

“我明白了!”一员战将站出来道。

韩信微微一笑，道：“说来听听。”

“侯爷下这道命令，是不想让士兵受到无谓的伤害，因为敌人的剑术高明，纵然严防死守，恐怕也难以阻挡。”那名战将大声答道。

韩信点了点头，道：“说得不错。”他的目光在众人的脸上横扫过去，“要明白爱兵如子的这个道理并不难，难就难在你们能否做到！你们要想成为留名青史、叱咤天下的一代名将，首先要做好的，就是‘爱兵如子’这四个字！本侯希望你们一定要牢记于心，时刻不忘。”

“是!”众将整齐划一地答道。

韩信满意地点了点头，道：“今日发生的事情，不能有半点泄漏，你们出去之后，该干什么就干什么，对于这个神秘剑客，本侯自有办法对付，不用你们操心。”

他随意一摆手，众将去后，这才双手背负，缓缓地走向内院花园中。

在一株傲然绽放的梅花旁边，一个枯瘦的老者正在静心欣赏着傲梅的风韵。他的脸上似有一种悠闲，嘴上似有一丝笑意，无论在什么时候，他似乎都保持着一种非常优雅的气质，一举一动间却尽显高手的镇定与气度。

当韩信踏入他五步之内时，这才缓缓回过头来，拱手道：“老夫见过侯爷。”

“王爷无须多礼。”韩信忙还礼道。

老者微微一笑，道：“老夫听人说起府中有命案发生，难道侯爷是为此事而来?”

“王爷果然料事如神，一猜即中。”韩信肃然道，“此事的确是有些棘手，恐怕还得请王爷襄助才行。”

老者淡淡一笑，道：“自高丽国与江淮军结成同盟之日起，侯爷的事便是老夫的事了，侯爷又何必客气？”

“的确如此。”韩信微微一笑，“这数月来，若非有王爷的北域龟宗替本侯出力，我江淮军又怎能在短短数月间发展壮大成这般声势？饮水思源，这都是王爷的功劳啊！”

原来此老者就是北域龟宗的宗主李秀树，韩信之所以用“王爷”称呼，是因为这李秀树的确是不折不扣的高丽国王爷。

高丽国地处北域苦寒之地，民风强悍，武风盛行，始皇一统天下之时，曾经是大秦的一个属国，到了这一代的君王李氏镇石，年少气盛，野心勃勃，看到大秦覆亡在即，群雄纷纷割据，在李秀树的极力怂恿下，也生了染指中原之心。

不过，高丽国毕竟是大秦的一个属国，历来被中土人士称作蛮夷之邦，假如公然起兵，逐鹿中原，一来师出无名，二来不得人心，假若以一支军队强行远征，只能是凶多吉少。以李镇石与李秀树的才情，当然不会看不到这一点。

所以他们在权衡了太多的利弊之后，终于想出了一个借鸡生蛋之计。

所谓的借鸡生蛋，就是在中原各路诸侯之中，找到一个具有较强实力又比较可靠的人物，然后以高丽国的财力与势力全力辅佐，让他最终击败其他诸侯，一统天下。

此事若成，那么高丽国从中得到的好处便不言而喻，不过问题是像这样既有实力又能听话的角色实在难找，直到凤五暗中联络到李秀树时，他们才最终将这个目标选定为韩信。

凤五虽然是问天楼的家臣之一，却一向对刘邦的身世持怀疑态度。加之卫三公子死得不明不白，而刘邦又将卫三公子的头颅献给项羽，以洗脱嫌疑，这就更让凤五不能臣服于刘邦。不过，这些事情毕竟不能改变凤五对问天楼的忠心，但因为凤影的事，这才让凤五最终与问天楼决裂。

原来刘邦为了能够控制住韩信，为己所用，就将凤影软禁于自己的都城南郑。韩信虽然背叛了自己最好的朋友，却对凤影的感情始终如一，刘邦正因为知道这一点，所以才会在鸿门宴上向项羽推荐韩信。

这样一来，凤五与韩信虽然在表面上臣服刘邦，其实暗地里已生异心。在经过了诸多权衡之后，由凤五出面，终于使韩信与高丽国一拍即合，结成同盟。

双方约定，由高丽国倾力襄助韩信夺得天下，然后韩信再以割地的方式为代价，以报答高丽国的扶植襄助之情。

正因为有了这个原因，加上刘邦的资助、项羽的笼络，韩信数十人马到淮阴不到一年时间，竟然拥兵十万，隐然与刘、项形成三足鼎立之势。

事态发展得如此迅速与顺利，是李秀树当初始料不及的，这也使他对韩信的能力重新有了估量。此时听到韩信如此奉承自己，忙连连摆手："老夫只是遵照我们双方结盟的约定，略尽绵薄之力而已，说到带兵治军，还是侯爷的功劳大呀！"

韩信正色道："本侯对治军之道只凭感觉，既未读过兵书，胸中也无韬略，仗着身边一些善战之才的辅佐，才有了今日这个局面，不过说到底，若无王爷替本侯解去后顾之忧，本侯纵是有这个能耐，也难以练成这十万精兵。"

李秀树微微一笑，话题一转："我们还是言归正传吧，侯爷来找老夫，莫非又有什么困难？"

"不错。"韩信答得非常干脆。

"不知何事竟让侯爷为难？"李秀树微微一愕。

"其实也不是什么特别的事，不过本侯知道他的剑法之高，令人咋舌，本侯身边根本没有人会是他的对手，所以本侯只有向王爷求助了。"韩信的脸色十分难看，毕竟求人并不是一件让人愉快的事情。

"有这等事？"李秀树的神情一变，显然没有料到在这江淮之地还能遇到如斯高人。

韩信深深地吸了一口气，道："的确如此。"

李秀树沉吟半晌，道："他现在何处？"

“不知道。”韩信摇了摇头，递上竹简，“但是他既然有心向本侯挑战，想来在这一两日之内必会出现。”

李秀树接过竹简，瞄上一眼：“侯爷可以肯定吗？”

“不能。”韩信微微一笑，“不过我们可以守株待兔。”

他的话刚刚出口，便听到一个声音遥传而来：“敢将在下比作兔子者，普天之下，唯有淮阴侯！可惜的是，在下纵然是兔子，也是一只会吃人的兔子！”

这声音自门外传来，竟然如一阵清风，一字一句都异常清晰，显示出来者雄浑的内力。当最后一个字响起的刹那，在花园的门口处，突然多出了一道人影。

韩信与李秀树的脸色同时一变，放眼望去，只见那条人影静静地斜靠门边，双手抱胸，一脸懒散，浑身上下好生落拓，却又十分悠然。

风轻扬，雪后的肃寒使得花园中的气氛变得有些紧张，韩信与李秀树都静立于傲梅之间，直觉告诉他们，眼前之人的确是一个非常可怕的对手，就像此人腰间那把未出鞘的剑一般。

那是一种绝对与众不同的气势，犹如这雪中的傲梅孤寒而挺拔，无论是李秀树，还是韩信，在他们的记忆中，见过无数的高手，但是拥有这等气势的人实在不多，也许纪空手是个例外。

那是一种王者的霸气，自然而生，融于天地，有一丝优雅，有一丝随意，在优雅随意中让人不可抗拒。也许它不如高山巍峨，不似大海浩瀚，但却有着别人无可攀比的气势，给人视听上最强烈的震撼。

李秀树在不经意间看了韩信一眼，然后摇了摇头，韩信却在苦笑。

两人的表情虽然不同，但他们所表达的意思却是相同的，那就是他们都不认识这个人！

然而他们似乎一点都不着急，只是静静地站着，没有开口，虽然他们与来者相距十丈左右，但他们并不担心来人能从淮阴侯府逃脱。

淮阴侯府，进府容易出府难，无论来者是谁，只要他一步踏入，再走出去已是九死一生。

韩信相信李秀树有这样的实力，李秀树也对自己的属下非常自信，这看似宁静的花园，自来人闯入的那一刻起，已成一个杀局。

来者没有动，依然斜靠门边，他之所以不动，不是因为李秀树，也不是因为韩信，更非是出于他自己的原因，而是他看到地上的雪在动。

三条雪线若蛇般快速穿过雪地，隆起的雪堆如波浪起伏而来。来者的脸色为之一变，抄于胸前的手迅速拔出了腰间的剑。

他拔剑的姿势一点都不美，却快！就像他的手本就按在剑柄之上，当剑芒乍现虚空时，“轰……轰……轰……”三堆快速移动的雪团突然炸裂开来，积雪散射间，三把凛凛生寒的东瀛战刀横现虚空，以最猛烈的攻势如潮般袭向来人。

衣袂飘飘，无风自动，激流般的雪雾带起漫天杀气，天地在刹那间也为之一暗。

暗光始于剑，更像是一道剑芒，或者说，它本身就是一道剑芒。

当这道暗光蓦现虚空时，正是暗杀者认为即将得手之际，剑在最及时的时候出手，本就是不给敌人以任何的退路。

剑已出，只凭那霸烈而肃杀无边的气势，已足以让任何人心生悸动。

包括李秀树，也包括韩信，他们都是剑道中的绝世高手，却也无法看清对方这一剑的来路。

正因为他们无法看清，所以连他们的心也为这一剑而悸动。

他们的眼力，已经练得如夜鹰般敏锐，就算一只蝇虫从他们的眼前飞过，只要他们愿意，也能认出是雌是雄，可是他们却偏偏看不清这一剑的来路！

这是不是说，这一剑之快，已经达到了剑道的极致，抑或说，它已脱离了人力可为的范畴？

不知道，没有人知道。

只知三声惨叫过后，雪地上多了三个死者，三把战刀斜插于死者的身旁，就像是祭奠所用的香烛。

李秀树与韩信的眼眉同时一跳。

深深地吸了一口气后，韩信才缓缓地开口："好快的剑！能使出这样一剑的人，绝不会是无名之辈！"

来者的剑早已入鞘，神色悠然，就像他腰间的剑从未出过鞘一般，淡然道："你错了，能使出这样一剑的人，别人通常只记得他的剑，而记不得他的名。"

"但是这个世界上并没有绝对的事情，也许本侯就是一个例外。"韩信拱手道，"阁下尊姓大名，能否赐告？"

"我姓龙，名赓，希望你能记住这个名字。"来者冷冷地道。

韩信望向李秀树，见他摇了摇头，知道这个名字的确无名。他也想过来人用的是假名，不过他很快就否定了自己的想法。

"我们之间有仇？"韩信问道。

"没有，这是我们第一次见面。"龙赓答道。

"这么说来，你的确是想与本侯比试剑道。"韩信松了一口气。谁拥有龙赓这样的敌人，想必都不会安心，韩信自然也不例外。

"身为一个剑客，对剑道的追求是永无止境的，所以当你在鸿门宴上击杀郭岳的消息传到我耳中时，我已经有些迫不及待了，急切希望能通过你来印证一下我在剑道上的所悟。"龙赓说的是实话，若非如此，他就没有必要公然向韩信挑战。

一个武者，最大的快感就是在高手对决中成为胜利的一方。只有在胜利的那一瞬间，武者才能真正体会到他所付出的代价，从而在精神上得到感情的慰藉。纵然是淡泊名利、甘于寂寞的龙赓，也不例外，无法抵挡这种胜负的诱惑。

韩信当然相信龙赓所说的一切，事实上当他面对龙赓这等超一流的剑手时，他的心里已经跃跃欲试了。

然而，他是韩信，是韩信就不能出手，这是由他的身份所决定的。对于这一点，连韩信自己也无法改变。

他不能出手的理由，有两条。

第一，面对龙赓这样的高手，韩信根本就没有必胜的把握，冒这样大的风险，他是否值得？

第二，李秀树与他结盟的重要一点，是认为凭他的实力根本无法与高丽国抗衡，在武功上也不是他李秀树的对手，假如韩信为了一时之气，暴露了底细，只能是得不偿失。

所以韩信只是笑了笑，道："本侯认为，如果只是为了剑道而战，其实大可不必，凭阁下的身手，假如加入我江淮军中，岂不更胜于你这般四方漂泊？"

"人各有志，岂能强求？"龙赓淡淡地道，"对你来说，最大的志向莫过于争霸天下，成为不世的君王。为了这个理想，你可以不择手段，背信弃义，甚至不惜在最好的朋友背后捅上一剑。而我，心不黑，手不辣，焉敢与你为伍？"

"原来你是为他而来！"韩信的眉锋倏然一跳，随之而来的，是一股无匹的杀气逼射虚空。

也许，在大王庄暗算纪空手一事，是韩信心中最大的痛，就像是一块永远不能愈合的创口，他将它深深地埋在心里，不许任何人触碰。

他只是为了自己的梦想而背叛了朋友。当他一步一步地实现梦想，走向成功的同时，人在高处，他想得更多的，却是与纪空手在淮阴时的那段纯真的友谊。

此情只能追忆！

不过，他并不后悔自己当初的决定，人生就是如此，一步踏出，就永无回头之路。

就在这时，李秀树忍不住看了韩信一眼。

他心生疑窦，因为他感觉到了韩信在这一刹那间爆发出来的杀气！虽然这股杀气的存在十分短暂，但却清晰地印在了李秀树的印象中，非常深刻。

韩信的剑法之高明，他早有所闻，只是没有料到会高明到这种程度。当韩信的眉锋一跳时，李秀树几乎以为自己产生了错觉。

因为他只感到了一把剑的存在，却没有感觉到韩信的人，如果这不是错觉，难道韩信真的达到了人剑合一的无上境界？

就在他心生诧异之间，韩信已缓步上前，一只有力且稳定的大手已然按在了剑柄上。

龙赓微微一笑，神情依然是那么悠闲，看似无神的目光，却锁定在韩信的腰间。

花园无风，只有漫天的杀气，看似宁静的空间，却蛰伏着无穷的杀机。

两位剑道高手的决战，也许就在刹那间爆发，无论孰胜孰负，这一战都注定惨烈。

不过，李秀树绝不想看到这一战的发生。当他看到龙赓一出手就击杀了三大忍者时，他已不能让韩信冒险。

因为他知道，就算韩信的剑法达到了剑道的极致，这一战下来，他也很难全身而退，如此一来，势必会影响到他们已经制订的争霸天下之计。

所以他拍了拍手，随着掌声响起，一丛梅花从中而分，人未现，梅香已扑鼻而至。

龙赓深深地吸了一口气，他看不到梅花后面的人，也没有闻到梅花的清香，却已经清楚地感觉到了梅花之后来者的气息。

那是一种不同寻常的气息，绝对是一个高手的气息，韩信的脸上绽出一丝笑意，终于退了。

他之所以退，是想让出这段原本属于自己的空间，因为他相信从梅花后面走出的人，一定可以与龙赓一战。

雪后的花园，一片肃寒，随着来人的脚步声，空气突然变得凝重起来。

龙赓静静地立着，手终于落在了剑柄上。直觉告诉他，来者与李秀树、韩信一样可怕，无论是谁，当他面对这三大高手的时候，都无法继续保持冷静。

“你来了?”李秀树看了一眼退到自己身边的韩信，然后淡淡地对来人道。

“来了，王爷相召，焉敢不遵?”来人的脸上毫无表情，冷得就像是一块冰。其实他早就藏身于梅花之后，却故意装作刚刚才到的样子，看上去有些滑稽。

“如果老夫不召，你是否就不来了?”李秀树问得很怪。

“我一样要来。”那人冷冷地答道。

“为什么?”李秀树的样子似乎有些诧异，但那人却仍是毫无表情。

“因为我必须替他们报仇。”那人的眼芒不经意地扫了一下龙赓面前的三具死尸，然后投射在龙赓的脸上。

“他们是谁?用得着劳你大驾为他们报仇吗?”李秀树淡淡一笑。

“东海忍道门下，岂能任人欺凌杀戮?我虽然学艺不精，也只能勉为其难，誓死一拼。”那人沉声道，“谁叫我身为大师兄呢?”

他，正是这一代忍道门中的高手东木残狼。

忍道门是当今天下最神秘的江湖组织之一，它来自东海一个遥远的岛国，据说在这个岛国中，女人温情如水，男人剽悍凶猛，东木残狼显然具备了这种男人的特质，所以看上去就像恶鹰般冷酷。

在这个组织里，大师兄就是掌门的意思，东木残狼当然不能容忍龙赓对自己门下弟子的杀戮。

更何况龙赓只出一剑，立毙三人，这消息一旦传出去，势必有损其门的荣誉，所以东木残狼必须为荣誉而战。

龙赓感到了东木残狼眼中疯狂的杀意，却没有吃惊，他敢单身一人直闯淮阴侯府，就早已将每一种变故都算计清楚了，根本无惧于任何人的挑战。

事实上对手越强，就越能激发他心中的战意，他对自己手中的剑永远充满信心。

“你真的要与他一战?”李秀树也感到了龙赓身上散发出来的气势，问了一句。

“是。”东木残狼说完这句话时，“锵……”的一声，寒芒闪现，乍露虚空，在他的手中，已多了一把长及五尺的战刀。

这是一把与中土武者所用迥然有异的刀，明显带着异族风格，刀身虽长却窄小，线条略带弧度，呈流水线形，看上去就像一把具有弧度的剑，好生怪异。

更奇怪的是他握刀的姿势。通常刀手握刀，总是用一只手的居多，但东木残狼却是以双手互握，这样的握刀方式力道之大，肯定比单手握刀要强，但在灵活性上似有不足。

“唉……”李秀树看着这战刀闪跃的光芒，突然轻叹了一声，声音虽轻，但听在众人耳里，却颇感诧异。

“王爷为何叹息?”韩信就像唱双簧戏般问了一句。

“老夫之所以叹息，是为这位龙公子感到可惜，木村先生既然决定一战，那么他多半死定了。”李秀树望向龙赓，脸上淡然一笑。

“王爷何以对木村先生这般有信心?”韩信惊奇道。

“老夫不是对他有信心，而是对自己的剑法有信心。”李秀树冷笑一声，说了一句莫名其妙的话。但是每一个人似乎都听出了他话中的意思，是以皆沉默不语。

过了半晌之后，东木残狼双手微抬，眼芒与龙赓的目光在空中相触:“请!”

龙赓的眼芒从三人的脸上一一扫过，心中暗惊。虽然这三人都是难得一见的高手，假如单打独斗，他不怕他们中的任何一个，可是听李秀树话里的意思，显然有不顾宗师身份的嫌疑，若是真的以二搏一，甚至以三搏一，那他生还的概率几乎为零。

不过，他从来都没有害怕过挑战，更有藐视一切的勇气，是以面对东木残狼晃动的刀芒，只是淡然一笑："来吧！"

他只说了两个字，语气平淡，近乎无味，却自然而然透着一种不卑不亢的气势，强大的战意自他的身上涌出，如潮般不可一世。

东木残狼心中陡然一紧，眼眸一闪，自两道窄窄的眼缝中挤出两缕锋锐无匹的厉芒，横扫虚空。

龙赓终于换了一种姿势，向前迈出了三步，双脚斜分，一身青衫无风自动，呼呼作响，宛如彩蝶的翅膀上下翻飞不休。

花园地面上的积雪随之涌动，空气为之一滞，变得异常沉重。

李秀树带着淡淡的笑意静立于韩信的身边，神情中似有一丝得意。他地位尊崇，当然不可能不顾身份与东木残狼联手，他的用意是想用一句模棱两可的话给龙赓的心里造成阴影，这样即使他不出手，也能达到出手的目的。

这个方法实在很妙，分寸也掌握得很好，所以李秀树的心里忍不住想笑。他相信以东木残狼的刀法，假如龙赓心有顾忌，未必就能在东木残狼的手上赢得一招半式。

东木残狼的头颈扭动了一下，关节"噼里啪啦……"一阵作响，当声音消于空气中之后，他的整个人犹如一头虎视眈眈的魔豹，眼芒逼出，望向龙赓，那眼神就像是面对一头待捕的猎物。

他没有贸然出手，在没有绝对把握之前，他的刀绝不会杀向对方。

他必须等待一个最佳的出手时机，因为他清楚自己所面对的敌人有多么可怕，这是别无选择的等待。

龙赓笑了一下，他也在等待。

"你怕了？"东木残狼显然不习惯这种长时间的等待，是以想变换一种方式来激怒对方。

他一开口，龙赓就看出了他心中的那一丝烦躁，不冷不热地答道："我的确很怕，怕你不敢动手。"

东木残狼淡淡一笑，道："你很自信，但自信过度就变成了狂妄。"

“偶尔狂妄一次也未尝不可，特别是在你的面前。”龙赓道，“因为你已老了。”

东木残狼冷笑道：“看来你的眼神不好。”

“你认为你还没老?”龙赓道。

“我今年才四十来岁，正值壮年。只有当我无法拿刀的时候，也许才真的老了。”东木残狼的手腕一抖，刀锋微晃，发出嗡嗡之音。

“你人虽未老，但心却老了，要不然你的胆子怎么会这么小?”龙赓笑了笑，语带讥讽。

他归隐山林，最能耐住的就是寂寞，东木残狼想与他比耐心，显然是打错了算盘。

东木残狼眉锋一紧，怒气横生，似乎深深地感到了龙赓非常冷静的心态。他根本就不知道，龙赓离开师门之后，为了探索剑道极巅，孤身一人在深山绝地结庐而居，与自然万物为伍，已经达七年之久。

七年的时间，说长不长，在历史长河中不过是稍纵即逝的瞬间；但在人的一生当中，又有几个七年?一个人能将自己与世隔绝，融入自然，这种寂寞，这份孤独，如果没有坚强的意志与毅力，试问有谁能够熬过?

而龙赓却熬了过来，从自然之道中悟出了剑道的极致，像这样的一个人，他的心态又怎么会差呢?

所以东木残狼不敢再等下去，时间过去得越久，越会对自己的心神有所影响，形成不利，因此他必须出手!

李秀树与韩信对望了一眼，微微点头，似乎也认定东木残狼的选择无疑是明智的，而且也是正确的。龙赓虽然非常可怕，剑术之高无法想象，但他毕竟是人。只要是人，就有破绽，这种破绽一旦出现，就不可能逃过李、韩两位剑术大师的耳目捕捉。

只要东木残狼出手，龙赓就唯有拔剑，剑一出手，必有迹可寻，这样一来，无论是李秀树，还是韩信，都可以平添几分胜算。

只不过他们都忘了一点，那就是东木残狼的生死。但看他们的表情，似乎并没有把这个问题放在心上。

东木残狼背对着他们，所以没有看到李秀树与韩信的表情，但龙赓的眼芒显然捕捉到了他们的脸上所表现出来的意图，心里不由为东木残狼感到一丝可悲。

因为他知道，东木残狼只要出手，就唯有死路一条，他绝对有战胜东木残狼的实力与自信。

东木残狼脸上的肌肉一阵抽搐。

“呀……”一声如野狼般凄厉的号叫从他的口中发出，终于，他毫不犹豫地向前疾冲，就像是一支离弦的快箭。

但就在他跨出第五步的同时，他的呼吸为之一窒，忽然感觉到眼前暗了一暗。

一道比冰雪犹冷的寒芒闪跃虚空！

寒芒乍现，天色为之暗淡！这一剑没有风情，只有浓烈如酒的杀意。

此剑一出，花园中的空气尽皆凝固，伴着一声呼啸而来的口哨，剑如冷电般直迫向东木残狼。

第五十七章　诡异百变

东木残狼心神微怔，虽然他有足够的心理去面对这场吉凶未卜的决战，但是他怎么也不敢相信，对方的剑会这么快，快得犹如无迹！

他自问自己的眼力不错，却看不到龙赓是如何拔剑的，更看不清剑的来路，因为万千剑影在虚空中闪耀，幻成了一幕如虚无影像般的暗云。

正因为他不能看清，所以才感到了一丝惊惧，同时感受到了这一式剑招中挟带的无穷杀机。

“叮……”东木残狼完全是以一种高手的直觉挥刀而进，在间不容发的刹那，刀锋一格，挡住了对方这近乎神奇的一剑。而他的手腕顺势翻出，刀锋回转，袭向那只握剑的大手。

那只大手亦如幻影，却异常的稳定有力，它的主人更像是一个无情的杀神，目光如电，竟然在捕捉着花园这片空间中任何一个存在的生命。

“当……”东木残狼的刀果然逼至那只大手三寸之处，但意外的是，就这三寸之距，竟如天涯远隔，根本不让他的刀锋有任何企及的机会，一股如旋涡般的气旋压在刀身上，使得刀锋与剑背相碰，发出一声慑人的金属脆响。

交手不过一招，虽然未分胜负，但双方都不再有半点小视对方之心。因为谁的心里都如明镜般清楚，谁若敢小视对手，其付出的代价就只有一种——死亡！

龙赓借着一碰之力而退，却只退一步，陡然间脚尖滑地而踢，在空中扬起了一道雪幕。

东木残狼心中一惊，没有料到龙赓居然可凭地形、环境为掩体，创造出对他自己有利的形势。不过东木残狼没有犹豫，手臂一振，那一直潜隐于刀身中的劲气有若山洪般狂泻而出，穿过层层雪雾，激起雪花向四方蹿射。

龙赓退，是不想暴露锋芒，更想暗藏杀机，东木残狼的战刀虽然快如闪电，却无法对龙赓形成致命的威胁。

“轰……”当龙赓的剑芒在几无概率的情况之下再次与刀锋相触时，以他们所置身的地面为中心，积雪似波浪般向两边飞泻，疯狂的劲气在激涌中形成一个个大小不一的旋涡，犹如雪龙般在空中狂舞。

东木残狼的神色中出现了一种前所未有的难看表情，事态的发展已经超出了他的想象，对他来说，龙赓就像是横亘于面前的一座大山，若想逾越，几乎是不可能的事情。然而即使如此，他也无法放弃，更不能临阵退缩。

这完全是由他的身份所决定的，虽然他受命于李秀树，但他好歹也是东海忍者的领头大师兄，亦算是一代宗师，又岂能在李秀树与韩信的面前灭了自己的威风?

东木残狼虽惊，却不乱，战刀依然能在最凶险的时刻化去对方看似必杀的剑招。他之所以没有绝望，并不是指望李、韩二人出手相助，而是他还留了一手，必须在最恰当的时机才能妙手施为，一战决胜。

没有人知道他的杀手锏是什么，却知道忍道门下，神秘诡异，百变无穷，就算上天、下地，在他们看来，也未尝不是不能办到的事情。

据说二十年前，燕太子丹欲刺秦王，召集天下英雄，其中就有一个名为中田英俊的忍者。此人相貌平平，年龄不大，但心智奇高，武技超凡，就是比及当时的高手荆轲亦不遑多让，令太子丹在二人之间难作取舍。若非太子丹考虑到这位中田英俊乃异邦人士，未必对始皇有亡国之恨，否则刺秦的大任便是交给他了，而不是最终的荆轲。

一个敢与荆轲一争高下的刀客，手上的功夫自然不弱，而更让太子丹看重的是中田英俊那一身近乎旁门左道的诡异之术。这东木残狼既然与中田英俊出自同门，即使不能与之相提并论，想必也不会逊色多少。

两人刀剑再搏数招，李秀树与韩信的脸色不由凝重起来。因为龙赓的功力之高自不待言，让人可怕的是他的剑法看似平凡，却有着令人无法抵抗的魔力，一招一式间，在流畅中暗合自然之道。

这不仅超出了龙赓年龄的局限，似乎也在剑道上有所突破，这让李秀树与韩信不得不对龙赓刮目相看。不过，他们都没有出手。

以他们的实力，任谁与东木残狼联手，都能在十招之内锁定胜局。而以他们的身份，一旦联手，传将出去，无疑会对他们的声誉造成极大的损失，所以，他们都选择了袖手旁观，对龙赓的一招一式毫不放过，希望能够从中得到一些收获，然后再对龙赓实施具有决定性的攻击。

韩信似笑非笑，双手置于胸前，神情依然是淡雅而悠然。他的目光所及之处，并不是龙赓的剑路，他所关注的，是龙赓脸上那一丝淡淡的笑意，似曾相识，让他感到莫名心惊。

他的确是见过这种淡淡的笑意，这种笑意笑得非常自信，有一股无所畏惧的气概油然而生，让人折服不已。

对韩信来说，这种笑意并不陌生，因为在纪空手的脸上，这种笑就像是他的招牌，无时不在。

雪在飞旋中狂舞，却不能侵入龙赓与东木残狼周身的三丈范围。在他们搏击的空间，没有雪，没有流动的物质，有的只是那令人心惊的杀气。

龙赓的整个人都完全幻入虚空之中，只有剑在旋动。人是有内涵的实体，绝不可能融入空气，难道说他已练成了武道传说中的化实为虚？如果不是，那是什么？

东木残狼带着这串疑问，依然刀招绵密，二人斗得难解难分。雪雾流转，扑朔迷离，形成一道道噬人的旋涡，在刀气的牵引下，变得更加狂野。

刀亮如雪，雪如刀身，刀与雪浑然一体，没有彼此，就像是神话中的画面。

刀已到了刀路的极致，剑亦发挥到了剑道之峰巅。东木残狼每使出一刀，都能感受到那剑中蕴含的无处不在的杀势。

剑在人不在，这是一种幻觉，一种表现，其实东木残狼心里明白，人在剑光之后。当他看到龙赓的身影之际，也是该定胜负的时候。

所以他唯有全力以赴，冷静以对，面对随剑衍生而出的光影，不敢有丝毫的大意。

没有剑，也没有人，一切的杀机都随着这团光影的旋动而飞涨……

东木残狼还从来没有见过眼前的这般景象，他的眼力再好，也无法从这团变幻莫测的光影中看出剑锋的走向，剑势的流动，但他却可以感觉到这团光影给自己身体带来的如山般的压力。

“轰……”东木残狼一退再退，退到一丛梅花前，脸上突然绽出了一丝诡异的笑。在他退却的路线上，地面蓦然爆裂开来，泥石若劲箭般向那团光影飞射而去。

他似乎胸有成竹，对眼前的一切并不感到惊讶，因为这一切其实都是他刻意布下的机关，他当然不会感到陌生。

自从李秀树率领北域龟宗、东海忍道门以及棋道宗府三股势力从高丽进入中土之后，淮阴侯府中这个不大的花园便成了他们争霸天下的大本营。经过各路高手的精心布置，这看似平静如死水般的花园，其实已成绝地——每一个擅自闯入者的绝地！

一入花园，便是步步杀机。

可惜的是，他们遇上的是龙赓，龙赓之所以迟迟站在园门处不动，是否早就预料到了敌人会有这么一手？

没有人知道。

爆炸引起的强烈震动激起飞雪狂飙，光影散灭间，东木残狼的步法与刀芒都为之一滞，仿佛被光影带出的气劲吸扯得摇摆不定。

剑从光影中杀出，生出万缕寒芒，在虚空中织就了一张无形却有质的网线，就像是三月的江南下起的一场春雨，丝丝缕缕，倍显缠绵，在缠绵中乍现它无情的一面。

“好霸烈的剑法！”李秀树低呼一声，只有看到了龙赓的这一剑，他才算真正领略到了龙赓的实力。在此之前，他对龙赓的认识只是感官上的了解，直到此刻，他才明白眼前的这个人已经快攀至剑道之巅了，便是昔日江湖上盛传的剑神卓东行再生，只怕也不过如此。

韩信的脸色变了一变，显然赞同李秀树的观点。不过他的心里更想知道，究竟是自己的剑快，还是龙赓的剑快？如果没有李秀树在，他真的很想知道这个问题的答案。

东木残狼没有料到龙赓的应变会这般快捷，不仅化解了自己布下的机关暗算，反而攻势不减，奇招迭出。在别无选择之下，他唯有挥刀相抗。

“当当……”声音不绝于耳，毫无花巧的碰撞在刀剑相触间爆闪出一溜溜火星。那金属交击的脆响恰似深山古寺中的暮鼓晨钟，给人一种近似冥冥之中产生出的震撼，使人听之气血上涌，热血沸腾。

花园上空一片迷茫，刀剑幻出的暗云在高速变化，唯有李秀树与韩信的脸色愈发凝重起来，似乎都看到了这一战最终的结果。

东木残狼的刀法怪异，功力高深，放眼天下，当可排名在前三十名高手之列，可是在龙赓的剑下，似有不敌之象。他吃亏就在于其刀法讲究身眼合一、身心一体，在这种光线变幻不定的情况下，很难与自己与手中的刀形成一种默契，也构不成和谐的基调，从而不能按照自己的节奏出刀。

而龙赓出剑，却是用心。他的每一剑刺出，更多的是凭着自己在出剑前那一刹那的感觉，因此他的剑招犹如大江之水奔腾流畅，滔滔不绝，永无休止，根本不容对方有任何喘息之机。

更让东木残狼吃惊的是，龙赓的剑音似有一种音律感！初时东木残狼感觉不到，也无从感觉，但随着双方刀剑相交的次数增多，东木残狼感觉到这种音律不仅渐渐控制着自己出刀的频率，甚至企图驾驭自己的心跳。

难道说龙赓的剑道已有生命的灵性，抑或进入了神奇的魔道？

这实在是一种可怕的想法，令东木残狼根本不敢深思下去。他只能在出刀的同时，去捕捉对方的目光。

在忍术中，有一种近乎魔道的绝技，就是摄魂术！用眼睛的力量去影响对手的信心、状态，让其为己所用。这门绝技用于临场搏杀极有成效，但却有一个弱点，这是东木残狼不敢在一开始就采用此术的原因。

这个弱点甚至是致命的，有点像苗疆女子的种蛊。如果对方的精神力远强于己，又深谙其道，一旦破解了摄魂术，那么施术者非但不能制敌，反而会为敌所制。

东木残狼面对龙赓这样的高手，当然不敢贸然施出摄魂术，只是随着事态的发展，战事渐渐转向于己不利的局面，他不得不为自己与师门的荣誉铤而走险。

“当……”在刀剑再次相交之际，龙赓的眼睛如电芒一闪，终于映入了东木残狼的眼际，那若梦幻般迷离的眼神，深邃而空洞，就像苍穹的极处，根本无法揣度。

东木残狼心中一片茫然，一种失望的情绪涌上心头，更让他看到了必败的结果。

因为他虽然看到了龙赓的眼睛，接触到了眼芒的光度，却不能捕捉到对方眼中带有实质性的东西。在龙赓的目光里，就像是星际中巨大的黑洞，可以涵括，可以包容，却绝对不会受人驾驭。

这是一双无法被人控制的眼睛，如果有谁企图对它采取约束，那么——不是被它所吞没，就是被它所摧毁，绝对没有第三种结果！

东木残狼从来都没有想过，在这个世上，还有人的眼睛会拥有这般强大的精神力，摄魂术根本不可能对它起到任何的作用。这种不安的心态，让东木残狼好生恐惧，在绝望中他的精神几乎崩溃。

“呀……”他发出了一声如残狼般的厉号，战刀舞动，发起了一轮绝地反攻。战刀所到之处，尽是疯狂的杀意，三丈之内，空气为之一滞。

“唉……”一声叹息，来自于李秀树的口中，他知道这只是东木残狼在这个世界上的最后绝唱，无论这种攻势有多么凶猛，都无法改变这固有的结局。

龙赓的目光冷若寒霜飞雪，根本就不流露出一丝感情，多年孤独寂寞的隐居生活，已经让他的眼睛变得无比深邃，就像是大自然的一道风景，谁也无法揣度在这道风景的背后，究竟还包含了什么。但谁都明白，不管这道风景之后包含了什么，一旦爆发，就会是惊天动地。

韩信脸上的微笑为之凝固，他已经屏住呼吸，静心等待着龙赓最后的一击。

作为剑客，他相信龙赓这最后一击绝对是剑中精华，完全值得自己去期待他演绎出一段最华美的乐章。他此刻的心情，犹如约会中的等待，守望着姗姗来迟的情人，有几分兴奋，又有几分彷徨。

当他不经意间看到李秀树轻微颤动的耳垂时，他相信，这位高丽国的贵族王公、江湖上的豪阀，必是与他一样的心情。

雪雾之中，一切都显得那般诡谧。龙赓的身影就像是穿游于雪中的精灵，在刀林中飘忽不定，游刃有余。

“唰……唰……”当东木残狼接连劈出十三记浑如一体的快刀时，就在此刻，龙赓笑了，在他的脸上，绽露出一个宛若春天般灿烂的微笑。

微笑，在这种情况下绽出，的确是非常不合时宜，但却异常分明。每一个人虽然感觉不到龙赓的存在，却都清晰地感受到了这个微笑的绽出。

龙赓在这时露出笑容，是不是他已经认定了此刻已经进入了这一战的尾声，该是让一切结束的时候了？

没有人知道，这笑与他的眼睛一样，深邃得犹如一个谜。

“嘶……”剑锋一跳，横入虚空。

一柄比雪更锃亮的剑，闪跃出一道淡淡的青芒，青白两色交错，刻画出一幅异样的图案。

这是龙赓的剑，也是每一个人都认定必杀的一剑！因为剑芒扩散，犹如魔兽之嘴，迎向东木残狼的战刀，似乎欲吞噬一切。

时间与空间在这一刻完全停止，也许这是一种错觉，但每一个人心头都相信这是真的，因为他们都感受到了那种让人无法呼吸的压力。

“砰……”两道形如飓风般的气流在一刹那间悍然相撞，其势之烈，足以惊天动地。

碎雪、残梅、泥石、气流……交织一起，旋出一大片迷雾，天地为之一暗。

就在迷雾产生之际，一条人影已经跌飞而出，去势之快，如电芒飙射。

李秀树不由大吃一惊，韩信也大吃一惊，他们怎么也没有料到，跌飞出去的这道人影居然是龙赓！

这的确是出乎所有人意料的结局，甚至包括了人在局中的东木残狼。他的双手依然紧握战刀，脸无血色，却有一股难以置信的表情。

他的眼睛望向人影跌去的方向——高墙之外，依然是淮阴侯府，却不是花园重地。

一刹那间，李秀树、韩信、东木残狼三人同时明白了龙赓的用心。

“厉害，厉害，果然厉害！此人不仅剑术精绝，而且深谙进退之道，不逞一时之气，可谓大丈夫也！”李秀树越想越觉得龙赓的所作所为像一个人，联想到龙赓与韩信对话时说过的一句话，心头不由一沉！

韩信的目光何等敏锐，显然捕捉到了李秀树脸上的这种表情，淡淡一笑，道：“他让本侯想起了两个人，所谓物以类聚，人以群分，本侯相信他一定是来自于这两个人的阵营。”

“莫非侯爷认定他是项羽与刘邦的人？”东木残狼惊魂未定，好不容易才平稳了自己的心态，讶然问道。

“表面上，天下之争是在项羽、刘邦以及本侯之间进行，其实本侯从来没有忽略过另外一个人，那就是纪空手。以本侯对他的了解，虽然这数月来一直没有他的消息，也一直没有他在江湖上走动的传闻，就像突然消失了一般。但是本侯却知道，他绝对不会甘于寂寞，时下的蛰伏只是为了养精蓄锐，等待时机。”韩信沉声道。他的话令李秀树与东木残狼都有几分诧异，因为凭他们对韩信的了解，不仅自信，而且从不服人。能让韩信如此推崇之人，自然不会是一个简单的人物。

“纪空手？他是个怎样的人？难道真的如此可怕？”东木残狼望了李秀树一眼，微微一怔。他自异邦进入中土的时间极短，所以没有听说过纪空手的大名。

“他在别人的眼里，实在算不了什么，只是一个小无赖而已。”韩信的眼神中又多了一丝迷茫，仿佛沉浸到回忆之中，“当年他与本侯就生长在这里，情同手足，如果他不是处处压我一头，让本侯的心中有几分不畅，大王庄一役的那一剑，也许本侯就不会刺下去了。”

他喃喃而道，神情好生怪异。李秀树微一皱眉，似乎对韩信与纪空手之间的恩怨有所了解，微微一笑，道：“这也许就是命，若非当年的那一剑，侯爷又哪来今日的这般风光？”

“你说得不错！”韩信的神情一凝，刹那间恢复常态，“虽说如今天下渐成三分之势，但纪空手拥有知音亭的力量，如今又多出一个龙赓这样的绝世高手，对我们三方来说，都是一个不小的威胁，所以本侯想请王爷在注意刘邦、项羽两人的动向时，也不能忽略了对纪空手的防范。”

“侯爷但请放心，虽然我们高丽是异邦，但终究是一个国度，无论在财力人力上，都有着丰富的资源，完全可以应付眼前的局势。只要侯爷需要，我国一定全力以赴，大力支持。”李秀树傲然道。

韩信心中一动，道：“有王爷这一席话，本侯也就放心了。争霸天下，从某种意义上来说，各方既要比军力，比军需，还要比的就是财力。本侯估算了一下，若是我们真要与项羽、刘邦抗衡，至少需要三十五万的军队。对本侯来说，在一年之内将这三十五万士兵训练成精锐之师，并非一件太难的事，倒是这些士兵所用的兵器，才令人头痛得紧。”

“我们现在就可召集大批工匠，连夜赶铸，相信一年之内，必然齐备，这有何难，竟劳侯爷头痛？”东木残狼惊奇怪道。

李秀树道：“木村先生所言极是，莫非侯爷另有隐情？”

韩信苦笑道：“若事情真的有这么简单，那本侯又何必头痛？要铸造兵器，就需要大量的铜铁，自始皇征服六国、一统天下之后，为了防止有人谋反，曾经收缴天下兵器，聚集咸阳，熔化之后铸成大钟，又另铸十二个重达千钧的铜人，置于登龙图宝藏之中，致使民间铜铁匮乏。但随着大秦的灭亡，原有的武器悉数分流到了刘、项二人的战士手中。因此，我们若真要训练出三十五万精锐之师，当务之急是要弄到数百万斤的铜铁，而数百万斤的铜铁从何而来，才是让本侯感到头痛的地方。”

“侯爷难道就没有一点办法吗？”东木残狼似乎难以相信，毕竟江淮各郡的大片土地已经尽在韩信掌握之中，难道连几百万斤铜铁也不能购齐？

“办法不是没有。”韩信眉头一皱，“不过实行起来非常困难，成功的机率不大。而且容易与刘、项二人发生正面冲突，导致战争提前爆发。”

“哦？”李秀树心中一惊，看韩信一脸肃然，非常凝重的表情，知其不是危言耸听，皱皱眉道，“老夫倒想听听侯爷的高见。”

“要想得到数百万斤的铜铁，只有两个途径：一是从登龙图宝藏着手。在本侯的记忆中，它所藏地点应该是上庸城外的忘情湖，如果能够将它挖掘出土，尽归已用，不仅兵器无忧，而且财力不愁，本侯敢说平复天下有七分的把握。”韩信的言语中透出一股无比的自信，浑身上下流露出一种王者气质，不过这只是一刹那间的事情，一闪即没之后，他脸上依旧是一片黯然，“但遗憾的是，刘邦同样知道这个地点，所以才会自辞关中，远赴巴、蜀、汉中三郡，其目的显然是为了将登龙图宝藏占为己有。幸好这登龙图宝藏的挖掘工作十分艰难，以至于刘邦迄今为止还只能是望宝兴叹，难以将宝藏据为己有。”

“怎会这样呢？”连李秀树也觉得有点不可思议，心中暗忖：“明明知道了藏宝地点，却无法挖掘，这中土工匠的技艺未免也太神奇了。”

韩信冷笑一声：“幸好是这样，否则若让刘邦得到了登龙图的宝藏，这天下只怕很快就会成为他的囊中之物。”

顿了一顿，韩信又接着道："假如我们从登龙图宝藏着手，就算我们有取宝之道，一来时间上不允许，二来势必与刘邦发生正面冲突。如果彼此争夺起来，鹬蚌相争，渔翁得利，只会让项羽捡个大便宜。与其如此，倒不如静观其变，只要不让刘邦取到宝藏，我们就有机会。"

"也只能这样了。"李秀树点头同意，在这种非常时期，时间愈发显得宝贵起来，只有趁着三方都在养精蓄锐的情况下扩张力量，才能保证在大战将至之际占到先机。然后他又道："你的第二个办法不妨也说来听听，看是否可行?"

"这第二个得到铜铁的办法，就是远赴夜郎。夜郎国的铜铁藏量之丰，天下少有，但是这个办法对于我们来说基本无用，因为就算我们得到了铜铁的贸易权，却根本无法运回江淮。"韩信已然不是以前的韩信，经过了太多的变故之后，他的目光变得敏锐起来，论及时势机变，似乎丝毫不在李秀树这等世袭权贵之下。

第五十八章　静观其变

李秀树深深地看了韩信一眼，等着他继续说出下文，因为他知道韩信既然明白这个办法无用，却还要说出来，肯定有其用意。

果不其然，韩信沉声道："虽然我们得不到夜郎国的铜铁，出于力量均衡的考虑，我们也不能让刘邦和项羽的任何一方得到它。尤其当登龙图宝藏尚未现世之前，对各方来说，这批铜铁的重要性可以说是不言而喻的，所以我们必须对此有所预见，早作布置，争取在刘邦和项羽的前面拿到贸易权。"

"侯爷您想到了这一点，刘邦和项羽也未尝不能想到，万一他们在我们之前先与夜郎国订下了盟约呢？"东木残狼忧心忡忡地道。

"那就不惜一切代价，破坏它！"韩信的眼中绽射出一丝凶光，脸部的肌肉形成一定硬度的棱角，显示出他的决心与无情。

李秀树将这一切看在眼中，既有些惊惧于韩信的无情，又有几分欣赏。他明白，自己的选择并没有错，只要给韩信机会，像他这样的人一定会给自己一个惊喜。

"如果老夫去了夜郎，侯爷的安全只怕有些问题，若龙赓去而复返，恐对侯爷有所不利。"李秀树有几分担心，但是韩信既然对夜郎之行如此看重，如果没有自己亲自坐镇指挥，只怕不行。

"这一点王爷大可放心。"韩信微微一笑，"如果这龙赓真是纪空手的人，他一定会赶赴夜郎的这场大热闹，因为只要稍有战略眼光的人都可以看出，这铜铁之争实际上就是各方大战之前的前奏，谁能赢得这一战，谁就能夺得日后争霸天下的主动权。”

李秀树沉吟半晌，点头道：“既然如此，老夫便亲自率人走上一趟，至于侯爷所说的铜铁问题，老夫这就派人回国禀明大王，即使倾一国之力，也要让侯爷训练出来的战士手中有兵器可用。”

韩信眼睛一亮，不由大喜道：“若能如此，何愁天下不归入本侯的囊中？若真有得天下之日，到那时，一定请大王、王爷与本侯共享天下！”

李秀树微微一笑，眼芒暴射，似乎想钻到韩信的心里去看个究竟，道：“这是侯爷的真心话吗？”

“本侯可以对天发誓！”韩信道。

“侯爷有心就好了，何必发誓？难道老夫还能不信你吗？”李秀树当下吩咐东木残狼通知所属人马开始准备，偌大的花园中，转瞬间便只剩下李秀树与韩信二人。

“此次夜郎之行，任务艰巨，王爷务必多加小心，三思而行。据本侯估计，无论是刘邦还是项羽，都必将派出精锐高手前往夜郎，甚至不排除他们本人亲自前往的可能，所以对王爷来说，这一趟乃是一件苦差事。”韩信说出了自己的担心，也表明了自己势在必得的决心。因为他明白自己在三足鼎立中是处于弱势的一方，与刘邦、项羽相比，无论是实力，还是声望，都有不小的差距。假如夜郎此行能够阻止刘、项二人得到铜铁，而自己又能得到高丽国的襄助，那么一加一减，三方的差距也就不复存在了，他才可以在最终的争霸天下中占据一个有利的位置。

“老夫一生奔波于江湖，大风大浪见得多了，倒也无所畏惧。何况老夫此去夜郎，还能与旧友相逢，未必就是苦差事，请侯爷放心。”李秀树哈哈一笑，一副悠然的样子。

“哦？”韩信不由惊奇道，“高丽距夜郎足有数千里之遥，想不到在那种蛮荒之地王爷居然也有朋友，可见王爷高义，人人都以能与王爷交友为荣。”

“老夫这位朋友，并不是夜郎国人，但与夜郎只有咫尺之隔，乃是漏卧国主泰托。他与老夫相识多年，颇有交情，此次夜郎之行，有他照应，必能马到功成。”李秀树傲然道，自信十足。

韩信微一沉吟，突然压低嗓门道：“除了夜郎之行外，本侯还想托付王爷一件事情，只是此事太过凶险，不知当讲不当讲？”

“但讲无妨。”李秀树一怔之下道。

“如果王爷从夜郎回来，不妨绕道巴、蜀、汉中，在汉王府所在地南郑逗留数日，替本侯救一个人出来。”韩信说到这里，已是神色黯然，目光中似有一丝缠绵，一眼就被李秀树看破。

“此人必定是侯爷的相好吧？否则侯爷乃顶天立地的大丈夫，何以会变得这般忸怩？”李秀树微微一笑。

“王爷所猜的确不错，此人姓凤，你只需将这个东西交到她的手中，她就自然会相信你。”说完韩信从怀中小心翼翼地取出一块鸳鸯锦帕，摊开一看，竟是一缕亮黑如新的青丝。

“可是南郑这么大，老夫要怎样才能找到她呢？”李秀树见韩信如此郑重其事，不敢大意，将青丝依旧用鸳鸯锦帕包好，揣入怀中。

“她就在汉王府中的藏娇阁。”韩信平静地道。

听完这么一段故事，夜已深了，铁塔之上纪空手与龙赓相对而立，久久没有说话。

“你和韩信根本没有交手，何以能知道韩信在剑道上的成就会超过你？”纪空手一直注视着龙赓深邃的眼神，忍不住问道。

“这只是我的一种灵觉，也是直觉。我隐于山野七年，练就了一种有别于人类的感应，这种感应之准确，甚至超过了野兽对危机的敏感。所以，你完全可以相信我的直觉。”龙赓淡淡地道，声音低沉，却有一种无法令人抗拒的魅力。

“我当然相信你。”纪空手笑了，他知道龙赓是为了他好，才讲出其在淮阴时的遭遇。不过，当纪空手听完之后，却不再对韩信此刻的剑法感兴趣，而是将注意力集中到了李秀树等人的身上。

“你能否确定出现在韩信身边的老人就是北域龟宗的宗主李秀树？”纪空手道。

“可以确定！我曾听先生说起过此人，也知道一点此人武功的路数，应该不会有错。”龙赓点点头道。

“这么说来，在韩信的背后，的确有一股强大的势力在支持着他，否则他也不可能在短短一年时间内发展得如此迅速。”纪空手若有所思，想到了忘情湖边的巴额，这也同时印证了他对江淮棋侠卞白的猜疑是正确的。

“所以我们必须先下手为强，不能让韩信的人破坏了我们的计划。”龙赓的眉锋一跳，杀机隐现。

他与陈平究竟有着怎样的计划？他没有说，纪空手也没有问，但是看他们的样子，似乎是心有灵犀，早已明白了这个计划的内容一般。

纪空手的智商奇高，无疑是非常聪明之人，他已经从龙赓与陈平的身上得到了答案，所以没有发问，他相信他们的计划应该与他来到夜郎将要实施的计划是相同的，唯一不同的是多了他的参与，使得计划更加完美，几乎天衣无缝。

“可是韩信派到夜郎的高手是谁？有多少人？分布在哪几个地点？这些情况我们都不清楚，就算要先下手，我们也无从着手。”纪空手摇了摇头，显然并不同意龙赓的下手计划。

龙赓一怔之下，笑了笑：“那我们应该怎么办？”

“只有等，等到陈平回来，有了消息后，我们再作决断不迟。”纪空手也笑了笑，“等人虽然是一件痛苦的事情，但我想，你一定还有事情没有向我交代，否则，你也不会把我的离别刀就这样扔了。”

“你莫非认为，有失就必有得？其实有的时候，得失之间并非界限清晰，得就是失，失就是得，塞翁失马，焉知非福？而你纪公子失刀，又何尝不是福呢？”龙赓抬头望天，只见夜空之中，一轮明月高悬，光华遍洒，将暗黑的苍穹点缀得如诗如画。

“月有阴晴圆缺，事有吉凶成败，你若连得失都不能参透，又怎能参透武道的至理？”龙赓喃喃而道，声音虽轻，听在纪空手耳中，却如一道霹雳，仿佛震醒了他心中的一丝灵觉。

纪空手豁然清醒过来，似乎悟出了一点什么，但是朦胧之中，又似没有悟到任何带有实质性的东西。

龙赓深深地看了他一眼，缓缓而道：“你既然懂得了自己的内力受到刀的邪性的影响，所以才舍弃刀，但弃刀只是一种形式，如果你真的要摆脱这种邪性的禁锢，只有做到心中无刀，才是正途。”

“我若心中无刀，那么在我的心中，应该有些什么？”纪空手顿时陷入了一片迷茫之中。

“可以有清风，有明月，有天，有地，有自由的放飞，有天地的灵性……总之该有什么，就是什么，又何必要强求它是什么呢？只有做到心中无刀，你才能摆脱刀的禁锢！而唯有做到心中无刀，你才会蓦然发觉，其实你就是刀，刀就是你，刀原本与你一直同在。当你真正超越了刀时，才能最终驾驭刀，成为刀的主人，让刀的邪性为你的内力所禁锢。”龙赓一字一句说得很慢，似在谈哲理，又似拉家常，但他的目光一直盯注着纪空手的表情，直到他看见纪空手嘴角处蓦然乍现的一丝笑意。

“我明白了。”纪空手笑得非常平和，无惊无喜，犹如佛家的拈花笑。

“你明白了什么？”龙赓蓦然大喝一声。

纪空手连眼皮也没有眨一下，淡淡笑道：“你明白了什么，我就明白了什么。”

两人似在打着谜语，话里蕴含有无穷的深意，他们的目光在虚空中悍然相触，随即同时仰头大笑三声，有一种参透禅理般的喜悦。

龙赓望着夜色下的纪空手，心中有一种说不出来的滋味。他怎么也没有料到，就在刚才的一刹那间，自己蛰伏深山七年才悟出的武道至理，竟然被纪空手在几句话间就窥破了内中的玄机。

七年与一刻，这是何等巨大的一个差距，时间也许不能说明什么问题，或者，这就只能用一个缘字来涵括。抑或，纪空手本身就是一个天生的武者，否则，又怎会有那么多的奇迹发生在同一个人身上？

纪空手的脸是那么地刚毅而富有朝气，眼睛中透着坚定与深邃，就像是明月背后无尽的苍穹，仿佛将自己融入自然，融入天地。

就连龙赓的心也禁不住为之震撼，为之感动，似乎深深地被纪空手这一刻爆发出来的气质所感染，所臣服。对于他来说，已习惯了孤独，习惯了寂寞，心灵自然地遨游于天地之间，如高山之巅的苍松般狂傲不羁。可是当他面对纪空手时，突然有一种欲顶礼膜拜的冲动，就像当年他甫入师门，面对五音先生一般。

“谢谢！”纪空手轻轻地向龙赓说出了这两个字，脸上泛出了一丝笑意，就像是那一轮高悬天空的明月。

“你不必谢我，要谢，应该谢你自己才对。武道的本身，就是超越禁锢，超越自我。你能如此，我很开心，毕竟这对先生的在天之灵是一种慰藉。”龙赓的目光中闪现出真诚，毫不嫉妒。在刚才的那一瞬间，他的心态的确有些失衡，然而多年的隐居生活养成了他顺其自然的性格。他始终认为，只要存在，就是合理的，这才是真正的自然之道。

他相信，从这一刻起，纪空手已经进入了一个全新的武道境界。能如此快达到这个境界，放眼天下，真正能够进入的只有两人，那就是纪空手与韩信！这完全是由他们体内的补天石异力所决定的，所以，龙赓并没有太多的失落感。

这只因为补天石异力来自于天地之精华，纯属先天自然，是可遇而不可求的东西。龙赓没有奇遇，却凭着自己的努力达到了今天的成就，他已尽心尽力，所以无憾。

就在这时，龙赓低声道：“有人来了。”

“不错，陈平与陈左回来了，不仅带回了消息，还带来了美酒。”纪空手微微一笑。

他说得十分悠然，似是不经意间道出，却让龙赓吃了一惊。

龙赓之所以吃惊，是因为凭他的功力，对十数丈外的任何动静都了若指掌，虽然他听出了来人的脚步，却无法认定来人的身份，可是纪空手却一口道出。

这并非表示纪空手的功力远胜龙赓，不过这份细心，这份严密的推断，依然让龙赓刮目相看。

他深深地吸了一口气，果然闻到了夹在一股花香之中的酒味，虽然此时已是隆冬季节，但在夜郎国，依然是繁花似锦，绿意盎然，所以清风吹过，总有花香留住。

他不由看了纪空手一眼，然后回过头来，便见陈平与陈左一前一后上到塔顶。在陈左的手中多了一个托盘，盘中有壶美酒，数碟小菜，在这夜色之下，就如一道风景，令人眼前一亮。

“有朋自远方来，不亦乐乎，如此夜色之下，唯有美酒款待。”陈平以诧异的眼神看了纪、龙二人一眼，然后悠然道。

陈左已经在塔顶上置放了一张铁几，几张铁凳，待他们三人坐下后，他便肃手立于十丈开外，完全没有了在万金阁中的那种做派。

陈平已还复了他的本来面目，一袭长衫，几分清雅，无形中透出一股大家气度，随手执壶斟酒，道：“酒是上好的葡萄美酒，产自西域，乃是三百年佳酿，放眼天下，唯有两坛，一坛由西域酿酒世家阿提家族窖藏，还有一坛，荣幸得很，正是由在下珍藏。今日纪公子难得光临，是以才献酒一壶，以表在下对纪公子的敬意。”

他随意一说，却让纪空手与龙赓都吃了一惊，不由看向手中的酒杯，只见里面的酒液稠如蜜水，呈琥珀之色，放在鼻下，有一股淡淡的酒香沁入脾胃，令人精神为之一振。

“前人曾言，葡萄美酒夜光杯。既然有上好的美酒，就应该有绝佳的酒器相配，正所谓好马配金鞍，佳人配英雄，丝毫马虎不得。你却以这种酒杯待客，岂不大煞风景？”龙赓看着手中黝黑无光的杯盏，皱了皱眉。

“龙兄有所不知，其实要喝葡萄美酒，并非一定用到夜光杯不可。夜光杯虽然珍贵，在我的窖藏中却也有一套，我之所以不用，是因为喝这三百年的佳酿，有一套专门配置的酒器。取火焰山中的泥石炼制，历三年工时，制出的黑泥瓷杯才是饮这种酒的最佳器皿，而此刻两位手中拿着的，便是此杯。”陈平微微一笑，示意纪、龙二人举杯端视，道，“葡萄美酒夜光杯，不过是以讹传讹，它唯一的优点就是色泽奇美，若真正用它来盛酒，反而容易挥发酒性，改变酒质。而用黑泥瓷杯，不仅可以让酒质纯洌，而且有适度的微温来酝酿酒香，产生无穷回味。二位若是不信，不妨品上一口便知端倪。”

“怪不得你会用这样一套其貌不扬的酒器，原来还有这么多的讲究。”龙赓轻尝一口，顿觉回味无穷，便知陈平所言非虚。

纪空手放下酒杯，道：“陈兄乃夜郎国三大家族之一的家主，名门之后，自然讲究，否则夜郎王也不会将款待三方来使的重任交给你了。对酒之一道，我无知得很，更想知道你对这三大来使是怎样安排的？”

陈平微微一笑，道：“这一点还请纪公子放心，这里既是我的地盘，当然可以做到心中有数。我刚才出去，就是加派人手，对卞白他们所居的挂云楼实行昼夜监视，而且通知了本地各方人士，要求他们一旦发现有外地人出没，必须在第一时间内向我通报。所以我相信，只要卞白还有同伙，最迟不到明天就可以让他们现出形来。”

纪空手相信陈平有这样的能耐，不过他担心以李秀树的心计，肯定早有安排，如果稍有纰漏，让他们杀了房卫，那么对纪空手来说，这一趟夜郎之行也就算是空跑一趟了。

只是，纪空手为什么要如此看重房卫的性命呢？房卫只不过是刘邦派来的一个棋王，难道他的生命就真的这么重要吗？

没有人知道答案，除了陈平与龙赓之外。

“我看事情并没有这么简单。”纪空手沉声道，“这通吃馆内人员复杂，除了大厅的那些下三流赌徒之外，持千金券进入万金阁的赌客只怕就不下一百来号人，其中必定有李秀树布下的杀手，我们千万不可大意。”

陈平神色一紧，道：“这一百来号人的身份我们都做过了调查，并未发现有可疑的人物出现，倒是来自于本国的几位王公贵族和邻国的一些贵宾，出于众所周知的原因，我们没敢调查。”

纪空手眼睛一亮，道：“据我所知，这李秀树虽然是北域龟宗的宗主，同时也是高丽国的王公大臣，他会不会利用这种身份将自己的手下混入这些王公贵族的随从当中，阴谋破坏呢？”

陈平沉吟半晌，突然惊道：“你这么一说，倒让我想起了一件事来。你还记不记得，当你与漏卧国的灵竹公主对赌的时候，我刻意看了一下灵竹公主身后的一大帮随从，的确是有几个陌生的面孔。”

“你怎能认出这些随从的生熟呢？”纪空手奇怪道。

“这漏卧国相距金银寨不过两三百里的路程，灵竹公主又一向喜欢豪赌，所以一年总有几个月要待在这万金阁里。一来二去，自然也就认识了。”陈平的眉头皱了一皱，“不过她这次来，的确与往日有所不同。以前她在金银寨里有自己的飞凰院，每次来赌，吃住都在那里，可是这一次她却提出要住在我们通吃馆内，我不好拒绝，就将她安置在临月台。”

“哦，竟有这等事情？”纪空手精神一振，“她是什么时候到的这里？”

陈平想了一想，道：“应该是半月前，这举办棋赛的消息一传出，她就来了，这的确是有些巧合。”

“巧合多了，就不是巧合，而是人为安排。”纪空手微微一笑，“也许这灵竹公主正是我们要找的人，虽然我赢了她的钱，有些不好意思见她，但是偶尔拜访一下她，也未必就放不下脸来。”

“你真的想去临月台？”陈平道，“那里的防卫都是她的手下负责的，只怕你连大门都未必能进。”

“她不让进，我就自己进去。”纪空手笑了，“夜探深闺，岂不妙哉？相信龙兄也与我有同样的兴趣。”

“不错。”龙赓笑道，“美女我见得多了，却从来没有见过什么公主，偶尔见识一下，倒也新奇。”

“你们真的要去？”陈平问道。

“当然。”纪空手与龙赓同时答道。

“那好。”陈平一咬牙道，“不过你们千万小心，如果灵竹公主真的与李秀树勾结一起，这临月台就无异于是龙潭虎穴，弄出事来，连我也帮不了你们。”

他说的是实话，虽然他贵为夜郎国的世家家主，却不能对灵竹公主有半点怠慢，稍有不慎，不仅可能影响到夜郎国与漏卧国的邦交，甚至有可能爆发两国之间的战争。

这绝不是危言耸听。

在夜郎国相邻的七八个小国中，一向战火不断，这些国家大多是由一个民族组成，在漫长的历史长河中，民族间产生的仇恨随着国家的建立也就衍生成了国恨，从而很容易爆发战争。

陈平当然不想因为自己而让国家陷入战火之中，更不想因为自己而让万千百姓饱受战争带来的痛苦。所以，他不得不向纪空手与龙赓提出警告。

“你放心，我们绝对不会连累到你。”纪空手理解陈平的苦衷，微微笑道，“你应该对我们抱有信心，李秀树也许真的可怕，但若是由我们二人联手，只怕能胜过我们的人已经不多了。”

“不是不多，而是没有。”龙赓纠正了一句，在他的脸上，充满了十足的自信。

“既然如此，就让我再来敬二位一杯。”陈平斟上酒道。

“陈兄既然不胜酒力，就不要再勉强了。”纪空手笑道。

“什么？我不胜酒力？”陈平的脸色突然一变。

纪空手诧异地看了他一眼，道：“我想定是此酒的酒性特大，否则你的脸怎会红成这样？”

“不可能!”陈平惊道，“这黑泥瓷杯装上葡萄酒，除了味道甘醇之外，还有一个优点，就是怎么喝也不上头，我的脸又怎么会红呢?”

龙赓大吃一惊，微一运气，突然间脸色巨变。

“我中毒了!”龙赓的脸色极为难看，手已紧紧按在了剑柄上。

陈平的眉锋一跳，压低嗓音道：“我也一样。”

“怎么会这样呢?”纪空手提出的问题也正是龙赓、陈平心中所想，对于他们三人来说，其内劲已足以让他们对付一般的毒素，而且有人下毒，必有征兆，以他们的目力，不可能一点破绽都看不出来。

无论是酒，还是下酒的小菜，都不可能有毒，这是毫无疑问的，而且这三人中，谁也不可能下毒，也没有下毒的动机。就算他们三人中有人下毒，也不可能逃过另外两人的眼睛。

但是，既然无人下毒，这毒又是从何而来?

铁塔之上，出现了死一般的静。

龙赓与陈平的脸色已如一片红霞，艳丽得可怕。他们只感到自己的身体有些发软，一点功力都无法提聚，就算此时来个普通的武者也能将他们置于死地。

“你难道没事?”龙赓与陈平看了纪空手一眼，诧异地道。

“我没事，一点事都没有。”纪空手眨了眨眼睛，然后大声道。

陈平与龙赓顿时明白了纪空手的用心，既佩服纪空手的反应之快，又担心这个骗局终究会被人识穿。下毒者既然如此煞费苦心，当然是有备而来。

不过，他们的身边幸好还有一个陈左。这里既是他们的地盘，只要一道命令，这铁塔在最短的时间之内就可以变成最安全的地方。

“陈左。”陈平不敢犹豫，叫来了十丈之外的陈左。

“老爷有什么吩咐?”陈左似乎不知道这里发生了什么，哈着腰道。

“凑耳过来。”陈平贴着他的耳朵叮嘱了几句。

“是。”陈左站起身来，却没有动，连一点动的意思都没有。

陈平诧异地盯着他道："怎么还不去？"

"老爷，我不能去。"陈左微微一笑。

"为什么？"陈平话一出口，忽然心头一沉，似乎明白了什么。

"不为什么，因为这毒是我下的。"陈左非常平静地道，"这位纪公子虽然装出一副没中毒的样子，可是我心里清楚这胭脂扣的厉害，当然不会相信他真的没有中毒。"

"胭脂扣？"三人同时呼道，显然没有听过这种毒的名称。

"是的，这毒的名字就叫胭脂扣。中了此毒之人，他的脸就会红得像胭脂一般，所以才会有这样一个让人心动的名字。"陈左淡淡一笑，道，"不过你们可以放心，中了这种毒，绝对不会丧命，它只会让你们无法提聚内力，而且三日之后，无药自解，对你们的功力一点都没有损害。"

"我能不能问一句，这毒是怎么下的？何以会下得这么高明？"纪空手脸上的肌肉抽搐了一下，似有一股莫名的怒意。

"如果我换作是你，也会这样问的，因为谁也不想糊里糊涂地就着了别人的道儿。"陈左得意地点了点头，"好吧，我就告诉你。"

他深深地吸了一口气，道："好香！怎么会这么香呢？难道你们都没有闻到这花的香味？"

纪空手的脸色变了一变，他当然注意到了这沁人的花香，更看到了铁塔边上的似锦繁花，当时还觉得很香，所以就多吸了几口，难道这是一种花毒？

"这些花没有毒。"陈左一句话就推翻了纪空手心中的猜疑，"不过，在这些花中，有一种名为情人刺的花，却很有意思。"

"情人刺？难道这种花香有毒？"纪空手问道。

"情人刺连花香都没有，又怎么会有毒呢？"陈左笑道，"但它的根部每到月出的晚上，就会散发出一种很淡很淡的气体，这种气体一旦与一种名为伤心树的树味接触，就有可能变成一股毒气，无色无味，却能禁锢人体内的功力。"

“我们就是中的这种毒？”纪空手看了看四周，道，“可是伤心树在哪里？我倒想见识一下。”

陈左踱步来到铁几旁，拿起那个送上酒菜的托盘，道：“这个托盘就是用伤心树的木制成的，你们说，这种下毒的方式是不是很妙？是不是很绝？”

他忍不住笑了起来。

“可是，我想了这么久，却想不出你如此做的理由。”陈平摇了摇头，眼中喷出一股怒火，恨不得将陈左吞噬，“我待你一向不薄，而且委你重权，让你掌管我陈家的财库，你何以要背叛我？”

陈左的神色为之一黯，脸上闪出一丝痛苦的表情，低下头道：“老爷，你能不能不问？”

“不能！”陈平大声喝道，强撑身体站了起来，谁知脚下一软，重新跌坐凳上。

就在这时，一声浅笑响起，自塔门外走进一个人，纪空手抬眼看去，吃了一惊，似乎没有料到来者竟是灵竹公主。

在灵竹公主的身后，跟着七八个人，人人都身着玄衣，腰间鼓胀，显然都携带着兵器。这些人的太阳穴高高隆起，无一不是内家高手，大有杀气。

“在这位公主身后的那位老者，就是李秀树。”龙赓压低嗓门道。直到此时，他才明白，就算对方不下毒，以敌人的实力，他们也未必就有胜算。

陈左来到灵竹公主面前，恭身行礼之后，乖乖地退到一边。

灵竹公主缓缓前行，来到铁几之前，对着陈平道：“本公主听说你们欲至临月台找我，不知有何要事，所以就自己赶来了，却不料你们连最起码的礼仪都不懂，竟然不起身相迎，这可太令本公主失望了。”

陈平望着灵竹公主笑靥如花的俏脸，微微一笑：“漏卧国与我夜郎关系一向不错，灵竹公主又是一个聪明人，希望你不要受人利用，凡事还须三思而行。”

“受人利用？”灵竹公主哑然失笑，“没有人利用本公主，本公主今日所做的一切，都只是为了完成我父王当年的一个承诺。”

陈平惊奇道：“一个承诺？对谁的承诺？”

灵竹公主冷笑一声：“你是谁？本公主难道还要回答你的话吗？”

“你不用回答，其实我们也知道，当年漏卧王为了与几位兄长争夺王位，曾经得到过高丽国李秀树的大力支持，最终才能登上王位，所以漏卧王为了报恩，许下重诺。”一个声音冷冷地道，正是纪空手。

“原来是你！”灵竹公主眉头一展，显然这才注意到纪空手。

“是我，一个运气不错的人，所以才能赢得公主的一万金赌码。”纪空手面对强敌环伺，似乎丝毫不惧，反而调侃起来。

灵竹公主的美目闪了一闪，道：“你究竟是谁？何以会与他们搅到一起？”

纪空手似是不经意间看了一眼陈左，不由心中暗道：“难道说陈左没有听到我们的谈话，不知我的真实身份？抑或他知道了，却没有告诉公主？”

这两种情况都有可能，但纪空手已经没有时间去判断，他笑了笑，道：“我叫莫痴人，一个行商而已。”

“莫痴人？”灵竹公主在嘴上念了两遍，突然笑道，“这只怕不是你的真名吧？”

纪空手并不吃惊，沉声道：“公主猜得一点不错，在下姓左名石，乃是一名浪迹天涯的刀客，有幸在此得遇一代剑侠龙公子，是以才月下把酒，共论武道。”

“左石？”灵竹公主显然是第一次听说这个名字，回过头来，却见李秀树一脸悠然，摇了摇头。

铁塔之上顿时出现了一刻难得的宁静。

之所以会出现这样的情况，只因为灵竹公主的芳心已乱。因为她是一个情窦已开的少女，更因为她从来没有遇到过像纪空手这样的男人，当纪空手拒绝与她再赌一次的请求之后，她的芳心里便留下了这个男人的影子。

这怪不得她，因为在她的记忆里，从来就没有见到过如此有魅力的男人。她所见到的男人，无不对她百依百顺，唯命是从，是以在她的心里，认为男人很是没劲。

当她见到纪空手时，这才懂得，原来男人也能如岩石般坚硬，男人也能若孤松般狂傲，男人也能像大海般包容，男人也能让自己心动……在她少女的情怀中，已经深深地烙上了纪空手的身影。

纪空手的出现显然打乱了灵竹公主与李秀树的计划，按照他们事先的计划，下毒成功之后，李秀树将对陈平与龙赓实施控制，然后在棋赛举行之际，让陈平在大庭广众之下输给下白，从而堂而皇之夺得铜铁的贸易权。这一计果然毒辣，避免了意外情况发生，比及刺杀房卫、习泗更见成效。

纪空手三人显然没有料到李秀树会有这么一手，一着算错，是以才会陷入如此被动的局面，不过纪空手的心中依然未乱，对他来说，这不是绝地，自己也还没有身处绝境。

因为他依然自信！

灵竹公主深深地看了纪空手一眼，一抹红晕随之飞上脸颊，幸好这只是在月夜中，无人看清，否则只要是明眼人就不难看出她对纪空手的这番心思。

“如果现在有一个机会让你离开，你会不会走?”灵竹公主说出这句话时，连她自己也吓了一跳，接着她便听到了李秀树在身后传来的咳嗽声。

“不会。”纪空手淡淡一笑，“因为我已把他们当成了朋友。”

他的眼神中透出一种真诚，与陈平、龙赓的目光在虚空中相对。这一刻间，他似乎又体会到了真情的可贵。

“那本公主就无话好说了。”灵竹公主摇了摇头，眼中却流露出一丝欣赏之意，道，“只有请你陪他们走上一趟。”

“去哪里?”纪空手问了一句。

“当然是临月台。”灵竹公主觉得纪空手问得有些好笑。

“如果我不去呢?”纪空手道。

“只怕由不得你。”说这句话的人不是灵竹公主，而是李秀树。虽然他知道陈左已经严令陈府守卫不得踏入铁塔百步之内，却懂得夜长梦多的道理，他不想看到煮熟的鸭子又从自己的手中飞走。

可是听了李秀树的这句话后，纪空手居然笑了，而且笑得很是开心。

在这种情况下还能笑得出来，恐怕就唯有纪空手。

众敌环伺之下，三个身中剧毒的人已经毫无还手之力，就像是屠宰房里待宰的猪羊，命运已握在别人的手中。可是纪空手还能在这种情况下发笑，如果不是他有病，就是看到他笑的人眼睛有问题。

纪空手当然没有病，场中的每一个人也没有看花眼，纪空手笑的时候，人已经缓缓站了起来。

李秀树的眉锋跳了一跳，似乎看到了一件不可思议的事情。场上的每一个人都吃了一惊，就连龙赓与陈平也不例外。

“你看到了吗?他居然自己站了起来。”李秀树突然冷笑一声，厉芒射出，直盯陈左的脸庞。

陈左的整个人就像患了病疾般哆嗦起来，带着颤音道：“看……到……了。”

“老夫一向觉得自己是一个很聪明的人，别人也认为老夫很聪明，可是，老夫却想不通他何以会中了情人刺与伤心树的混毒之后还能站得起来?”李秀树轻轻地叹了一声，手已伸向了腰间的剑。

“我不……知道，我真的……不知道……”陈左情不自禁地退了一步，却无法再退，因为他的背后，已被至少三柄剑顶着。

“你不知道，我却知道。”李秀树的脸上仿佛罩了一层寒霜，“因为中了这种混毒的人根本就不可能站得起来，他能站起来，就说明他没有中毒。”

“不……不……可……能。”陈左的牙齿在不住地打战，心中漫涌上一股无边的恐惧。

就在这刹那之间，一道剑芒突然跃上虚空，照准陈左的颈项飞掠而过。剑芒过处，血光溅射，一颗头颅竟然飞旋虚空。

众人尽皆失色。

再看李秀树时，他的剑已入鞘，只是缓缓而道：“在这个世上，没有不可能的事情。就像你一样，既能背叛你的家主，又怎能保证你不会背叛老夫?”

他在与一个没有头颅的躯体说话，当陈左的头颅旋飞出去时，他的身体依然站立在原地不动，由此可见，李秀树的这一剑有多快!

“啪啪……”纪空手没有料到李秀树竟然这般凶残，说变就变，毫无征兆，一怔之下，拍起掌来。

“果然不愧是北域龟宗的宗主，果敢决断，雷厉风行，完全是一派宗师风范。”纪空手的心里仿佛有一块石头落地。自从他知道陈左是奸细之后，就一直担心自己的身份会暴露，却想不到无意中，李秀树倒帮自己解决了这个难题。

“你认识老夫?”李秀树的目光望向纪空手，心里有一点吃惊，仿佛看到了韩信一般。在朦胧的月色下，如果他不刻意去看纪空手的脸，而只是感受纪空手身上的气质，他发现这两人似乎有太多的相同之处。

“你虽然是高丽国的王公贵族，但是常年奔波于江湖，是以我纵想不知道你也绝非易事，只是我实在不明白，你放着好好的日子不过，何以要东奔西走?一会儿人在淮阴，一会儿人在夜郎，难道就一点儿不知道累吗?”纪空手笑得极是悠然，一脸狂傲，似乎并没有将李秀树放在眼里。

“累，当然累，老夫有的时候真想放下手头的一切，寻一个无人的地方静静休息一下。可惜得很，老夫虽有此心，无奈天生却无此命。”李秀树没有着恼，而是更加冷静，似乎看出了纪空手企图激怒自己的意图。

“其实要想休息还不简单？现在就有这样的一个机会。只要你拔出剑来，踏前五步。”纪空手清啸一声，整个人陡然一变，就像是一把锋芒乍现的利刃，散发出一股张狂的杀意。

灵竹公主禁不住打了个寒噤，向后退了一步，但她如水般的目光始终没有离开纪空手的脸，虽然有些害怕，却更欣赏纪空手的这份硬朗。

李秀树与灵竹公主所感觉到的东西却完全不同，他感觉到的是一股压力，一股沉重如山的压力。虽然他与纪空手之间的距离还有三丈，却感觉到对方那强大的气势已经将他的身体紧紧包围，就像陷入一片流动的沼泽，有一种难以自拔的无奈。

李秀树的心里吃了一惊，心中不由暗自猜测起来，这左石是真有其人，还是一个化名？如果是真有其人，自己何以会从来没有听说过？如果这只是一个化名，那么这年轻人又是谁？无论是谁，能够拥有如此霸烈的气势与雄浑内力的人物，都不可能是无名之辈。

就算以前是，那么过了今晚，他必将名动天下！

这不由得让李秀树犹豫起来，不敢贸然作出决定，只是将目光望向了坐在铁几旁的龙赓与陈平。

他不敢贸然决定的原因，是他不能断定这两人是否已经中毒。虽然从龙赓与陈平的种种迹象分析，他们的症状的确类似中毒，但不能排除他们实际上只是在表演，其实是欲诱敌深入。

如果龙赓与陈平中了毒，那么没有理由只剩纪空手一个人平安无事。既然纪空手没有中毒，那么龙赓与陈平是否中毒便大有值得怀疑的地方。这通常是正确的逻辑，也是李秀树的推理，当他感受到纪空手身上透发出来的浓烈杀意时，不由得更坚定了自己的判断。

所以他决定再观望一下，虽然此时的铁塔上，他们这一方占据了人数上的绝对优势，但是无论是龙赓，还是纪空手，都是不可估量的高手，一旦动起手来，胜负殊属难料。

“年轻人总是气盛。”李秀树笑了笑，吩咐属下将陈左的尸身移到一边。

“老年人未必就没有火气。”纪空手冷眼看了一眼陈左的尸身，皱了皱眉，“刚才你那一剑火气之大，已然取人首级，看来姜还是老的辣。”

“此人之死，不足为惜，就算老夫不杀，只怕陈爷也会将他碎尸万段。与其如此，倒不如让老夫一剑杀之，对他自己也是一种解脱。”李秀树淡淡一笑。对他来说，杀人不过是长剑一挥，用不着大惊小怪。当一个人可以利用的价值完了，留在世上也是无用，最好的办法就是让他早死早投胎。

“不错，他的确该死。”陈平看着那无头尸身，依然显得愤愤不平，“我实在想不出有什么理由让他背叛我。”

陈平待人一向不薄，人缘不错，口碑极好，对家族子弟更是视如兄弟，是以想不通陈左为什么会被李秀树收买，阴谋弑主。只要一想到这件事情，他就觉得喉咙里塞着一根鱼刺，鲠在那里十分难受。

“他的确不该背叛你，事实上他也不想背叛你，怪只怪他的手气太差，又正好掌管着你府中的财库。”灵竹公主皱了皱眉。

“他难道输了钱？”陈平望向灵竹公主，半信半疑。在他陈氏家族的家规中，第一条就是严禁赌钱，正因为陈家是靠赌发家的，知道赌之一字的危害，所以才定下这条规矩。

“他不仅输了钱，而且输了很多。当他发现自己无法补上这个亏空时，就唯有铤而走险。”灵竹公主淡淡而道。

“原来如此。”陈平虽然不能原谅陈左的背叛，怒气却平了不少，抬起头来，“想必那位让他输了不少钱的人，就是公主阁下了？”

“不错，的确是本公主。”灵竹公主的眼中闪过一丝怜悯之色，“但是，本公主万万没有料到他的结局竟是死。我只是让他将这个以伤心树做成的托盘送上来，便前账一笔勾销，却没有料到连他的命也一笔勾销了。”

“不对！”陈平摇了摇头，“照公主所言，他应该不知道这托盘与下毒有关，可是事实却并非如此。”

灵竹公主诧异地看着陈平，道：“这本公主就不得而知了，因为就在上到铁塔之前，本公主也不知道这托盘竟然与毒有关联。”

她说这句话的时候，一直注视着纪空手的表情。不知为什么，她突然觉得自己有点在乎这个男人的感觉，再也没有那种我行我素的自由。

纪空手的身体一震，望向李秀树。

李秀树与他的目光在虚空中相对，一触即分，笑了笑：“你认为是老夫一手安排的这个局?”

“我相信灵竹公主没有说谎，所以我可以断定，就在灵竹公主将托盘交到陈左手中之后，你一定又找过陈左。”纪空手冷眼以对，斩钉截铁地道。

灵竹公主不由感激地看了纪空手一眼，心中蓦生一丝窃喜，又有几分兴奋。

“你很聪明，可惜偏偏要与老夫为敌。”李秀树似乎非常欣赏纪空手，轻叹一声之后，这才沉声道，“不错，老夫的确找过他。因为老夫懂得，一个人的心里有了缺口，就要让他崩溃，唯有这样，他才能彻底为我所用。”

“你说了什么?”纪空手很想知道李秀树的这个办法。

“老夫只是告诉他，就算他补齐亏空，最终还是别人的奴才。要想不做别人的奴才，就唯有杀了那个人，自己充当主子。”李秀树淡淡而道。

“他怎么说?”纪空手与陈平同时问道。

“他什么也没说，只是点了点头，于是老夫就将全盘计划告诉了他。”李秀树冷哼一声，“想不到他最终还是出卖了老夫。”

“既然你们的计划已经失败，那么，你我之间，这一战似乎是不可避免了。”纪空手的手缓缓伸到了龙赓的腰间，那里有剑，一把杀人之剑。

无论是陈平，还是龙赓，心中都有一个悬疑，那就是纪空手何以没有中毒？因为只有他们两人才知道，陈左并没有出卖李秀树，胭脂扣的确是侵入了他们的身体。可是，纪空手却一点事都没有，难道他已练成了传说中的百毒不侵?

“你这么急于求战，难道你有必胜的把握?”李秀树深深地吸了一口气，压下心中的怒意。

“没有，谁面对你这样的高手，都不可能有必胜的把握，何况在你的身后，还有不少精英。但是，你以为这一战可以避免吗?”纪空手冷然道。

“为什么就不能避免呢?”李秀树的话令全场众人都吃了一惊，无不将目光投向他的脸上，“今夜的事情，虽然显得无礼，毕竟对我们双方来说，都没有大的损失。而且我们的目的，只是请陈爷、龙爷两位到临月台一叙，并无太大的恶意，何必还要舞刀弄枪，拼得你死我活呢?”

“真的是请我们过去一叙这么简单吗?”纪空手的眼芒一闪，调侃道。

“当然还有其他的目的。”李秀树笑了笑，“否则我们又何必弄出这么大的乱子来?”

纪空手没有再问下去，他知道，有些事情说破了反而无趣，而有些事情最好是能见好就收，就像现在这样的结局，未尝不是双方都可以接受的。

“不过，就算今夜之事我们不予追究，你们也必须全部退出通吃馆，因为我不想再看到类似的事件发生在我的地盘上。”陈平领教了李秀树的手段，如果任由他们不走，恐怕会对房卫、习泗这两路人马不利，而这正是他不想看到的结果。

“可以，老夫这就命令我的人手撤出通吃馆。”李秀树回答得非常干脆。

他大手一挥，片刻之间，铁塔上除了纪空手三人之外，其他的人走得干干净净，如果不是灵竹公主留下的一缕体香与陈左尸身流出的血迹，仿佛一切事情都不曾发生过一般。

直到此时，龙赓才发现纪空手后背上早已是一片湿漉，看似悠然的纪空手，其实心里已紧张到了极限。

“你真的没有中毒?”龙赓深深地看了纪空手一眼，突然明白了李秀树何以要撤退的原因。

“我只是头有些晕，并没有其他不适的感觉。”纪空手自己都有几分诧异。

龙赓沉吟片刻，道：“我明白了，胭脂扣的毒性是专门克制人体内力的，而你的内力却不同于我们体内的内力，所以胭脂扣不能对你产生作用。也正因为如此，才使我们得以逃过一劫。”

龙赓的话很有道理，纪空手体内的补天石异力本来就是完全不同于后天修炼的内家真气，而发明胭脂扣这门毒药的人显然没有想到天下还有这样的内力，是以不能对补天石异力形成有针对性的克制。如此一来，就连李秀树也失算了这一着，导致他精心布下的一个妙局就这样糊里糊涂地失败了。

他一直以为是陈左出卖了他，所以陈左死得还真有些冤枉。不过无论李秀树有多么聪明，多么狡猾，他也不可能想到事实的真相竟是如此，莫非这就是命？

“虽然我们侥幸逃过了一劫，但是不可否认，李秀树无疑是一个非常可怕的对手，我们只怕要重新制订我们的计划才行。”纪空手说到这里，双眉紧锁，显然还在为刚才发生的事情感到后怕。直觉告诉他，李秀树这么干脆地退兵，并不是真的怕了自己，而是他一定还有更大的图谋在等着自己。

龙赓浑身乏力，勉强点点头，道：“的确如此。虽然他的那一剑已经得窥剑道的真谛，但这还不是他最可怕的地方。最可怕的是他的冷静，不管在什么情况下都非常冷静的心态。与这样的人为敌，实在是一件让人头痛的事情。”

“他似乎从来不做没有把握的事情。”陈平想了想，道。

“这也是他今晚没有动手的原因。”龙赓看着纪空手，微微笑道，“因为，当你心中无刀的时候，你的整个人就像这月夜背后的苍穹，宁静而致远，根本不可揣度。”

纪空手淡淡一笑，道：“我难道真的有这么可怕？”

“对李秀树来说，你的确让他感到可怕。但对我和陈平来说，你不仅一点都不可怕，还很可爱。”龙赓哈哈一笑，然后眼中流露出一股真诚，“我始终记得你说过的一句话，因为我们是朋友！”

朋友，这的确是两个很可爱的字眼，即使当韩信在纪空手背后刺出那一剑时，纪空手也从来没有对这两个字失望过，因为他始终觉得，如果这个世上没有这两个字，那么做人一定很无趣。

所以，当龙赓的话音一落时，三双大手已紧紧握在了一起。

第五十九章　雷厉风行

“回老爷，临月台的确走了不少人，除了灵竹公主与她的一帮随从外，其余之人全都撤出了通吃馆。”陈义肃手禀道。他今天的心情实在不错，一大早起来，就荣升总管一职，所以陈平交代他办的事，他很快就办好了，不敢有半点耽搁，因为他还不想让这一切变成一个梦。

“然后呢？”陈平的脸色依然通红，精神不振，看来胭脂扣的药力不弱，不到三日之期，恐怕不会消除。

“然后他们就上了北齐大街，穿过七坊巷，到了一家名为‘八里香’的茶楼。”陈义依然有条不紊地答道。

“再然后呢？”陈平的眉头皱了一皱，觉得这陈义有点死脑筋。

“再然后……再然后……”陈义小心翼翼地看了陈平一眼，支支吾吾地道，“再然后就没有了。”

“怎么会这样？”陈平与纪空手相视一眼，惊问道。

“派去跟踪的人一进茶楼，就被人打晕了，还是属下派人四处查找，才将他们给抬了回来。”陈义一脸惶恐地答道。

陈平摇了摇头，一摆手，让他去了。

“没想到还是跟丢了人。”陈平苦笑一声，望着纪空手道。经过昨夜的那一场凶险，无论是他，还是龙赓，都将纪空手视作了他们三人的核心。

“这只是意料之中的事，陈兄不必自责。”纪空手宽慰了他一句，“以李秀树的聪明，当然不会想不到这一点。不过，这样也好，这至少证明了他们还留在金银寨。”

纪空手饮了桌上的一口香茗，沉吟片刻，道：“李秀树之所以退出通吃馆，是因为身份暴露之后，他在明处，自然就会成为众矢之的。这样退一步，反而有利于他下一步的行动。以你们的见解，这李秀树下一个目标会是谁？”

这个问题看似简单，似乎是在房卫与习泗二人中任选其一。其实真要确定，却十分困难，这一点从陈平与龙赓的脸上就可看出。

“李秀树老谋深算，行事往往出人意料，要摸透他的心思实在不易。像昨晚发生的事情，就让人防不胜防，看来我们只有按照已订下的计划行事，只要房卫不出事，就无碍大局。而习泗，就让他听天由命吧。”陈平说出了自己的意见。

龙赓虽没有说话，却也认为这是当前他们唯一可以采取的办法。

纪空手却摇了摇头，若有所思：“我有一个预感，李秀树选择的下一个目标，也许既不是房卫，也不是习泗，而是另有其人。”

他此言一出，龙赓与陈平皆吃了一惊，觉得纪空手的推断未免有些匪夷所思。

“那会是谁？”陈平问道。

“我也不知道。”纪空手苦笑一声，“这只是我对李秀树行事作风的一个推断。李秀树如果真的要对付房卫、习泗，他就不会在昨晚来对付我们了。他这样做的目的，是想控制住陈兄，保证棋局由他操纵胜负，这样即使卞白的棋技不如陈兄，他们也可以夺得铜铁的留易权。而杀房卫、习泗，只是万不得已时的下策，就算他们能够杀了房、习二人，一旦卞白的棋艺不敌陈兄，岂不也是白费力气？”

“不过，若他们杀了房卫、习泗，尽管他们无法得到这贸易权，但至少也让刘邦、项羽亦空手而归，岂不也同样达到了他们的目的？”龙赓忍不住提出异议。

“这就是李秀树的聪明之处，我们可以试想一下，如果棋赛那天，房卫、刁泗已死，只有卞白一人参赛，这卞白又是韩信的人，那么就是再笨的人也可以看出这是韩信捣的鬼。以刘邦、项羽的头脑，当然不会看不到这一点。如此一来，势必对韩信的野心有所察觉，从而加强防范，甚至实施打击，这种局面当然不是韩信与李秀树希望看到的。”纪空手的思路非常清晰，一五一十说来，丝毫不显破绽，显然对这些问题深思熟虑。

“假如他们连卞白也杀了呢？”龙赓提出了一个大胆的假设。

“李秀树以高丽亲王的身份，拥有北域龟宗、东海忍道与棋道宗府三派的势力，但这三派虽然在他的控制之中，却只有北域龟宗才算得上是他的真正势力。而卞白既然敢来参赛，说明棋技不错，必然是出自于棋道宗府，如果李秀树就这样无缘无故地将之击杀，只怕难以服众。”纪空手断言道，“所以这种事情发生的可能性极小，李秀树更不会为了韩信而自损实力。”

“如果这些事情都不可能，那就有些让人难以琢磨了。”龙赓摊开双手，一脸苦笑。

纪空手却并不气馁，闭起眼来，似乎在想着什么，老半天也不见动静。

陈平与龙赓苦于自身内力受制，精神大是不济，似睡欲睡间，却听纪空手一拍手道：“对了，一定是这样的。”

陈平与龙赓精神一振，道：“莫非你已想到了他们下一个目标是谁？”

“其实我们想得太多，所以误入了岐途。”纪空手微微笑道，“李秀树此行夜郎的目的，无非是不想让刘邦和项羽任何一方得到这铜铁的贸易权。既然如此，那么他只要让这棋赛不能进行下去，就同样可以达到目的，陈兄，你说是也不是？”

“的确如此。”陈平点了点头，脸上却带着几分疑惑，“可是棋赛乃是夜郎王钦定，已经张榜公布天下，岂能说废就废？要想让棋赛不能进行，除非是夜郎王钦准才行。”

“要在什么样的情况下夜郎王才会下令停办棋赛呢？”纪空手问道。

陈平想了一想，道：“这第一种情况是我出现了意外。主办方既然缺席，这棋赛自然就比不下去了。”

纪空手点头道：“经过了昨夜的凶险，想必李秀树不会重蹈覆辙，所以这种情况可以排除。”

“第二种情况，就是贵宾方缺席。不过这种可能性经过你的分析之后，恐怕发生的可能性也不大。”陈平道，“还有一种情况，就是在通吃馆内发生了大的变故与意外，致使棋赛无法举办，但是这种可能性只怕也不存在。”

“你真的这么自信?”纪空手似笑非笑。

陈平不由踌躇起来，考虑良久方道：“我陈家本为暗器世家，故此家中的子弟习武者不少，其中也不乏武道高手，应该可以控制通吃馆内的局势。而金银寨的城守刀苍将军一向与我交好，手下有精锐五千，完全能够控制金银寨内的整个局势。有了这两股力量，应该不会出现大的问题。”

“你这些力量的确可以应付城中发生的一些变故，但是明枪易躲，暗箭难防，李秀树人在暗处，万一生出事来，只怕你们未必能防范得了吧?”纪空手沉声道。

“那就要看他到底想滋生什么事了。”陈平信心不足地道。

纪空手想了一想，道：“譬如说，这几天来到通吃馆内的邻国王公贵族不少，既有公主，又有王子，万一失踪了一位，你的棋赛还能进行下去吗?”

陈平霍然色变。

纪空手所说的这种情况，在通吃馆建馆百年以来还从未发生过。一来这些王公贵族的随从中本身就不乏高手；二来通吃馆派出专人对他们实施昼夜保护，防范之严密，足以保证他们的人身安全。可是这一次的情况却有所不同，原因是贵宾太多，造成了通吃馆人手分散，再则对手是李秀树这样的绝世高手，万一他真的将目标对准了这些贵宾，那么通吃馆根本无法防范。

而若真的发生了这种情况，事关重大，就已经不是棋赛是否能办得下去的问题，一旦处理不妥，很有可能就会爆发国与国之间的战争。思及此处，陈平已是冷汗涔涔。

他立时召来陈义，要他尽快查清各位贵宾此刻的情况，同时命令属下严加盯防。当一切安排妥当之后，这才问道："那我们现在应该怎么办?"

"如果我们一味消极防范，只能是防不胜防。以你的势力，只有尽快找到李秀树他们的藏身之处，然后主动出击，才有可能化解劫难。"纪空手非常冷静地道，"如果我所料不错，李秀树真的打的是这个主意，那么我们现在行动，只怕迟了。"

"迟了?"陈平的心里"咯噔"了一下。

"对!"纪空手点了点头，眼中露出一道可怕的寒芒。

纪空手所料不差，的确有人失踪了。

而这个人不是别人，居然是漏卧国的灵竹公主。

听到这个消息的时候，就连纪空手也生出几分诧异，陈平与龙赓更是面面相觑。

这的确是一个出人意料的消息，最有可能的情况就是李秀树与灵竹公主串通一气，演了一出戏，企图栽赃嫁祸。

但是不管怎样，在没有真凭实据之下，灵竹公主既然是在通吃馆内失踪的，陈平就难辞其咎，必须要担负起这个责任来。

"李秀树的这一手果然毒辣，怪不得他会在铁塔之上退得这般从容。"陈平喃喃地道。

"他此行夜郎显然是势在必得，是以一计不成，又生一计，似乎早有准备，否则他下手绝不会这么快，根本不容我们有半点喘息之机。"纪空手意识到了问题的严重性，眉头紧锁。

"如果我们找不到灵竹公主，我个人还不要紧，只怕我的家族和国家就要面临战火了。漏卧王一向对我国丰富的铜铁资源垂涎三尺，灵竹公主又是他最宠爱的女儿，有了这个借口，他焉有不出兵之理?”陈平忧心忡忡，长嘘短叹。如果因为这件事而引起夜郎与漏卧两国爆发战争，无论输赢，必将给两国的百姓带来无尽的痛苦，而这正是陈平不愿意看到的。

纪空手拍拍他的肩，表示理解他此刻的心情，缓缓站了起来，道：“战争一旦爆发，遭殃的就是百姓，是以除了那些别有用心之徒外，没有人希望战争。当年五音先生归隐江湖，人在山野，却心系天下，一生劳碌奔波，就是不想看到百姓因为战火而流离失所，背井离乡。先生是我这一生最敬重的人，所以，为了完成他的这个夙愿，我绝对不会让这场战争在我的眼皮底下发生。”

他的脸色十分凝重，言语之间，始终流露出一股浩然正气，深深地感染着陈平与龙赓。

“那么我们现在应该怎么办?”龙赓问道。

“你们现在好好休息。”纪空手拍拍手道，“其他的事情让我来办。”

陈平惊道：“那怎么可以？我马上派人过来，随你调遣。”

“要想找到李秀树的藏身之处，凭的不是人多，我一个人就够了。”纪空手似乎胸有成竹，“不要忘了，我可是盗神丁衡的唯一传人，所以你们无须为我担心。”

“可是，李秀树的剑法实在太高，又有一帮得力手下，万一发现你在查找他们，只怕会对你不利。”龙赓的脸上显露隐忧。

纪空手笑了，笑得非常自信，整个人就像一座傲然挺立的山峰，有着一种慷慨激昂的气势，缓缓而道：“我已无畏!”

在陈义的引领下，纪空手来到了北齐大街。

这无疑是金银寨最繁华的一条街道，街道两旁，楼阁林立，有着各式各样的店铺，门面光鲜，货物齐全，人来人往，分外热闹。

当纪空手置身其中的时候，他才发觉要在这茫茫人海中找到几个人的下落，实在不是一件容易的事情。

不过幸好这里是陈平的地盘，只要是本地人，没有不给陈义面子的，所以当纪空手走完这条大街，站于七坊巷口时，他得到了他想知道的一些情报。

“今天一大早，天刚放亮，的确有一帮外地人簇拥着一辆马车自北齐大街经过，他们走得很慢，从这条大街上走过足足花了几炷香的功夫，然后才转入七坊巷。”陈义有条不紊地禀道。

纪空手微微一怔，道：“你打听过他们的衣着相貌了吗?”

“打听过了，从这帮人的衣着相貌来看，应该像是李秀树一伙人，倒是这马车中所载是否是灵竹公主，就不得而知了。”陈义想了一想，答道。

“你很谨慎，也很会办事。”纪空手很满意他的回答，能在这么短的时间内获得这些情报，并不容易，陈义却做到了，这就说明他有一定的活动能力。

“多谢公子夸赞，这只是我应尽的本分。”陈义并没有因此而得意，而是看了看七坊巷里的动静，道，“从这条巷子穿过，就是澄云湖，八里香茶楼就在湖滨之畔。”

“那我们就进去坐坐!”纪空手看着这条用青石板铺成的巷道，毫不犹豫地当先而行。

八里香茶楼果然在澄云湖畔，前临闹市，后傍湖水，湖风徐来，一片清新，的确是一个品茗的好去处。

能到这里喝茶者，都是有些身份的人，因为在这里可以品茶，也可以尝到最新鲜的湖鱼，经过当地最有名气的厨子之手，它便变成了一两银子左右一道的名菜。普通人家通常就只有望鱼兴叹，直流口水，谁也不想把自己全家老小的一月花销拿来一饱口福。

因此纪空手与陈义上得楼来，放眼望去，看到的都是一些衣着光鲜的富人。此时正是晌午时分，所以茶楼上的生意十分火爆，等到他们坐下的时候，整个茶楼挤得满满当当，根本找不到一个空座。

“看来这茶楼的老板还真懂得生财之道，生意竟这么红火，怪不得李秀树一干人会到这里来。”纪空手环顾四周，微微一笑。

“纪公子，你不觉得奇怪么?”陈义犹豫了一下，终于开口道。

“哦，有什么值得奇怪的地方?”纪空手看了他一眼，鼓励他说出来。

“如果他们真的挟持了灵竹公主，就应该不动声色，悄然将之藏匿起来才对，可是你看他们闹出的动静，好像生怕我们不知道他们的行踪一般，这岂不是有些反常?”陈义说出了自己心中的疑惑，仿佛松了一口气，脸色已变得通红。

“就算如此，我们还不是一样没有找到他们的行踪?”纪空手点了点头，好像同意陈义的说法，不过，他又提出了另一个问题。

“这倒不难。”陈义道，“我们只要问问这茶楼里的老板和伙计，就可以知道他们所去的下一个地点。只要他们还在金银寨，只要他们在人前出现过，我们迟早能找到!”

纪空手微微一笑，道：“我们又何必这么麻烦呢?既然到了茶楼，不如叫几尾湖鱼，小酌几杯，岂不远胜于这番忙碌?”

陈义见他一副镇定自若的样子，不由惊奇道：“莫非公子已经成竹在胸?”

纪空手并不作答，只是笑了笑，等到酒菜上席，方道：“如果我所料不差，相信我们这顿酒还没完，就有人会找上我们。”

陈义一脸诧异，欲问又止，心道：“这地盘是老爷的，他都没你这般自信，难道你有未卜先知之能不成?”脸上露出将信将疑的神情。

纪空手也不管他，自顾自地品尝起这肥美的湖鱼来。等到酒过三盏，一条被阳光拉长的人影出现在他们的桌旁，光线立时为之一暗。

“两位兄台，可否借光一坐?”一个冷冷的声音随着人影的出现而响起，就如这暗黑的光线有几分寒意。

陈义吃了一惊。

他之所以吃惊，并不是因为来人的突然，而是没有想到纪空手的判断如此精准，就像一切尽在其意料之中一般，不由得对他心生敬佩。

当他的目光投向来者时，只见来人的衣裳华美，却头罩一顶磨盘似的竹笠，遮住脸部，让人无法看清他的五官，浑身上下似乎透着一股邪气，让人有一种不舒服的感觉。

“既然来了，何必客气?”纪空手好像一点都不感到诧异，手一抬，以示让坐。

“多谢。”那人坐了下来，端起陈义的酒盏饮了一口，道，“酒是好酒，可惜菜无好菜。”

“哦，这几尾湖鱼的做法是这家老店的招牌菜，竟然入不得你的法眼，想必你一定是大有来头之人，吃惯了奇珍异味，是以才会有此评语。”纪空手淡淡一笑，似乎并不介意对方的张狂无礼。

“老夫不过是湖边一钓翁，有何来历可言？倒让公子见笑了。”那人嘿嘿笑道，“不过老夫却懂得这湖鱼的另外一种吃法，一经烹调，味美无穷，与之相比，这些菜皆是不入流的粗物。”

“这倒是头回听说，倒要请教此菜大名?”纪空手淡笑道。

“此菜名为竹筒鱼，取鲜美湖鱼一尾，破肚去肠，再取新嫩青竹一段，从中剖开，然后将湖鱼置入竹筒内，加酸汤汁少许，几片鲜羊肉，一应佐料俱全之后，将竹筒封好，上笼蒸两个时辰，便成绝世美味。”那人显然是大嘴食客，说到动兴处，已是唾液四溅。

“原来竟有这种吃法，光听听已是让人食兴大发，若是真能尝到如此美味，也算不虚此行了。”纪空手来了兴趣，凑过头去，“不知要到何处才能吃到这道菜肴?”

“这种吃法已成孤品，除了老夫之外，只怕天下再无第二个人能做。”那人傲然道。

“这么说来，你能否为本公子一展厨技呢?”说完纪空手已从怀中取出一锭银子，放在桌上，推了过去。

那人将银锭收下，一口干完了手中的酒，趁着兴致道：“难得你我投缘，老夫就献一次丑。走，老夫的船就在楼下，泛舟烹鱼，何等快哉?”

"慢!"纪空手一摆手道,"竹筒鱼,竹筒鱼,无竹怎能成鱼?我们先在岸上砍根竹子再下湖。"

那人淡淡一笑,道:"老夫既然敢请公子下湖享鱼,船上又怎会少了竹子?不瞒你说,这竹子还是老夫一大早带上船的,又新鲜又水灵,乃是做竹筒鱼的上佳材料。"

纪空手拍掌道:"看来本公子的确有缘吃上这等美味,既然如此,陈义,你先回去吧,待我吃了这竹筒鱼之后自己回来。"

陈义见他二人说话古怪,弄不懂他们葫芦里卖的是什么药,又不好问,只得匆匆回馆,向陈平回禀去了。

当下纪空手随这老者下得楼来,上了一艘小船。桨翻橹动,破水而行,一船二人向湖心悠然划去。

澄云湖湖在城中,足有数千亩之大,湖中小岛不少,大船更多。船只穿梭来往,极是热闹。

两人相对而坐,都没有说话,那老者双手摇桨,黑桨出没于白水之间,荡起道道波纹,扩散开来,煞是好看。

在前方百米处的一个小岛边,停泊着一艘巨大的楼船,船上装饰豪华,灯笼无数,可以想象夜间的灯景。纪空手所乘的这条小船正是向楼船飞快驶去。

"嘿嘿,你的胆子果真不小,所谓艺高人胆大,想必你的身手一定不弱。"眼看就要靠上大船时,小船突然停了下来,那老者缓缓抬起头来,露出了竹笠下的真面目。

竹笠下的这张脸已有了几分老相,笠下散落的几缕发梢与脸上的胡须俱已花白,只有当他的眼芒暴闪而出时,才可以看到那眼芒深处的点点精光。

纪空手淡淡一笑,看他一眼,道:"胆大,艺高,与这竹筒鱼又有什么关系?难道为了吃这道竹筒鱼,你还要考验我的武功不成?"

"你无须插科打诨,既然敢上我这条船,我们就不妨打开天窗说亮话,你到底是谁?”那老者厉声道，在他的手上，已然多出了一副鱼叉。

纪空手连老者的脸都不看，而是将目光投向了水中的波纹，沉声道：“你又是谁?”

“老夫张乐文乃北域龟宗的七坛使者之一。”老者冷声道，听在纪空手的耳中却吃了一惊，因为他曾经听车侯说过，在北域龟宗除了李秀树之外，能位列七坛使者的人无疑都是厉害角色，相传每坛之主都有一门绝技，比及江湖上的一些掌门有过之而无不及，无一不是劲敌。

纪空手并不为张乐文的身份感到震惊，事实上当他一进八里香茶楼时，就预感到了这是李秀树布下的一个局。

事实上，灵竹公主的失踪，只要是明眼人，便知肯定与李秀树一干人有关。而他们的行动似乎有些反常，好像是故意留下线索让纪空手找到一般，不过，李秀树算定，就算纪空手他们明知是个陷阱，也一样会睁着眼睛往里跳，因为，纪空手等人已别无选择。

让张乐文感到有些意外的是，来者只有纪空手，并没有李秀树所说的龙赓与陈平。虽然他不清楚这是为什么，但是对他来说，无论是来一个，还是三个，这并不重要，重要的是来者必须死，这无异于是一次地府之行。

湖风吹过，并没有带来盎然的生机，反而多了一种令人窒息的死寂。小船不长，只有两丈，在纪空手与张乐文相距的空间里，风不能入，全是肃杀。

张乐文的脸上已有了一丝怒意，他原以为对方听到了自己的名字，至少会有一些反应，因为“山海夜叉”张乐文在巴蜀武林可说是众所周知。但是，他失望了，因为纪空手的目光依然在看着那起伏有致的水纹，淡淡而笑，竟然没有一点反应。

“你难道从来没有听过老夫的名字?”张乐文的提高了声调，似乎有些不甘心，而他的手则紧紧地抓住鱼叉，骨骼关节咯咯直响。

纪空手的眼睛终于抬了起来，两道幽深无底似有实质存在的目光扫在张乐文的脸上，冷然道："你难道还不知道我是谁？"

"你叫左石。"张乐文冷笑一声，"但是没人相信，因为夜郎陈家虽是暗器世家，而其家主的星碎虚空、刃影浮光虽名满武林，但有人认为仍不如你。他估计以你的武功，已可跻身天下前十之列，所以你绝不会是一个无名之辈。"

"哦？"纪空手忍不住想笑，"你当然不服，所以想试上一试？"

"你认为我不敢？"张乐文的脸陡然一沉。

"你当然敢，要不然你也不会把船停在这里了。"纪空手淡然道，"不过我必须提醒你一句，当你的鱼叉出手，就没有较量，只有生死！因为我对敌人从不客气，也从不留情！"

张乐文不自禁地打了个寒战，眼睛中的寒芒如利刃般射向对方，似乎在掂量着对方的斤两。半晌之后，他才深深地吸了一口气，道："既然如此，就亮出你的兵刃来吧。"

"不必！"纪空手冷冷地道。

"你……"张乐文的眼神几欲喷火，即使是涵养再好的人，也不可能容忍别人对他的这般轻视。

"我绝对没有小看你的意思。"纪空手悠然而道，"因为我已将刀舍弃。"

"你……你曾经用刀？"张乐文的脸上似有几分诧异，"天下像你这般年纪的刀道高手了了无几，莫非你不姓左，而姓纪？"

纪空手的心里微微一震，表面上却不动声色："姓左如何，姓纪又如何？名字只是一个人的代号，重要的是他的刀是否锋利！"

他说话间，整个人已如脱兔而动，便像一把凌厉无匹的刀向张乐文飙射而去。

张乐文没有料到纪空手说打就打，如霹雳滚来，毫无征兆，心中吃了一惊，只觉得纪空手的手上虽然无刀，但他浑身上下所逼发出来的杀气远比刀锋更疾、更劲。

船身不动，船舷两侧的湖水却如游龙般蹿动，在这股杀气的带动下，突然腾空，若巨兽的大嘴般向张乐文吞噬过去。

纪空手这一动绝对不容任何人有半点小视之心，就连狂傲的张乐文也不例外。

他唯一能做的，就是将手中的鱼叉刺出。

这本来是一个很简单的动作，对张乐文来说，更是如此。这副鱼叉从他七岁那年就伴随着他，迄今已度过了四十几个春秋，鱼叉的重量几何，叉刃多少，他都了然于胸。唯有这副鱼叉从他的手中刺出了多少回，他却记不清楚了，因为他无法记住是第三万六千六百次，还是第三万六千七百次，多得难以计数。

可是这一次，他却无法刺出，就在他即将刺出鱼叉的刹那间，他突然感到了自己的眼前乍现出一道耀眼绚烂的电芒。

飞刀，又见飞刀，在纪空手的手上，赫然多出了那把长约七寸、窄如柳叶的飞刀！

飞刀也是刀。

纪空手既然已经将刀舍弃，怎么手中依然还有刀？难道他还没有达到心中无刀的境界？

这是一个谜，连纪空手自己也无法解答的谜。

只有当这一刀闪耀虚空时，他才感到了一丝惊奇，因为这一刀射出，宛如羚羊挂角，不但无始，更是无终，刀势若高山滚石般飞泻而下，封死了张乐文的所有进攻路线，甚至连他自己也不知道这一刀最终会攻向什么地方。

一切都是自然而然就发生了，似乎冥冥中有一股玄奇的力量在左右着纪空手的意识。

在这一刹那间，纪空手豁然明白自己真正做到了心中无刀。

——正因为他心中无刀，所以刀在他的手中，在他的眼里，在他的心里，就已不再是刀。

这岂非也是一种境界？

但在张乐文的眼里，刀就是刀，而且是一把足以让人致命的刀，虽然这把飞刀薄如蝉翼，轻若羽毛，但它破空而至时，仿佛重逾千钧，让人根本无法把握。

不能把握就只有退避，然而在这两丈小舟上，已是退无可退。

别无选择之下，他的鱼叉不守反攻，不退反进，手腕一振，幻化成百道叉影，强行挤入了刀势之中。

“叮……”刀叉在极小的概率中相触一起，凝于半空。

自刀身袭来的一股无匹劲力强行震入鱼叉之中，张乐文只感有一道强势电流侵入自己的经脉内，气血翻涌，几欲喷血。

直到这时，他才知道自己的挑战是何等的愚蠢，也由衷地佩服起李秀树的眼力来。当李秀树决定设局来对付这几个人时，张乐文心里还不以为然，认为是小题大做，而今他却明白，轻视敌人就是轻视自己。

可惜这明白来得太迟了一点，张乐文唯有将内力提升至极限，强撑下去。他的心里暗暗叫苦，知道面对如此沉重的刀气，自己很难支撑多久，当自己力弱之际，也就是毙命之时。

思及此处，冷汗已湿透全身。

“哗……”就在这时，靠近船边的湖面上，凭空翻卷出一道巨浪，水珠激射，如万千暗器袭向卓立不动的纪空手，而在浪峰的中心，隐现出一道似有若无的寒芒。

这无疑是妙至毫巅的刺杀，之所以妙，妙就妙在它把握时机的分寸上。

所以毫无疑问，来者是个高手，一个绝对的高手，只有张乐文知道，来人的名字叫东木残狼。

而纪空手的眼神依然是那么清澈，便像是头上的这片天空，没有丝毫的杂质，也没有丝毫的惊讶，甚至连逼入张乐文经脉的内力都没有震动一下，显得那般平静与自信。

他肯定会有后续之招！

但是无论是张乐文，还是东木残狼，明明知道纪空手一定会变招应对，却无法预测出他将如何应变，因为纪空手根本就没有动，只是静静地等待，等待着水珠与刀光进入他的七尺范围。

张乐文与东木残狼无不心惊，从来就没有看到过如此镇定的人。此刻的纪空手，真正做到了泰山崩于前而色不变的心境。

难道这不是真实，一切只不过源于幻觉？如果是幻觉，何以纪空手脸上露出的那一丝笑意又是那么清晰，那么震慑人心？

笑如昙花一现，当笑容从纪空手的脸上消逝的刹那，他手中的飞刀突然一旋，自然而然地顺着一道弧迹改变了方向。

“当……”张乐文只感鱼叉顿失重心，更在一股气机的牵引下，如电芒般迎向隐于浪峰中心的刀光。

两人心中骇然，一触之下，瞬间即分，同时身形错位，剑叉斜走，封锁住对方可能攻击的方向。

纪空手状如天神般卓立船头，飞刀在手，全身衣衫无风自动，透出一股说不出的潇洒，冷然道：“两位一起上吧。”

张乐文与东木残狼相视一眼，都没有动。

纪空手却踏前了一步！

面对纪空手天神般的气势，东木残狼禁不住后退了一步。他曾与龙赓交手，已是有所不及，此刻又面对纪空手，他的心里已然有了一丝怯意。

纪空手没再说话，厉芒横扫，寒气满船，他已决定用刀说话！

第六十章　指间乾坤

刀既出，势如疯狂，乍出虚空，便闻刀风呼啸，仿佛自四面八方挤压而来。

张乐文只有一咬牙，挺叉而上。

小船空间虽然不大，但两人游走自如，不嫌狭小，面对纪空手有若飞鸟游鱼般无迹可寻的刀法，张乐文竭尽全力，硬拼三招，正要退时，东木残狼寻机而进，加入战团。

湖面上顿生浓烈无比的杀气与战意，便连徐来清风，也无法挤入这肃杀而凝滞的空气。

纪空手周旋于两大高手之间，如风飘忽，如山凝重，无时无刻不驾驭着刀意。当他的心中无刀时，却感到了刀的灵魂，刀的生命，甚至将自己的血肉与之紧紧联系在一起。

他从来没有感受过这样自由的心境，更没有想到刀的生命会是如此的清晰美丽，一切都是在漫不经心间产生，就好像一切都是上天早已注定。

用刀至此，已臻登峰造极、出神入化的禅境。

不过十数招后，纵是以二搏一，东木残狼与张乐文都近乎绝望，因为无论他们怎么努力，都始终处于下风，险象环生。

一声清啸，纪空手踏前一步，刀随势走，没有半点花巧变化，直劈出去。

东木残狼与张乐文顿感如山压力狂奔而至，这看似平平无奇的一刀，却藏巧于拙，根本不容人有任何格挡的机会，唯有退避。

“噗……噗……”一退之下，便是湖水，两人再也没有翻出水面一战的勇气，沉潜而去。

纪空手没有追击，也不想追击，只是将自己的目光锁定住那艘巨大楼船。

他心里清楚，真正的凶险还在后面，但他却丝毫无惧。

明知山有虎，偏向虎山行！

如果将这座巨大楼船比作虎山的话，纪空手已别无选择。

小船悠然而动，无人弄桨，无人摇橹，只有纪空手伫立船头。

眼看距那艘巨大楼船尚有三丈之距时，纪空手一声长啸，整个人就像一只矫健的鱼鹰般滑过水面，腾上半空，稳稳地落在大船的船头。

大船上却如死一般寂静，根本没有一丝活人的气息，在这静默的背后，不知等待纪空手的会是什么？

不知道，至少纪空手无法知道。

他深深地吸了一口气，让自己的心完全平复下来。当他的功力略一提聚时，甚至不想继续向前。

这并非是他改变了主意，抑或是他发现这是空船，而是踏前一步之后，他已然感觉到自己面临着极度的危险，似乎在这大船之中有人正张网待捕，等待着自己的到来。

在刹那之间，他的脑海里转过无数的念头，甚至想到了放弃，但是一思及陈平那忧心忡忡的目光，一想到夜郎国即将面临的战火，他已无法放弃。

李秀树是否已经算定了纪空手他们的心理，所以才布下了这个无法回避的死局？

甲板过去，就是前舱大厅，门半启，看不到一个人影。

湖风从甲板上徐徐吹过，带来一股湖水的清新。当纪空手的足音踏响在甲板上时，因宁静而更生寂寥。

这船表面上看去一切都是那么平静，无声无息，没有一点要发生事情的样子。但是纪空手自体内异力提升之后而引发的灵觉，却使他丝毫不误地掌握到针对他所设的重重杀机。

他一步一步地前行，刀已被他暗中收入袖中，尽量让自己的每一个动作放缓、放慢，保持一种缓慢的流畅，同时脑筋高速运转。

目前最大的问题是只能前进，不能后退，更不可以一走了之。他必须找到灵竹公主，并将她带回通吃馆，以化解陈氏家族面临的压力，消弥可能因此诱发的一场战争。

他只能靠自己，胭脂扣的毒让他失去了龙赓这个强助，使得他此行已变成了一场输不起的豪赌。一旦输了，就彻底输了，连翻本的机会都不可能再有。

面临如此巨大的压力，别人想一想都会头痛，可是纪空手居然还笑得出来。

他无法不笑，只有笑，才可以释放他心中这种如大山般沉重的压力。在他的个性中，正因为他有着对一切都满不在乎的潜质，才能使他在乱世的江湖中走到今天。

他笑得很恬静，只是在嘴角处悄悄流露出一丝笑意，一笑之后，先前还一片模糊的意识立时变得清晰起来，如刀刻般清晰。

他终于来到了舱厅的门边，深深地吸了一口气后，便要推开这扇半启的门，可是当他的大手只距门板不过三寸时，却悬凝不动了。

他已感觉到在这扇门后，有危机存在！虽然这种危机似有若无，却逃不过他如苍狼般敏锐的直觉捕捉。

他停下了动作，然后将身子向左偏移了三尺左右，这才挥掌而出。

“轰……”掌力隔空而发，轰向了木门的中心，碎木飞射间，却听得十数声“嗖嗖”地连响暴起，十几道如电芒般快捷的青芒破门而出，分呈十数方向飙射。

其速之快，绝非人力所为，箭带青芒，表示箭上淬有剧毒。敌人用的是弩，一种以机栝控制的短箭，速度快到了不容人有半点反应的地步，若非纪空手的直觉敏锐，只怕难过此劫。

更让纪空手感到心惊的是，对方竟然在箭上淬毒，这就说明对方完全不择手段，只想置纪空手于死地。

这不由得不让纪空手将自己的神经如弦紧绷，随时将自己的灵觉提至极限，以应付可能发生的突变。

袖衣轻舞，飞刀在手，纪空手不敢大意，等了半晌工夫，这才踏着碎木走上了舱厅。

舱厅长而狭窄，如一条宽敞的甬道，而不像是一个待客的场所。厅中的装饰豪华，布置典雅，若非面对强敌，纪空手真想坐下来品一品茶，喝一喝酒，不啻于一次惬意的享受。

可这只是他心中的一种奢望，当他步入厅室时，他感到了数股若有似无的杀气如阴魂般浮游于这空气中。

三股杀气，三个人，埋伏于舱厅的木墙之后，分立两边。当纪空手人一入厅，就已处在了他们的夹击之中。

但最具威胁的敌人，不在其中，而是在舱厅尽头的那面布帘之后。纪空手并不能确定此人的存在，却能感受到对方那无处不在的威胁，其武功之高，比之他纪空手也未必逊色多少。

他几乎确定此人正是北域龟宗的宗主李秀树，但是静心之下，却否定了自己的判断。

这绝非是他凭空臆想，而是他的一种感觉，一种没法解释的感觉。每次当他有了这种感觉的时候，通常都不会有错。

这是否说明对方的强大已经超出了纪空手的想象？

纪空手再一次深深地吸了一口气，让自己紧张的情绪得以舒缓，经过了一番思量与算计之后，他决定主动出击。

他必须主动出击，这是他唯一的一线生机，若等到对手攻势形成之际再动，就是一条死路。

这当然只是一种对形势的估计，如果对了，抑或错了，都无法预知是个怎样的结局。

"哧哧哧……"他的脚在舱板上动了三下，就像是连续踏出了三步，其实他却原地未动，只是将自己的气机向前移动了三步，让对方对他现在的位置产生一种错觉。

当他做好了这个前期动作之后，他的刀锋斜立，一点一点地抬至眉心。

在抬刀的过程，就是敛聚内力的过程，当补天石异力积蓄到顶峰之时，他的手腕轻轻一振，庞大无匹的劲力蓦然在掌心中爆发，七寸飞刀暴涨出数尺刀芒，化作一道闪电般刺向了木墙。

几乎在同一时间之内，他手中的飞刀没有在空中作出一丝的停留，划开木墙，同时飞腿弹去，仿似鬼魅般的身形破墙而入。

这一连串连续复杂的动作，完全在眨眼间完成，以肉眼难以察觉的高速，以无比精确的准度，演绎出了一种极致的武学。

当这一切已然发生之时，那布帘之后的高手方才有所察觉，杀气在最短的时间内提至巅峰，却已救应不及。

"噗……"飞刀的寒芒形如火焰，若穿透一层薄纸般毫不费力地划入木墙，刀虽在木墙之外，刀芒却已没入墙中。

"咔……噗……"没有惨呼，只有血肉翻开的声音与骨骼碎裂的异响，喷射的血雾溅向木墙，如点点红梅般触目。

"砰……"几乎是同一时间，纪空手的飞腿如电芒闪至，踢中了木墙之后的另一名杀手。木墙以中腿处为中心现出无数道裂纹，寸寸碎落之下，一个狰狞恐怖的面孔已是七窍流血，现出木墙之外。

当纪空手以最快的速度闪入木墙之后时，剩下的那名杀手已是满脸惊骇。他显然没有料到一个人可以将身体的极限发挥到如此完美的地步，一惊之下，同样以近乎极限的速度飞逃而去。

纪空手并不追击，卓立于木墙之后，轻轻一推，这面木墙已然坍塌，木屑四飞间，那道布帘赫然在目。

布帘之厚，使人无法窥探到布帘之后的动静。但那道凝重如山的杀气在流动的空气中缓缓推移，令纪空手无法小视帘后之人的存在。

纪空手淡淡地笑了一笑，同时感到了对手的可怕。

他刚才发出一连串的攻击，虽然是全力施为，但他的注意力始终放在布帘之后的敌人身上，因为他心里十分清楚，木墙之后的人无论有多么凶悍，都及不上这位隐身布帘之后的高手，只有将之从布帘后引出来，纪空手才有面对他的机会。

而现在，场上形成了一个僵局！

无论是纪空手，还是这位高手，他们都不敢贸然行动，因为他们都非常清楚对方的分量。谁敢贸然而动，就等于让尽先机。

纪空手的眉锋一跳，淡淡而道："阁下是谁？何以躲在这布帘之后不敢见人？如果你觉得这样站着很有趣，那就恕我不能奉陪了。"

"你就算觉得无趣，也只有奉陪到底！这是一个无法回避的事实。"一个冷冷的声音似乎在纪空手的耳边响起，又似响在苍穹极处，"只有闯过了我这一关，你才有可能见到灵竹公主。"

纪空手的手心微紧，抓紧了手中的刀柄。单凭听觉，他已经感到了对方的内力之深，的确是一个可怕的对手。

"你似乎很懂得我此刻的心理。"纪空手形似聊天，一脸悠然。

"不是我懂，而是李宗主将你的心理摸得很透，所以他再三嘱咐我，不到万不得已的时候，不要动手。时间对你来说，尤其宝贵。"那人的声音很冷，如一潭死水般宁静。

"那我们就这样耗下去？"纪空手笑了，语带调侃，一点都不显得着急。

"不，因为我也是一名武者，更是一名枪手，当看到别人在我面前使出绝妙的刀法时，我就会忍不住手痒，无论是谁的叮嘱都会被我抛诸脑后！因为每当武者提到'刀枪'二字时，总会将刀排在枪之前，所以我平生最恨刀客！"那人冷笑一声，充满了无穷的傲意。

纪空手冷然道："你很自负，通常自负的人都不会有很好的结果，相信你也不会例外。"

他说完这句话时，呼吸为之一窒，眼芒为之一亮，那厚重的布帘无风自动，倒卷而上，自暗黑的空间里走出一个人来。

杀气使得舱房内的气压陡增，带着一股血腥，使空气变得沉闷至极。纪空手只感到来人踏前而行，犹如一堵缓缓移动的山岳，气势之强，让人有一种难以逾越之感。

纪空手的手心渗出了丝丝冷汗，并非因为这暗黑中走出之人，而是这人手中的那杆丈二长枪。对于纪空手来说，他并不害怕高手，虽然他步入江湖的时间只有短短数年，但他见过的高手实在不少，其中也有扶沧海这类使枪的高手。可是来人虽然也是以长枪为兵器，却完全不是与扶沧海同一类型，在霸烈之中似乎带着一股邪气，让人仿佛看见了暗黑世界里的一只怪兽，恶心而恐怖。

"你岂非与我同样的自负？"那人站到纪空手眼前的两丈位置，声音极冷，脸上却似笑非笑。

"也许吧，也许我们是同一类人。"纪空手微微一笑，心里却暗道："在自负与自信之间，谁又分得清什么是自信，什么是自负？这本就是只差一线的东西，唯一的不同就只有结果。"

"很高兴能认识你这样的高手，我叫李战狱，希望你不会让我失望。"那人抬头笑了一笑，显得极有风度，也非常狂傲。

"真是幸会，我想，如果我们真的交上了手，也许感到失望的人会是我。"纪空手淡淡而道，眼中已多了一丝不屑。

他虽然表面上一副悠然，神情自若，其实在他的内心，依然不敢有半点的放松。因为他知道站在自己面前的人，已是李秀树这一方中非常厉害的高手，人称"枪神"，乃北域龟宗第四号人物。

李战狱算得上是北域龟宗元老极人物，年长李秀树四岁，其武功造诣之高，足可跻身江湖一流，只是他对权势的兴趣不大，心性淡泊，是以江湖上听过他名号的人并不多，纪空手也是偶然听车侯谈起，有些印象，才能在见到真人时对号入座。

不过李战狱虽然厉害，也有一个弱点，就是过于自负，常常自诩自己的枪法无敌于天下，不容别人有任何的质疑。纪空手当然不会放过利用的机会，是以不遗余力地激怒他，以便自己有可乘之机。

果不其然，李战狱的脸色陡然一暗，犹如六月天的猪肝般十分难看，杀机骤现。

他绝不容许有人这样轻视自己，要证明自己的实力，唯一的办法就是出手。

“小子狂妄，你就等着受死吧！”李战狱大喝一声，踏前一步，长枪已然贯入虚空。

长枪如龙，天马行空。

万千枪影幻生于一瞬之间，犹如点点雪花，又如漫天星光，若潮涌至。

“轰……”纪空手没有料到李战狱一出手攻势就如此霸烈，错身一退，便听枪锋疾扫，所遇物什一切尽碎。

这声势的确吓人，风声鹤唳，空气紧张，不过纪空手却早有准备。他的飞刀极短，只宜近身相搏，正与李战狱的长枪反其道而行之，是以他没有犹豫，身形一动，人已挤入李战狱的七尺范围。

以己之长，克敌之短，这本就是制敌的手段之一。纪空手不出手则已，一出手便已找到了对付李战狱的最好方法。

“轰……轰……”李战狱双手握枪，枪身如游蛇般滑腻，连出三招，俱被纪空手躲过，双方的兵器竟未接触一下。

纪空手之所以如此，是因为他的飞刀乃轻灵之物，无法与长枪的声势争锋，所谓一寸短，一寸险，他若想寻得胜算，唯有在险中求。因此，他利用见空步的飘忽身法，在高速变化中再寻机出手。

李战狱似乎看穿了纪空手的心思，心中一震，陡然冷静下来。虽然在此之前他从未与纪空手交过手，但他不得不承认，纪空手是他所遇到的年轻一辈中的顶尖人物，对武道的认识甚至远胜于己。要想在今日一战中成为胜者，他绝对不能操之过急。

所以他一改当初大开大阖、横扫八方的枪路，枪势一变，如灵蛇吞缩，长短变幻频繁，意欲与纪空手形成短兵相接之势。

纪空手心中的惊骇无与伦比，这是他第一次看到有人可以将长枪使得如此圆滑自如，虽然论及枪法的气势，扶沧海绝不弱于李战狱，甚至远比他大气，但李战狱的枪法诡异多变，竟能将长枪当作短戟使用，这种手法的确是闻所未闻，堪称一绝。

一时之间，纪空手的脚步乱了一乱，险些被枪锋刺中。

“让你见识一下，看看是你无知，还是我狂妄！”李战狱手腕振出，脸若冰山，冷冷地道。

纪空手立处于下风，无奈之际，不敢再固守不攻。

“嘶……”一声长啸，声裂半空，舱板为之抖动。就在这长啸之中，纪空手的飞刀破空而出。

他出刀，不是因为他找到了胜算，也没有寻到长枪的破绽。李战狱的枪法变化多端，声势如风，似是完全融入了这片空间，要想在刹那间找到破绽，无异于异想天开。不过，刀既出，他的刀锋还是点在了枪尖之上。

“叮……”刀的确点在了枪尖之上，却不作任何的停留，而是顺着枪身下滑。

“刺……”一溜火星划过虚空，更发出一种刺耳的金属脆响，声色俱动，使得这空气中蓦生一幅怪异的画面。

李战狱冷哼一声，倒退一步，突然将枪身伸长，本身只距几寸的距离，忽又拉开了丈许。

但纪空手既已出手，就绝不罢休，因为他的刀势已成，就必须流畅，即使前面是刀山，是火海，他也毫不退缩！

“呼……”刀芒吞吐，约莫三尺，闪跃空中之际，竟似欲与这长枪交缠一起。

李战狱吃了一惊，没有料到纪空手会与他玩命。他虽已老了，当然不会傻到与纪空手同归于尽，所以，他只有再退。

但是他一退之后，却看到了纪空手嘴角处流露出来的那一丝笑意。

他何以会笑？在这个紧张的时刻，纪空手居然还能笑得出来，这不由得让李战狱怔了一怔。

一怔之下，李战狱这才醒悟到，自己在无意之间犯下了一个大错，一个绝对不可饶恕的错误！

——纪空手之所以陷入这个杀局之中，是为了灵竹公主而来。

——能不能救出灵竹公主，关系到陈氏家族的安危，夜郎王国的和平，事关重大，以纪空手的个性，又怎会置之不顾？

——既然纪空手无法置之不顾，那么，他又怎会与自己同归于尽？

等到李战狱想通了此中关节时，却已迟了，先机已失，眼中所见，尽是漫空乍现的刀芒。

刀芒乍现，既没有诗情，也没有画意，如拙劣至极的涂鸦之笔划过虚空，给人一种说不出的感觉。

“好，果然是好刀法！”李战狱的眼眸中闪过一丝讶异，忍不住叫起好来。当他看到这种蕴含着武道至理的刀法时，眼中似已没有敌我之分，而是沉浸在一种求道的氛围里。

他之所以惊讶，是因为他可以清晰地感受到纪空手这看似随意的一刀中涵括的一往无回的气势，更在刀出的同时衍生出不可预知的无数变化。

这是一种高手的直觉，也是高手具备的敏锐感应，当这种直觉进入李战狱的意识之中时，他已经意识到，绝对不能让纪空手将这一刀的意境发挥至淋漓尽致！因为这一刀包含了太多的后续之招，一旦攻击，便如高山滚石，决堤洪流，必定势不可挡！

这无疑是反璞归真、化繁为简的一刀，刀虽简朴，但唯有置身局中，才能感受到刀意中的至美之处，让人回味无穷。

李战狱无法再欣赏下去，只有出手，他绝不能让纪空手的飞刀挤入自己气场的三尺之内，否则他就算长枪变成短戟，也无力回天了。

李战狱的出手绝对快，快到连他自己都感到吃惊的地步。这固然有他实力上的原因，更主要的一点是死亡的威胁逼发了他身体的潜能。

“叮……”李战狱的长枪弹出得不仅快，而且准，完全是在概率极小的情况下点击在了刀锋之上，但是这一次，小小的飞刀竟然悬凝不动，李战狱执枪的虎口一麻，人却倒退数步。

快、准、灵，这三个字，对于枪术来说是非常重要的要素，而且长枪的长度一般都在一丈以上，其本身的重量已然可观，一旦出手，必是刚猛沉重。但是当李战狱这一枪刺出的刹那，他却感到了自刀身透发而来的如山洪暴发般的巨大力道。

这的确让人感到不可思议，谁也不会想到一把小小的飞刀，到了纪空手的手中竟能生出如此神奇的力道。

李战狱脸色一变，厉号一声，长枪再次迎刀而上。他绝不相信自己的力道不如纪空手，更不想让纪空手的刀变成自己今生的绝唱。

“嘶……”虚空仿佛被撕开了一道无形的裂缝，裂缝深邃而苍茫，如一道内陷的旋涡，将长枪的光芒尽数吸纳。

没有光芒的丈二长枪，犹如一杆没有生命的死物，存在于虚空，机械而空洞。

在裂缝的极处，突然生出一点寒芒，仿似苍穹中的一颗流星，划过这漫漫虚空，越来越大，愈大愈亮，就在李战狱以为这是一种幻觉时，那薄如蝉翼的飞刀已然乍现在他的面前。

“叮叮叮……”刀势已成，疾若流星，飞刀如灵动的生命，以自己的节奏与频率向李战狱发出了一波又一波的如潮攻势。

李战狱的脸色已经十分难看，紫红得像是涂了一层朱砂，毫无生机，虽然他的丈二长枪不断飞舞，尚可应付，但他却无法找到纪空手刀的轨迹与规律。

枪能控制八方，范围之大，可达数丈；飞刀只有七寸，却能在长枪控制的范围之内游走自如。纪空手的每一刀都似乎是任意为之，兴之所致，犹如天马行空，根本不知其终点会在何处。但他的刀总能在最恰当的时间进入到最合适的地点，从而创造出最大的威胁，使得他的每一刀都在平淡之中演绎出极致的美感。

战到此时，胜负已不言而喻，唯一的悬念就是李战狱还能支撑多久。

纪空手此次夜郎之行，经过龙赓的指点迷津，整个人在气质上已有了脱胎换骨的变化。他的悟性本就极高，又不断地在生死之间与众多高手周旋，在实战中积累了丰富的经验，令他即使面对李战狱这样的强手，也自始至终有着必胜的信念。

假以时日，当他真正将自己体内的潜能完全发挥出来时，距武道极巅也就不再遥远，最终可以步入那天下武者无不神往的玄奇境界。

“呀……”纪空手大喝一声，眼见李战狱的枪法中终于露出一点破绽，再不犹豫，飞刀振出，在虚空之中幻化出一道奇异的轨迹。

李战狱大惊之下，长枪竟以暗器的方式脱手飙射而出。他的应变不谓不快，长枪的去势更如电芒闪出，同时他整个人犹如箭矢般倒射入帘。

这一连串的动作一气呵成，果见奇效，等到纪空手荡开长枪，赶入布帘之后时，李战狱的人影已掠出五丈，正向舱尾隐去。

纪空手没有丝毫的犹豫，这只因此刻他手中之刀，随时可弃！

像李战狱这样的高手，存在于世就是一种威胁，所以纪空手出手之时，就已起杀心，当然不想让李战狱从自己的眼皮底下溜掉。

纪空手的脸上似笑非笑，如刀般的眉锋却陡然一跳。

“嗖……”刀终于出手，还原了它本来的面目。飞刀原是暗器，是以飞刀既出，恰似飞行于空中的游龙，直奔李战狱的后背而去。

金属与空气磨擦的声音好不刺耳。

一溜火星在空中闪过，更添诡异。

虚空中除了空气，没有其他的物质，飞刀掠过虚空，又怎会有火星？

有动静？

这只因为飞刀之快，已经超出了速度的范畴，在这一刻，刀已不再是刀，而是一种现象，一种玄乎其玄的现象。

这是否意味着李战狱的一只脚已经踏入了鬼门关？

然而飞刀最终的落点，却并不是李战狱的后背，而是落在了一只铁手上。

“叮……”的一声，发出清晰的声响，一只乌黑发亮的铁手凭空而生，横亘于虚空中，正好挡在了飞刀的去路上。

而李战狱的身影迅即消逝在了舱尾。

纪空手心中一惊，似乎没有料到自己的飞刀离手，竟然仍无功，这简直令他感到匪夷所思。因为他这一刀，已是精华所在，完全表现出他此刻对武道最深刻的认识。

这是谁的手？怎么可能挡得住纪空手的飞刀？这是不是说明铁手的主人本就是一个深不可测的高手？

不知道，没有人知道这些问题的答案，至少在这一刻，纪空手无法知道。

但是纪空手却感受到了这个人的存在，这种感觉很清晰，使得纪空手的身形停了下来。

浓烈的杀机已经弥漫了前路。

虽然纪空手不知道对方是谁，但那种沉寂如死的气息依然令他的心中感到了几分吃惊。

铁手一点一点地回缩而去，慢慢地在虚空中消失。纪空手的飞刀倒射入木，直没至柄，只留下一缕丝织的红缨轻轻晃动。

那暴露出来的杀机并没有随着铁手的消失而消失，反而在刹那间融入空气，化成了虚空中的一分子，犹如这空中缓缓流动的风。

这一切十分诡异，却无法摧毁纪空手无畏一切的勇气，更无法让他改变继续向前的决心。在经历了短暂的沉默之后，他冷笑一声，踏步前行。

地上一片狼藉，全是烂碎的木屑和家什，当纪空手的脚踏在上面时，他似乎根本不知道还有危机的存在。只在不经意间，手腕一翻，多出了一把与先前一模一样的飞刀，悠然地把玩翻飞于指间。

他只走了七步，刚刚七步，似乎经过精确的计算与测量，便站到了铁手出现的空间前方。

他的脚步虽然停止，但从他的刀锋中涌出一股气流，直指脚步前方的舱板，“咚咚”作响，就像是人的脚步声一般。

当这种响声响起四下之时，“轰……轰……”两边的舱板与地板同时爆裂开来，弧光闪烁，阴风骤起，雪一般铿亮的刀光在那段空间里交织出一张杀气漫天的罗网。

在纪空手的前方，竟然爆开了一个旋涡的磁场，气流狂涌，压力沉重，吸纳着方圆数丈内一切没有生命的物体，混乱中，清晰可见那灿烂而令人心悸的点点寒芒。

纪空手的飞刀跳了一跳，几受牵引，大手一紧之下，这才悬凝空中。

如果不是纪空手灵光一现，以气代步，也许此刻的纪空手已是一个死人。因为他明白，对方布下的这个杀局，是一个无人可解的杀局，只要自己身陷其中，就绝无侥幸。

十数名高手藏身舱板之后，甲板之下，在同一时间内出手，无论出手的角度，还是出手的力道，都整齐划一，形同一人，在这样强劲的杀势之下，试问有谁可以躲过?

纪空手却躲过了，虽然他的脸色已变，但他的整个人屹立如山，就像一杆迎风的长枪傲立，全身的功力已在瞬间提升至掌心。

罗网的尽头，是人影，当这十数名高手从暗黑处出手，发现他们所攻击的只是一团空气时，无不为之一愕。

就在敌人错愕之间，纪空手出击了，他所攻击的地方正是这群敌人最不希望对手发觉的地方。

动如脱兔，可以形容一个人的动作之快，而纪空手的攻击之快，已无法用任何词汇形容。

他的飞刀没入虚空，刀锋胜雪，藏锐风中，霸烈无匹的杀气犹如怒潮汹涌，带出的是一股令人窒息的死亡气息。

面对这些高手，纪空手怡然无惧，而这些东海高手，却无不心惊，因为他们从纪空手那如花岗石般坚硬的脸上，联想到了地狱中的死神。杀气的来源，就在那七寸飞刀的一点刀锋之上。

纪空手的眼眸中已有光，是泛红的血光，当亮丽的刀光划过虚空时，已有人倒下。

所以当这些高手稳住阵脚，战刀排列有序，重新锁定纪空手时，在纪空手的面前，只剩下了七个人，而其他的人已成了无主的冤魂，就在刀光乍现的刹那，他们便完成了这种角色的互换。

这些忍道高手并不为同伴的死而心惊，反而更加激起了他们心中的战意。他们的脸色苍白而迷茫，就像是得了失心疯的病人一般，但他们表现出来的有序与冷静，显示出他们的思维绝对清醒，绝对正常。

纪空手面对这种强手，已无法心惊，无法思索，他当然不想陷入这七把战刀组成的重围之中，所以他当机立断，一声低啸，冲破头顶上的楼板。

“砰……”楼板破出一个大洞，却不见阳光，只有一片暗黑。这只因为这本就是一艘楼船，纪空手只是冲向了顶层的一间舱房。

骂声从洞口下响起，却没有人沿洞追来，纪空手微微喘了一口气，才看到这间舱房无门无窗，只有一张舒适豪华的大床置于中央，锦帐虚掩，香气袭人。

当纪空手的眼睛适应了这暗黑的光线时，他不由吃了一惊，因为他发现在这锦帐之中软被半遮，一个滑若凝脂的胴体露出大半个香肩，黑发蓬松，似在酣睡。

“这船上怎会有女子出现？难道说……”纪空手的心中一动，虽然无法看清这女子的面容，却一眼就认出搭在床栏边的衣物正是灵竹公主常穿的衣物。

纪空手犹豫了一下，并没有立时上前，因为他看到那堆衣物中竟然还有女人所穿的小衣与裙裤。

“异邦女子风俗不同，是以讲究裸体入睡，而我乃一个堂堂男子汉，焉能做出轻薄的举动?”纪空手自从踏入江湖之后，无赖习气已锐减不少，换作以前，他倒也不在乎，只管叫醒她来随他走。如今他身份不同，已成大师风范，自然不敢冒失行动。

当下他轻咳了一声，沉声道：“灵竹公主，在下左石，特为相救公主而来，还请公主穿好衣物，随在下走一趟。”

他的声量虽低，却隐挟内力，束音成线，相信纵是熟睡之人也会惊醒，但让纪空手感到诧异的是，灵竹公主竟然没有一丝的动静。

纪空手心中暗道：“莫非这灵竹公主并非与李战狱合谋，而是中了迷魂药物，致使神智尽失，遭到劫持?”

他微一凝神，耳听灵竹公主的呼吸声虽在，却缓疾无序，正是中毒之兆。

当下纪空手再不犹豫，暗道一声“得罪”，竟然连人带被裹成一团，挟于腋下，便要破墙而去。

木墙厚不及五寸，以纪空手的功力，破墙只是举手之劳，但是他的身形刚刚掠到木墙边，就伫立不动了。

他无法再动，因为他的手刚刚触到木墙的时候，突然心中一紧，警兆顿生。

流动的空气中弥漫着两道似有若无的淡淡杀气，一在木墙之外，一在纪空手身后的三丈处，一前一后，已成夹击之势。

纪空手并不为他们的出现感到意外，反之，他们若是不出现倒显得是出人意料之外了。灵竹公主既然是他们手中的一张王牌，他们当然不会不看重她。

所以纪空手显得十分冷静，丝毫没有惊惧。他唯一感到奇怪的，是他身后的这道杀气有种似曾相识的感觉，就像是伴随着自己，一直没有消失过一般。

他有一种回过头来看看的冲动，却最终没有这么做，因为他心里明白，此刻自己的一举一动都有可能成为对方选择出手的最佳时机。最好的办法就是不动，让对方根本无从下手，形成僵局。

“放下你手中的人，你也许还有逃生的机会。”在纪空手身后的那人竟然是刚才还非常狼狈的李战狱！听其语气，他似乎已经忘了刚才的教训，重新变得孤傲起来。

“你似乎很天真，天真得就像一个未启蒙的孩童。”纪空手笑了一笑，声音却冷酷异常。

“天真的应该是你。”李战狱的声音里带着一种讥讽的味道，“如果你认为你带一个人还能在我们的夹击之下全身而退的话，那么你不仅天真，而且狂妄，狂妄到了一种无知的地步!”

“败军之将，何须言勇?”纪空手的脸上闪现出一丝不屑。

“你真的以为我不是你的对手?”李战狱说得十分古怪，好像刚才那一战逃的不是他，而是另有其人。

“难道这还要再向你证明一次吗?”纪空手正欲笑，可笑意刚刚绽放在他的嘴角间时，却像凝固了一般。

第六十一章　兵临城下

纪空手已无法笑，也笑不出来，因为他突然间感到李战狱的确像换了个人一般，就像他手中紧握的那杆枪，锋芒尽露。

这是种很奇怪的现象，没有人能在一瞬之间让自己的武功形成如此之大的反差。当这种现象出现时，就只有一个原因，那就是刚才的一战中李战狱有所保留。

刹那间，纪空手明白了一切，更明白了自己此时此刻才置身于一场真正的杀局之中。

楚汉相争，马跃车行，敌我之战，刀剑之争，唯有胜者才能控制全局。

纪空手的心底涌起了无限的杀机，对他来说，既然这一战决定生死，他就绝不会回避！

“现在你还有刚才的那种自信吗?”李战狱显然捕捉到了纪空手脸上稍纵即逝的表情，却想不到纪空手并没有太过吃惊，反而变得更为冷静。

“自信对我来说，永远存在，否则我就不会一个人来到这里了。”纪空手淡淡而道。

“你的确是一个值得我们花费这么多心血对付的人，同时也证明了我们宗主的眼力不错，预见到了可能发生的一切事情，所以如果你识相，就不要作无谓的反抗，不妨听听我们之间将要进行的一场交易。”李战狱以欣赏的目光在纪空手的脸上停留了片刻，然后眼芒暴闪，与纪空手的目光悍然相对。

“你们想要怎样?”纪空手的目光如利刃般锋锐，穿透虚空，让空气中多出了几分唯有深冬时节才有的寒意。

“不怎么样，我只是代表我们宗主和你谈一个我们双方都感兴趣的话题。”李战狱笑了笑，终于将自己的目光移开。的确，纪空手的目光不仅冷，而且锋锐，与之对视是一件很吃力的事情。

纪空手禁不住将腋下的人挟得紧了一些，沉吟半晌，道：“为什么要和我谈？我只是一个喜欢武道的游子，你们凭什么相信我能和你们谈这笔交易?”

“这的确是一个有些冒失的决定，当我们宗主说起这件事情的时候，我也提出反对，可是我们宗主说得很有道理，由不得我们不信。”李战狱每每提起李秀树时，脸色肃然，情不自禁地流露出一股敬仰之情。似乎在他的眼中，李秀树本不是人，而是他心中的一个高高在上的神。

“哦？他说了些什么？我倒有些兴趣了。”纪空手似笑非笑地道。

“他说，无论是谁，只要敢到这里来，其勇气和自信就足以让我们相信他有能力来谈这笔交易。这样的人，惜字如金，一诺千金，答应过的事情就绝不会反悔。试问一个连死都不怕的人，又怎会轻言失信?”李战狱淡淡地道。

纪空手没想到李秀树还有这么一套高论，不由得为李秀树的气魄所倾倒，更为拥有李秀树这样的对手而感到兴奋。对他来说，对手越强，他的信心也就越足，唯有征服这样的强手，他才能体会到刺激。

“承蒙你们宗主这么看得起，我若不与你们谈这笔交易，倒显得我太小家子气了。”纪空手淡淡一笑，“请说吧，在下洗耳恭听。”

李战狱道：“我们的目的只有一个，就是不能将夜郎国铜铁的贸易权交到刘邦和项羽的手中，只要你们能满足我们的这个条件，不仅灵竹公主可以安然而返，而且从今日起，金银寨又可恢复它往日的平静。”

纪空手沉吟了片刻，道：“如果你是我，会不会答应这个条件?”

李战狱怔了一怔，道："会，我一定会！"

"能告诉我为什么吗？"纪空手语气显得极为平静。

"这是显而易见的，若没有了灵竹公主，这个后果谁也担负不起，以漏卧王的脾气，一场大规模的战争将不可避免地要发生在这片富饶的土地上，而这，正是你们最不想看到的。"李战狱似乎胸有成竹。

纪空手拍了拍自己腋下的被团，道："这就怪了，灵竹公主明明在我的手中，你怎么却睁眼说起瞎话来？"

"是的，灵竹公主的确是在你的手中。"李战狱的脸上露出了一丝古怪的表情，"不过，你却无法将她从这条船上带走。这并不是我们小看你，无论是谁，武功有多高，但多了灵竹公主这样的一个累赘，都不可能在我们手中全身而退！"

"只怕未必！"纪空手非常自信地笑了。

"你很自信，但自信并不等于实力，一件本不可能完成的事情单单拥有自信是不够的。"李战狱的脸部肌肉抽搐了一下，从眉锋下透出一股杀机，"退一万步讲，就算我们拦不住你，我们还可以杀掉灵竹公主！"

纪空手心中一震，冷冷地道："你们若杀了灵竹公主，难道就不怕漏卧王找你们算账？"

李战狱冷酷地一笑，道："漏卧王能够登上今天这个位置，我家宗主功不可没，所以他对我们宗主十分信任，视如手足。如果我们略施小计，移花接木，栽赃嫁祸，将灵竹公主的死推到你们的身上，他没有理由不信，更不可能怀疑到我们头上。"顿了顿，嘿嘿一笑，又接着道，"更何况漏卧王一向对夜郎国虎视眈眈，正苦于出师无名，就算他对我们的说法将信将疑，也绝对不会有任何的异议。"

纪空手的心仿佛突然掉入一个深不见底的冰窖中，顿感彻寒，他相信李战狱所言并非危言耸听，都是极有可能发生的事情。面对两大高手他已殊无胜算，若要再分心分神保护灵竹公主的安全，岂非更是难上加难？

纵是处于这种两难境地，纪空手也无法答应李战狱提出的这个要求。

铜铁贸易权的归属，正是纪空手与陈平、龙赓实施他们的计划的关键，根本不可能让步。

而若假装答应对方的要求，使得自己与灵竹公主全身而退，这不失为一个妙计，但纪空手自从认识五音先生之后，便坚持信乃人之本，不足于取信一人，又安能最终取信于天下？这等行径自是不屑为之，也不愿为之。而让他最终放弃这种想法的，还在于在他的身上，有一种不畏强权强压的风骨，犹如那雪中的傲梅，愈是霜冻雪寒，它就开得愈是鲜红娇艳。

“可惜，我不是你。”纪空手冷哼一声，飞刀已然在手。

“这么说来，你一定要赌上一赌？”李战狱的脸上露出一丝诧异。

“你们宗主的确是超凡之人，所以他把一切都算得很准。可是，无论他如何精明，也永远揣度不到人心，我心中的所想，又岂是你们可以猜得透的？”纪空手目中冷芒如电，骤然跳跃虚空，身上的杀气浓烈如陈酿之酒，弥漫空中，无限肃寒。

“我们虽然猜不透你的心中所想，却能知道你今天的结局。只要你一出手，就会为你现在的决定而后悔！”李战狱深切地感受到了纪空手那把跳跃于指掌间的飞刀上的杀机，那种浓烈的味道几乎让他的神经绷紧到了极限。于是，他的手已经抬起，凛凛枪锋如暗夜中的寒星，遥指向纪空手的眉心。

“纵然如此，我也是义无反顾。”纪空手大喝一声，犹如凭空炸响一串春雷，激得李战狱的心神禁不住发生了一下震颤。

只震颤了一下，时间之短，几乎可以忽略不计，但是纪空手的目力惊人，早有准备，又岂会错过这个难得的机会？

其实，经过了刚才的一战，又目睹了纪空手与人交手，李战狱对纪空手已是不无忌惮，是以即使在说话之间，他也将功力提聚，随时准备应付纪空手凌厉的攻击，可是他没有料到纪空手的声音也是一种武器，一震之下，心神为之一分，而这一切正在纪空手的算计之中。

纪空手的确是一个武道奇才，凭着机缘巧合，他从一名无赖变成了叱咤天下的人物，但正是他在无赖生涯中养成的求生本能与灵活的机变，使他的感官异常敏锐，在捕捉与制造战机方面有着别人不可比拟的优势。

正因如此，当这震撼对方心神的一刻蓦然闪现时，纪空手并没有出刀，而是整个人突然消失于虚空，当真是骇人听闻。

没有人可以凭空消失，纪空手当然也不例外，何况他的腋下还挟着一个灵竹公主。李战狱一惊之下，立时明白纪空手的身影进入了自己视线的死角，是以长枪悬空，并未出手，只是用敏锐的感官去感受纪空手的存在。

虽然刀还没有出手，但刀的锋芒却无处不在。尽管纪空手腋下挟了一人，身形却丝毫不显呆滞，当他出现在李战狱的视线范围内时，飞刀竟然只距李战狱的手腕不过一尺之距。

如此短的距离，李战狱根本来不及应变，不过幸好他的袖中另有乾坤，袖未动，却飙射出两支袖箭。

纪空手没有料到李战狱还有这么一招，唯有改变刀路，反挑箭矢，李战狱趁机退出两丈开外。

而两丈，正是长枪的最佳攻击距离。

是以李战狱再不犹豫，手臂一振，枪影重重，迅疾掩杀而来。

纪空手不敢大意，刀锋直立，紧紧地锁定对方枪锋的中心。

“叮叮……”无数道清脆的声响在这静寂的空间爆开，便像是小楼窗前悬挂的一排风铃，毫无韵律的美感，却带来一种震撼人心的力量。

一连串的攻守之后，两人的身影在虚空中合而又分，如狸猫般灵巧，刚一落地，纪空手却不再进攻，只是凝神望着两丈开外的李战狱，心中有几分诧异。

经过了这刹那间的短兵相接，纪空手既没有占到先机，也不落下风。一来是因为毫无保留的李战狱的确是个不容小视的对手，气势之盛，并不弱于他；二来他的身上多了一个累赘，使其动作不再有先前的完美流畅，不仅如此，他还得时刻提防着别人对这个累赘的偷袭。这样一加一减，使得纪空手似乎坠入困境。

不过，他相信对方的感觉一定比自己难受，这是他的自信，也是一种直觉。因此，他一旦等到机会，依然会毫无顾忌地抢攻。

心念一动，手已抬起，就在李战狱认为最不可能攻击的时候，纪空手的刀已缓缓划出。

刀未动，刀意已动；刀一动，刀意已然漫空，纪空手似是随手的一刀中，其刀意随着刀身出击的速度与角度衍生出无穷无尽的变化，所以这表面上看来非常简单直接的一刀，落在李战狱这行家的眼中，却深知其不可捉摸的特性，如若被动等待，必然格挡不住，唯一的应对之策，就是以攻对攻。

“唰啦啦……”枪身在虚空中发出如魔音般的韵律，震颤之中，已化作无数幻影，迎刀而上。

“轰……”两股庞大的劲气在半空中相触，爆生出呼呼狂风，枪锋与刀芒分合之间，仿佛凌驾云雾的两条气龙，交缠相织，平生无数压力。

“轰隆……”木舱显然无法负荷如此强劲的力道，突然向四周爆开，碎木激射，一片狼藉。

饶是如此，纪空手的攻势依然流畅，根本不受任何环境的影响，飘忽的身法形同鬼魅，在密布的枪影中腾挪周旋。

李战狱越战越心惊，他忽然发现自己的长枪正陷入到一股粘力之中，挥动之际，愈发沉重。

然而就在他心惊之际，纪空手的身体开始按着逆时针作有规律的旋转，好像一团游移于苍穹极处的光环，一点一点地向外释放能量，使得长枪无法挤入这无形的气墙。

这种旋转引发的结果，不是让人目眩神迷，就是眼花缭乱，一切来得这么突然，完全出乎了李战狱的意料之外。

他唯有退，以他自己独有的方式选择了退。

不退则已，一退之下，他才发觉自己犯了一个大错。

此时纪空手的气势之盛，沛然而充满活力，就像是漫向堤岸的洪流，因有堤岸的阻挡而不能释放他本身的能量，可是李战狱的这一退，恰似堤岸崩溃，决堤之水在刹那间爆发，已成势不可挡。

“你去死吧！”纪空手突然一声大喝，飞刀的刀芒已出现在气势锋端，犹如冬夜里的一颗寒星，寂寞孤寒，代表死亡。

纪空手的人已在半空之中，相信自己此刀一出，必定奠定胜局。

他有这个自信，只源于他有这样的实力，然而，他要面对的强手绝不止李战狱一个，至少还有一只铁手。

这只铁手的主人既然能够替李战狱挡下一刀，那其武功就差不到哪里去。而就在纪空手大喝的同时，这道神秘的人影终于出现了。

他一出现，便如狂风暴掠，森寒的铁手已以无匹之势袭向了纪空手的背心。而与此同时，李战狱一退之下，却迎刀而上，丈二长枪振出点点繁星般的寒芒，直指纪空手的眉心。

场中的局势已成夹击之势，就在纪空手最具自信的时刻，他已面临腹背受敌之境。

但是这些都在纪空手的意料之中，他丝毫没有任何的惊惧，真正让他感到可怕的是，杀机也许根本就不在这两人的身上，真正要命的，还是自己腋下的这个人。

这个人之所以要命，是因为她的手中有一把锋利无匹的匕首，当这把匕首穿透棉絮刺向纪空手时，这的确可以要了纪空手的命。

纪空手的反应之快，天下无双，甚至快过了他自己的意识。当这股杀机乍现时，他的整个人便有了相应的反应，厉号一声，将腋下的人重重地甩了出去。

可是匕首的锋芒依然刺进了纪空手的身体，深只半寸，却有一尺之长，剧烈的痛感让他在瞬间明白，怀中所拥的女子绝不是灵竹公主！她才是对方这个杀局中最重要的一环，只要她一出手，胜负就可立判。

一切的事实都证明了纪空手的判断十分正确，可惜只是太迟了一点。

他敢断定此人不是灵竹公主，是基于他对灵竹公主的认识，以灵竹公主的相貌，虽入一流，然而其武功却只能在二、三流之间，否则的话，纪空手也不会这么容易为人所乘。

他一直认为，灵竹公主的失踪只是她与李秀树串通演出的一场戏，是以当他认定床上所睡的人是灵竹公主时，对她也略有提防，在攻击李战狱的同时总是让自己的异力先控制住灵竹公主的经脉，然后才出手。所以当怀中的女人骤然发难时，虽然出乎他的意料之外，却让他在最危急的时刻作出了必要的反应，才使他将受伤的程度降至最低。

“嘶……”那紧裹着佳人胴体的锦被在半空中突然爆裂开来，一阵银铃般的笑声伴着一个有着魔鬼般身材的女人出现在纪空手的眼前。

这女人美艳异常，笑靥迷人，在她的手中，赫然有一把血迹斑斑的匕首，犹如魔鬼与天使的化身，让人在惊艳中多出一分恐怖。

但是纪空手根本没有时间来看清这女人的面目，虽然他掷出那女人的线路十分巧妙，正好化解了李战狱长枪的攻击，却仍无法躲过那只铁手的袭击。

“砰……”一声闷响，铁手砸在了纪空手的左肩上，差点让纪空手失去重心，一口鲜血随之喷出，犹如在天空中下起了一道血雾。

虽然击中了目标，但“铁手”满脸惊惧，斜掠三步，避开了这腥气十足的血雾。

他之所以感到不可思议，是他的铁手明明冲着纪空手的背心而去，就在发力的瞬间，他甚至可以预见到纪空手的结局，然而他万万没有料到，纪空手能在这一瞬间将身体横移，致使自己这势在必得的一击只是击中了对方并不重要的部位，而没有形成致命的绝杀。

“呼……”纪空手的刀锋连连出手，三招之后，他的人终于脱出了三人的包围，转为直面对手的态势。

虽然他的伤势不轻，但在生死悬于一线间，其体内的潜能完全激发出来，加之腋下的累赘尽去，使得他的实力并未锐减，反而有增强之势。

直到这时，他才有机会看到那笑声不断的女人，一眼看去，不由为之一怔，似乎眼前所见到的风景与自己的想象迥然有异。

他一直以为怀中的女人不着一缕，是以才会以锦被将其裹挟得严严实实，却没有料到在她的身上还有一件大红肚兜。这倒不是纪空手联想丰富，而是因为那搭在床栏杆上的小衣与裙裤让他产生了这种误会。

"看来这世上能如张盈、色使者那类的女子毕竟不多，至少眼前的这位美女还懂得找件东西遮羞。"纪空手思及此处，忍不住想笑，看他轻松悠然的表情，谁也想不到此刻的他已身受重伤，而且还要面对三大高手的挑战。

这也许就是纪空手成功的诀窍，唯有良好的心态，乐观的心情，以及永不放弃的精神，才是构成每一个成功者的决定性因素。当纪空手一步一步地崛起于江湖的时候，回首往事，不乏有运气的成分掺杂其中，然而单凭运气，是永远无法让纪空手不断地创造出每一个奇迹的。

奇迹的背后，往往拒绝运气。唯有强大的实力与非凡的创造力，才是奇迹得以发生的最终原因。

而此时的纪空手，能否再一次创造奇迹，以受伤之躯，自三大高手联击之下全身而退？

血，依然在流；伤口，依然作痛。纪空手脸上却没有一丝凝重，甚至多出了一丝笑意，似乎根本没有意识到问题的严重性。

"灵竹公主不在船上，会在哪里？李秀树既然有心置我于死地，又怎么迟迟没有现身？"这个念头一出现纪空手的思维中，就被他强行压了下去，因为他明白，此时不是想这些问题的时候，那只是未来的事，而他看重的，也是必须看重的，应该是目前，是现在！

三大高手并没有急于动手，而是各自站立一个方位，形成犄角之势，大船上仿佛陷入了一片死寂。

夕阳斜照在湖水之上，远处的船舫依然来往穿梭，显得极是热闹。谁也想不到就在这百米之外的小岛边停靠的这艘大船上，正爆发一场血与火的搏杀。

纪空手的脸上依然带着淡淡的笑意，脸色渐渐苍白，他闻到了血的腥味，感觉到一种向外流泻的生命。力量就像是伤口一点一点向外渗透的鲜血，正一步一步地离他远去。

自己还能支撑多久？纪空手问着自己，却无法知道答案。无论生命将以何种形式离开自己，他都不想让自己死在这里，所以，他必须出击。

湖风吹过，很冷，已有了夜的气息。天气渐暗，远处的船舫上已有了灯火点燃，唯有这片水域静寂如死，像史前文明的洪荒大地。

看着对方一步一步地踏前而来，长枪、匕首、铁手都已经锁定住自己，纪空手的心里不由多了一分苦涩，他唯有缓缓地抬起手中的飞刀，向前不断地延伸着，仿佛眼前的虚空没有尽头。

血在流，但他体内的异力依然呈现着旺盛的生机。当他的刀锋开始向外涌出一股杀气时，李战狱望了望自己的同伴，三人脸上无不露出一股诧异。

这实在令他们感到不可思议，也令他们更加小心。

突然间，纪空手发出了一声近乎狼嚎般的低吟，悲壮而凄凉，却昭示出一种不灭的战意。初时还几如一线，细微难闻，仿似来自幽冥地府，倏忽间却如惊雷炸起，响彻了整个天地。

在啸声乍起的同时，三大高手在同一时间内出手，就像是在狂风呼号中逆流而行，而纪空手不过是吹响了战斗的号角，使得整个战局进入了决一雌雄的最后关头。

就在他们三人出手的刹那，都在心中生出了同一个疑问，那就是此刻的纪空手，将用什么来拯救他自己的生命？

时间与速度在这一刻间同时放慢了脚步，宛如定格般向人们展示着这场厮杀的玄奥。

长枪、铁手、匕首自不同的角度，沿着不同的线路，以一种奇怪的缓慢速度在虚空中前进……

纪空手的七寸飞刀更如蜗牛爬行般一点一点地击向虚空至深的中心……

一切看似很慢，其实却快若奔雷，正是有了这快慢的对比，才使得发生在这段空间里的一切都变得玄乎其玄。

每一个人都明白自己的意图，奇怪的是，他们也彼此清楚对方的心迹。

纪空手出刀的方式虽然无理，甚至无畏，但它最终的落点，却妙至毫巅。

因为李战狱三人发现，如果事态按着目前的形势发展下去，肯定就只有一个结局。

同归于尽！

这当然不是李战狱三人所愿意的，没有一个武者会在占尽优势的情况下选择这样的结局，除非是疯子。

他们当然没有疯，就在这生死悬于一线间，三大高手同时闷哼一声，硬生生地将各自的兵器悬凝于虚空之上，一动不动，如被冰封。

纪空手当然也没疯，似乎早就料到了这样的态势。他所做的一切就为了等待这一刻的到来，他绝没有理由错过这个稍纵即逝的时机。

“嗖……”他手中的刀终于再次离他而去，虚空之中，呈螺旋形一分为三向四周射去，逼得三大高手无不后退一步。

然后他惊人的潜能就在这一刻爆发，悲啸一声，以箭矢之速冲向船舷。

他想逃，他必须得逃！

当李战狱他们发现纪空手的真实意图时，再想拦截已是不及，因为他们谁也没有料到纪空手会在这个时候逃，更想不到他能将攻防转换做得如此完美。

在进退之间，由于是不同的形式，由进到退，或是由退到进，在转换中都必然有一个过程，这也是李战狱他们无法预料的。因为纪空手由进到退，速度之快，根本就不容他们有任何的反应，仿佛整个过程已可忽略不计。

然后，他们便听到了“砰……”的一声，正是某种物体坠入水中的声音。

望着已经平静的湖水，李战狱、“铁手”以及那如魔鬼般的女人半天没有说话，似乎依然不敢相信纪空手能在这种情况下全身而退。

无论如何，这都像是一个奇迹。

“宗主的眼力果然不错，此人对武道的理解，已然进入了一个全新的境界，远远超出了吾辈的想象，所以我们此次夜郎之行，此人不除，难以成功，怪不得宗主要费尽心计来策划这么一个杀局。”李战狱轻叹一声，言语中似有一股无奈。

“他的可怕，在不于其武功，我倒认为在他的身上，始终有一股无畏的精神让我感到震撼。我真不敢想象，当我一个人独自面对他的时候，我是否还有勇气出手!”“铁手”脸上流露出一种怪异的表情，忍不住打了个寒噤。

“你不可能有这样的机会了。”那如魔鬼般的女人咯咯一笑，眉间杀机一现，略显狰狞。

“哦，这倒让人费解了。”“铁手”冷然一笑，“难道说我就这么差劲?”

“敢说‘只手擎天’差劲的人，放眼天下，只怕无人。”那如魔鬼般的女人笑道，“我这么说，只因为可以断定此人未必能活得过今夜。”

“莫非……”李战狱与“铁手”吃了一惊，相望一眼，无不将目光投在那如魔鬼般女人的脸上。

那如魔鬼般的女人淡淡一笑，道：“其实我并没有做什么，只是像我这样的一个弱女子，人在江湖，不得不有一些防身绝技，所以通常我的兵器上都淬了毒。”

她的话并没有让李战狱太过吃惊，倒像是他意料之中的事，因为这如魔鬼般的女人的真实身份就是东海忍者原丸步。

东海忍者能够崛起江湖，最大的特点就是不择手段，脱离武道原有的范畴置敌于死地，所以它给人留下的印象就是凶残。原丸步无疑是其中的佼佼者，制毒用毒，堪称行家中的行家，胭脂扣就是她创造出来的极为得意的一种毒。

"铁手"却皱了皱眉头："我好像并没有看出此人中毒的迹象，他最后的一次出手，不仅充满了想象，富于灵感，而且力道之劲，哪里像一个中毒者所为?"

"用毒之妙，就是要在不知不觉中让敌人中了毒而不自知，便是旁人也无法一探究竟，这才是用毒高手应该达到的境界。我在匕首上所用之毒，名为'一夜情'，这名称浪漫而旖旎，唯有身受者才知道浪漫的背后，是何等的残忍，因为它本是采用春药所炼制，一中此毒，必须与人交合；与人交合，必然脱阳而死，所以一夜情后，中毒者能够剩下的，不过是一堆白骨而已。"原丸步的笑依然是那么迷人，却让李战狱与"铁手"无不打了个寒噤，倒退了一步。

"这么说来，此人真的死定了。"李战狱看着不起波纹的湖面，自纪空手落水之后，就不曾再有过任何动静，他在想，或许用不着一夜情的毒发，纪空手就已经死了，这绝不是不可能发生的事情。

"他若不是死定了，我又何必拦阻你们下水追击呢?此乃天寒时节，湖水最寒，我实在不忍心让你们因此而大伤元气。"说到这里，原丸步已是媚眼斜眯，神情暧昧，有一种说不出的轻佻流于眼角。

一连三天都没有纪空手的消息，陈平与龙赓虽然已经恢复了功力，但心中的焦急使得他们就像热锅上的蚂蚁，坐立不安，翻遍了整个金银寨，也不见纪空手的身影。

屋漏又逢连夜雨，就在陈平与龙赓为纪空手的生死未卜而感到焦虑的时候，夜郎王陪同漏卧国使者来到了通吃馆内，大批武士三步一岗，五步一哨，一脸凝重，使得气氛顿时紧张起来。

陈平急忙上前恭迎，礼让之后，众人到了铜寺落座。夜郎王看了一眼陈平，摇摇头道："灵竹公主失踪，你责无旁贷，如今漏卧国使者带来了漏卧王的最后通牒，若是今夜子时尚无公主的消息，漏卧国将大兵压境，兴师问罪。"

陈平一听，已是面无血色，轻叹一声："臣辜负了大王对臣的期望，实是罪该万死。假如夜郎、漏卧两国因此而交战，臣便是千古罪人。"

"哼！"一声冷哼从漏卧国使者的鼻间传出，这位使者其貌不扬，却飞扬跋扈，一脸蛮横，冷笑道，"你死尚不足惜，可灵竹公主乃千金之躯，她若有个三长两短，纵是杀了你全家，只怕也无以相抵。"

陈平眉锋一跳，整个人顿时变得可怕起来，厉芒暴出，道："陈平的命的确不如公主尊贵，但也不想糊里糊涂而死，你既是漏卧王派来的使者，我倒有几个问题欲请教阁下！"

漏卧国使者冷不丁地打了个寒噤，跳将起来，虚张声势道："你算什么东西？竟敢这般对本使说话？"

夜郎王眼见陈平眉间隐伏杀机，咳了一声，道："他不算是什么东西，只是我夜郎国赖以支撑的三大家族的家主而已，你虽然贵为漏卧国使者，还请自重。"

夜郎王说得不卑不亢，恰到好处，无形中让陈平有所感动。眼看国家面临战火，身为一国之君并没有一味迁怒于臣子，一味着急，反而首先想到维护自己臣子的尊严，这夜郎王的确有其过人之处。

漏卧国使者见夜郎王一脸不悦，不敢太过狂妄，收敛了自己的嚣张气焰，道："大王请恕在下无礼，实在是因为敝国公主平白失踪，让人极为着急所致。再说夜郎、漏卧两国一向交好，倘若为了这种事情大伤和气，正是亲者痛，仇者快，岂不让两国百姓痛心？"

"正因如此，我们更要冷静下来，商量对策，使得真相早日大白。倘若一味怪责，只怕于事无补。”夜郎王道。

“大王见教得是。”漏卧国使者狠狠地瞪了陈平一眼。

陈平微微一笑，并不在意，而是上前一步道：“灵竹公主此行夜郎，住在临月台中，为的是观摩两日后举行的棋赛。这一切似乎非常正常，并无纰漏，但只要细细一想，就可发现其中问题多多。”他的目光在夜郎王与漏卧国使者的脸上扫了一下，继续说道，“第一，灵竹公主每年总有三五回要来通吃馆内一赌怡情，一向住在通吃馆的飞凰院，可是这一次，她却选择了临月台；第二，她所带的随从中，这一次不乏有生面孔出现，就是这一帮人，就在公主失踪的头天晚上，还企图对我不利。我想请问，这一帮人究竟是什么人？何以能打着公主的幌子进入我通吃馆内？他们与公主的失踪究竟有什么联系？”

漏卧国使者似乎早有对策，微微一笑，道：“你所说的问题，其实都不是问题。灵竹公主心性乖张，飞凰院住得久了，自然烦闷，所以搬到临月台小住几日，这是再正常不过的事情。你之所以有此怀疑，不过是巧合罢了。第二，她所带的随从中，是否有你说的这一帮人存在，空口无凭，尚待考证，至于你说的这些人曾经企图对你不利一事，无根无据，更是无从谈起，所以我无法回答你的问题。我只知道，人既然是在你通吃馆内失踪的，你就有失职之责，若今夜子时再无公主的消息，就休怪我国大王不仁不义！”

陈平淡淡一笑，笑中颇多苦涩，道：“欲加之罪，何患无辞？既然如此，我也无话可说，请使者大人先下去休息，今夜子时，我再给你一个交代。”

漏卧国使者冷哼一声：“我心忧公主安危，哪里还有闲心休息？还请大王多多用心才是。”

夜郎王的脸上现出一丝忧虑，一闪即逝，淡淡而道：“这不劳使者操心，灵竹公主既然是在我国失踪，本王自然会担负起这个责任，你且下去，本王还有事情要与陈平商议。”

漏卧国使者不敢再说什么，只得去了。

当下陈平跪伏于地，语音哽咽道："微臣无能，不仅没有办好大王委托的事情，而且出此纰漏，惊动了大王圣驾，真是罪该万死！"

夜郎王一脸凝重，扶起他来道："这事也不能怪你，本王看了你就此事呈上的奏折，看来漏卧王此次是有备而来，纵然没有灵竹公主失踪一事，他也会另找原因兴师问罪。因此，本王早已派出精兵强将，在漏卧边境设下重兵防范，一旦战事爆发，孰胜孰负，尚未可知，本王岂能将此事之罪怪责到你的头上呢？"

"可是此事的确是因微臣而起，纵然大王不怪罪，微臣也实难心安。"陈平一脸惶然。

夜郎王道："身为一国之君，本王所考虑的事情，更多的是放在国家的兴衰存亡之上，区区一个漏卧王，尚不是本王所要担心的。本王担心的倒是两日之后的棋赛之约，此事关系铜铁贸易权的归属，谁若得之，中原天下便可先得三分。"

陈平道："照大王来看，在刘、项、韩三方之中，谁最有可能最终成为这乱世之主？"

"这就是本王要让你举办棋赛的原因。"夜郎王一脸沉凝，道，"因为目前天下形势之乱，根本让人无法看清趋势。这三方中的任何一人都有可能成为这乱世之主，所以我们谁也得罪不起。谁都明白，真正能够撼动我夜郎百年基业的力量，是中原大地。"

"于是大王才将这贸易权的决定权交给微臣，让微臣摆下棋阵，以棋说话？"陈平微微一笑。

"这是唯一不会得罪这三人的决定方式，能否得到这贸易权，就在于棋技的高下，赢者固然高兴，输者也无话可说，只能怨天尤人。如此一来，在无形之中我夜郎便可化去一场倾国劫难。"夜郎王目光炯炯，沉声道。

"但是现在灵竹公主失踪，漏卧王又陈兵边境，只怕棋赛难以进行下去了。”陈平轻叹了一口气。

“没有任何事情可以阻挡本王将棋赛举办下去的决心，如果过了今夜子时，灵竹公主依然没有消息，本王不惜与漏卧大战一场，也要保证棋赛如期举行！”夜郎王刚毅的脸上棱角分明，显示出了他果敢的作风与坚毅的性格。

陈平深深地看了夜郎王一眼，没有说话，他所担心的是，任何一场战争，无论谁胜谁负，最终遭殃的只能是百姓，所以若能避免是最好的结局。但他却知道夜郎王绝不会为了一些百姓的死活而干扰了他立国之大计，在夜郎王的眼中，更多考虑的是一国，而不是一地的得失。

夜郎王显然注意到了陈平略带忧郁的眼神，缓缓一笑，道：“当然，身为一国之君，本王也不希望在自己的国土上发生战事，所以此时距子夜尚有半日时间，能否不战，就只有全靠你了。”

陈平苦涩地一笑，道：“三天都过去了，这半日时间只怕难有发现。微臣与刀苍城守几乎将金银寨掘地三尺，依然一无所获，可见敌人之狡诈，实是让人无从查起。”

“谋事在人，成事在天，真是尽力了，本王也不会怪你。”夜郎王一摆手道。

“也许我知道灵竹公主的下落，不知大王与陈兄是否有兴趣听上一听呢？”就在这时，铜寺之外传来一阵爽朗的声音，随着脚步声而来的，竟是失踪三日之久的纪空手，在他的身旁，正是龙赓。

陈平不由大喜，当下将他二人向夜郎王作了介绍。

“左石？”夜郎王深深地凝视着纪空手，半晌才道，“你绝非一个无名之辈，但你的名字听起来怎么这样陌生？”

“姓名只是代表一个人的符号，并没有太大的意义，一个人要想真实地活着，重要的是过程，而不是想着怎样去留名青史。”纪空手微微一笑，“否则的话，活着不仅很累，也无趣得紧，又何必来到这大千世界走上一遭呢？”

他说的话仿若哲理，可以让人深思，让人回味，就连夜郎王也静下心来默默地思索，可陈平与龙赓不由相望一眼，似乎不明白失踪三日之后的纪空手，怎么说起话来像打机锋，深刻得就像是他已看破生死。

难道这三天中发生了什么意外事情，让他突然悟到了做人的道理？抑或是他曾在生死一线间徘徊，让他感悟到了生命的珍贵？

第六十二章　刀剑同行

纪空手跃入水中的刹那，顿时感到了这湖水的彻寒。

但他唯有让自己的身体继续沉潜下去，一直到底，然后在暗黑一片的湖底艰难前行。

走不到百步之遥，他陡然发觉自己的身体向左一斜，似乎被什么物体大力拉扯了一下，迅即融入到一股活动的水流当中，缓缓前移。

随着移动的距离加长，纪空手感到这股暗流的速度越来越快，牵引自己前行的力量也愈来愈大，刚刚有点愈合的伤口重又撕裂开来，令他有一丝头晕目眩之感。

他心中一惊，知道自己必须在最快的时间内离开这道暗流，而且必须尽快浮出水面。虽然自己凭借着补天石异力还可以在水下支撑一定的时间，但体内的血液始终有限，一旦流尽，便是神仙也难救了。

幸好距这暗流的终点尚有一定的距离，所以暗流产生的力量并不是太大，纪空手的异力在经脉中一动，便得以从容离开这道暗流的轨道。

他对位置感和方向感的把握似乎模糊起来，无奈之下，只能沿着湖底的一道斜坡向上行进，走了不过数百步，坡度愈来愈大，他心中一喜，知道自己已经离岸不远了。

血依然一点一点地在流，如珠花般渗入冰寒的湖水，形成一种令人触目的凄艳。纪空手的身形拖动起来缓慢而沉重，越来越感觉到自己难以支撑下去了。

不自禁的，他想到了红颜，想到了虞姬，甚至想到了虞姬体内未出世的孩子。在他的心中，顿时涌出了一股暖暖的柔情，支撑着他行将崩溃的身体。有妻如此，夫复何求？有子如此，夫复何求？纪空手甚至生出了一丝后悔。

他真的后悔自己为什么不能与她们相聚长一点，为什么不能放弃心中的信念，去享受本属于自己的天伦之乐。他身为孤儿，自小无家，所以对家的渴求远甚于常人，可是当他真正拥有家的时候，却没有将自己置身于家中，去感受家所带来的温暖，这难道不是一种讽刺？

但是纪空手的心里却十分明白，他不能这样做！他已别无选择，当他踏入这片江湖的土地时，就注定了不属于自己，也不属于某一个人，他只属于眼前这个乱世，这个江湖。

这岂非也是一种无奈？

好冷，真的好冷，纪空手只感到自己的身体仿佛置身于冰窖之中，几乎冰封一般。当他感觉到自己的血液也凝固的时候，也许，他就离死不远了。

想到死，纪空手并不惧怕，却有一种深深的遗憾，他心里清晰地知道，成功最多只距他一步之遥，跨出这一步，他就可以得到这乱世中的天下，可是就在他欲迈出这一步的时候，他才知道，成功已是咫尺天涯。

他只感到自己的思维已经混乱，一种昏眩的感觉进入到了他的意识之中，非常强烈，然后，他就觉得自己的身体陡然一轻，向上浮游，升上去，升上去……就如霸上逃亡时所用的气球……

他失去知觉时听到的最后一点声音，是“哗啦……”一声，就像是一条大鱼翻出水面的声音。

……

一缕淡淡的幽香钻入鼻中，痒痒的，犹如一只小虫在缓缓蠕动。

这是纪空手醒来的第一个意识，当他缓缓地睁开眼睛时，这才知道此刻正置身于一个女人的香闺之中，躺在一张锦被铺设的竹榻上。

"你终于醒了。"一个银铃般的声音传了过来，接着纪空手的眼前便现出一张美丽而充满青春活力的俏脸。

纪空手微微一笑，点了点头。

阳光明晃晃的，影响了他的视线，使他要换个角度才能看清这女子的装束。

她相貌清秀，身段苗条美好，穿一身异族服饰，水灵灵的眼睛紧盯着纪空手的脸，巧笑嫣然。

"你是谁？我怎么会在这里？"纪空手感到自己的伤口已然愈合，不痛却痒，似有新肉长成，淡淡的药香自伤处传来，显然是被人上药包扎过。

"我叫娜丹，是这座小岛的主人。你昏倒于岸边，所以我就叫人把你抬到这里来了。"少女笑吟吟地看着他，没有一点居功自傲的样子，好像出手救人是她本应该做的事情。

"难道这里只是湖中的一个小岛？"纪空手显然吃了一惊。

"你不用怕，只要到了我这座无名岛，就没有人敢上岛来追杀你。"娜丹的嘴角一咧，溢出了一股自信。

纪空手怔了一怔，看看自己的伤口包扎处。谁见到了这么长的伤口，一眼就可以看出这是被人刺伤的，像娜丹这样聪明的女孩，当然不会看不出来。

"你真的有这么厉害？难道你是天魔的女儿？"纪空手很想放松一下自己紧张的神经，是以随口一说。

"也许在别人的眼中，我比天魔的女儿更可怕。"娜丹莞尔一笑，语气很淡，"因为我是苗疆的公主，说到毒术与种蛊，天下能与我比肩的人不多，最多不会超过三个。"

纪空手并不感到吃惊，只是笑了笑："幸好我没有得罪你，否则你给我下点毒，或是种点蛊，那我可惨了。"

娜丹的目光紧盯住纪空手的眼睛，一动不动："你已经够惨了，不仅受了伤，而且你的身体的确中了毒，是一种非常下流的毒。"

说到这里，她的脸禁不住红了一下。

纪空手又怔了一下，他还是第一次听人这样来形容毒的，不由奇怪道：“下流的毒？”

“是的。”娜丹的脸似乎更红了，但是她的目光并未离开纪空手，“这种毒叫‘一夜情’，是一种用春药练成的毒药。中了此毒之人，必须与人交合，然后脱阳而亡。”

纪空手没有料到她会这么大胆，毫无避讳就将之说了出来，不过他听说苗疆的女子一向大方，对男女情事开放得很，是以并不感到惊奇。他感到诧异的倒是娜丹前面说过的一句话，既然自己中了毒，何以却没有一点中毒的征兆？

娜丹显然看出了他眼中的疑惑，淡淡而道：“你之所以还能活到现在，是因为你中毒不久，就深入冰寒的湖水中，以寒攻火，使得毒性受到克制，暂时压抑起来，再加上我正好是个解毒的高手，所以就将这种毒素替你祛除了。”

“这么说来，我岂非没事了？”纪空手笑道。

“恰恰相反，你身上的春药还依然存在，春药不是毒，只是催情物，是以没有解药可解。”娜丹的脸更红了，就像天边的晚霞，低下头道，“除了女人。”

纪空手吃了一惊，他倒不是为了娜丹最后的这句话而吃惊，而是就在他与娜丹说话之间，他的确感到了丹田之下仿佛有一团火焰在慢慢上升，他是过来人，当然知道这将意味着什么。

他感到体力已经迅速回复过来，当下再不迟疑，挣扎着便要站将起来。

“你要干什么？”娜丹一脸关切，惊呼道。

纪空手苦笑一声：“在下既然中了此毒，当然不想等到毒发之时害人害己，在姑娘面前出丑，是以只有告辞。”

娜丹以一种诧异的眼神盯着他，道：“你难道在这里还有女人不成？”

纪空手摇了摇头："没有。"

娜丹道："你可知道中了春药的人若是没有女人发泄，几同生不如死？"

"纵是这般，那又如何？"纪空手的脸上已有冷汗冒出，显然是凭着自己强大的意念在控制着药性的发挥，终于站起身来道，"姑娘的救命之恩，在下没齿难忘，他日再见，定当相报。"

他踉跄地走出香闺，才知这是一座典雅别致的竹楼，掩映于苍翠的竹林中，有种说不出的俊秀。可惜他无法欣赏眼前的美景，药性来得如此之快，让他浑身如同火烧一般，情绪躁动，难以自抑。

只走出几步，他整个人便坐倒在竹楼之下，气息浑浊，呼吸急促，身下的行货如枪挺立，硬绷得十分难受。

他头脑猛一激灵："静心！"只有静心，才能使潜藏在自己体内的兽性受到制约，可是当他深深地吸了一口气时，仿若一团火焰的气流却涌上心头，几欲让他头脑爆裂。

直到这时，他才豁然明白，在这个世上，的确是除了女人，再无这种春药的解药了。因为此时此刻，他脑子里所想的，不是红颜，就是虞姬，全是他们之间缠绵动人的场面。

昏昏然中，他已完全丧失了理智，开始撕裂自己的衣物。

就在这时，一声悠扬的笛声响起，在刹那间惊动了纪空手已然消沉的意志。当他满是血丝的眼睛循声而望时，却看见一个少女的胴体在清风中裸露出来，该凹的凹，该凸的凸，健美的体形始终跳动着青春的旋律。

"红颜，真的是红颜！"纪空手喃喃而道，几乎不敢相信自己的眼睛，缓缓站了起来，一步一步向那美丽的胴体靠了过去。

当他相距胴体不过三尺之距时，已闻到了一股淡淡的处子幽香，这幽香恰似一粒火种，诱发了他心中不可遏制的兽性。

他低号一声，犹如一匹发情的野狼般扑了上去……

当他醒来时，他的人依然躺在竹楼香闺的床榻上，斜照的夕阳从竹窗中透洒进来，斑斑驳驳，分出几缕暗影。

在他的身旁，多了一位如花似玉的美女，赤裸着身体，正是娜丹。

纪空手不由大吃一惊，再看自己的身上，竟然是同样的自然天体。

“难道刚才发生的一切并不是梦，并不是红颜与我共赴巫山云雨，而是……”想到这里，纪空手几乎吓出了一身冷汗，随手找了一件锦缎裹在身上，再看娜丹时，却见她的脸上似有一股倦意，安然沉睡，犹胜春睡海棠，脸上隐有泪光，但又有一丝满足和甜美，散发出夺人神魂的艳光。

“怎么会是这样呢？”纪空手蓦然恢复了自己丧失理智前的所有记忆，当时自己明明走出了竹楼，远离美女，何以最终两人却睡到了一起？

更让纪空手感到心惊的，是床榻锦被上隐现的片片落红，这一切只证明了一件事，那就是娜丹以处子之身化去了他所中的春药之毒，这无法不令纪空手感到内疚与感动。

纪空手缓缓地站到窗前，轻轻地叹息了一声。他之所以叹息，是不明白娜丹何以会对萍水相逢的自己作出如此巨大的牺牲，更让他感到惭愧的是，即使是在丧失意识的时候，他也只是将身下的女人认做红颜，而不是娜丹。

背后传来娜丹惊醒的娇吟声，她显然听到了纪空手的这一声叹息。

她没有说话，只是静静地看着纪空手那健美有力的背影，俏脸微红，似乎又想到了刚才可怕却又甜美的一幕。

“还痛吗？”纪空手不敢回头看她，只是柔声问了一句。

“你为什么不敢回头？”娜丹却没有回答他的话，只是轻轻地问了一句。

“对不起，我不是故意的，我从来没有想过要冒犯于你。”纪空手缓缓地转过头来，与娜丹的目光相对。

娜丹淡淡一笑，道：“你没有必要内疚，一切都是我心甘情愿的，因为，我喜欢你。”

她的确是敢爱敢恨，在某种意义上来说，她似乎比纪空手更有勇气。

纪空手只能默然无语。

“在我们苗疆，处子的丹血本就是献给最心爱的情郎的。从第一眼看到你时，虽然你脸无血色，昏迷不醒，但我却知道你就是我等了多年的情郎。所以，我一点都不后悔。”娜丹嫣然一笑，就像是一朵才承雨露的野花，娇艳而充满了自然清新的韵味。

纪空手本就不是一个太拘小节之人，娜丹的大度让他有所释怀，面对少女热烈的爱，他不忍拒绝，一把将之搂入自己的怀中，道：“你这样做岂不是太傻?”

娜丹摇了摇头，道：“就算我不爱你，也依然会这样做。因为我们苗疆人没有见死不救的传统，能为一条人命而献出自己的处子之身，这不是耻辱，而是我们苗疆女人的无上光荣。”

纪空手还是头一遭听到这种论断，虽觉不可思议，但仍为苗疆女子的善良纯朴所感动。

“我一定不会辜负你的。”纪空手轻抚着她光滑的背肌道。最难消受美人恩，对纪空手来说，他愿意为自己的每一次风流付出代价。他始终认为，这是男人应尽的责任。

“你错了，我爱你，却不会嫁给你，因为我知道你的身边还有女人。按照我们苗疆女子的风俗，我把处子之身交给我爱的人，却把自己的一生交给爱我的人，只有这样，我才是最幸福的女人。”娜丹笑得很是迷人，毫不犹豫地将纪空手紧紧抱住，轻喘道，“所以，我并不介意你再来一次，希望这一次当你兴奋的时候，叫的是我的名字。”

纪空手还能说什么呢?他什么也不必说，他只是做了他应该做的事，那就是以自己最大的热情去融化怀中的女人，在她的心上，深深地刻下自己的名字。

……

“给你下毒的人一定是个高手!”娜丹说这句话的时候，衣裙整齐，就靠在纪空手的身上。当她听完纪空手所讲述的经过时，脸上出现了一种对英雄式的狂热崇拜。

“不错，李秀树身为高丽亲王，他的手下的确是高手如云，这一次我能死里逃生，不得不说是侥幸所致。”纪空手经历了生死一战之后，不由得对李秀树作出了重新的估量。

“幸运永远不会眷顾于同一个人，如果有，只是因为他有超然的实力。”娜丹紧盯着纪空手的眼睛，微微一笑，“这是我们族人中的一句谚语，却是你的最好写照。没有人会拥有永远的运气，只能是拥有永远的实力，你能创造出这样的奇迹，绝非侥幸。”

纪空手笑了笑，便要去搂她的小蛮腰，谁知她却像一只滑溜的鱼儿般挣了开来，发出了一阵银铃般的笑声。

“我不许你摸，摸着我我就想要，那样只怕要累垮你。”娜丹的眼睛一眯，斜出一片迷人的风情。

“你真像是一只吃不饱的小馋猫，不过，就算累垮了我，也是我心甘情愿的。”纪空手笑嘻嘻地与之捉起了迷藏，只几下，就将她拥入怀中，两人坐于窗前，静观着天上的那一轮明月。

“你后悔吗?”纪空手突然问了一句。

“你怎么会说起这个话题?”娜丹笑了一笑，有几分诧异。

“因为我只是一介游子，过了今晚，也许我就会离你而去。”纪空手淡淡而道，眉间却隐含一丝伤感。

“你本就不属于我，所以我并不后悔。我只是想问，你究竟是左石，还是纪空手?”娜丹平静地说出了惊人之语。

纪空手的脸色一变，只是深深地盯了她一眼，道：“我就是纪空手。”虽然他刻意隐瞒自己的身份，但面对娜丹那双清澈纯真的眼睛，却不忍以谎言相对。

他与红颜的故事，早已传遍天下，所以当他在失态之下叫出“红颜”的名字时，娜丹就已经明白骑在自己身上的猛男是谁，她并没有感到太多的意外，因为她一直有这样的直觉，那就是自己喜欢的男人，本就不应该是一个平凡的人。

只有非凡的英雄才能驯服这匹美丽而充满野性的烈马，这种梦幻般的画面正是娜丹所求的，所以当纪空手向她道出身份之后，她只是幽然一叹：“该走的终究要走，其实在你的心中，已经装不下任何东西，你所装下的，只有天下。”

“对不起……”当纪空手说出这三个字的那一刹间，他突然觉得自己好累好累，身心俱疲，仿佛自己的身上背负了一座沉重的大山，压得他几乎喘不过气来。

他只不过是淮阴城的一个整天无所事事、无忧无虑的小无赖，不过是机缘巧合，才使他涉足江湖。在他小的时候，最远大的抱负也无非是娶妻生子，平安一生。而如今，上天却要让他去面对天下，去面对那永无休止的争斗搏杀，他又岂能不累？

他真想就待在这个岛上，接来红颜、虞姬，与美人相伴，归隐山林，终老此生，那岂非也是一桩令人幸福的事情？到了那个时候，什么天下，什么百姓，什么恩怨情仇，什么人情淡薄……统统都滚蛋，俺老纪只想抱着老婆，逗着儿女，过一过只有柴米油盐的日子，大不了再做一回无赖。

他真的是这么想的，至少在这一刻，当他看到娜丹那明眸中透出的无尽留恋时，他有一种不可抑制的冲动。

可是，他知道，他可以这么想，却不能这么做，这是别无选择的事情。人与畜生最大的区别，就在于他明白在自己的身上，除了吃喝拉撒之外，还有一种责任。

“你来这里，难道就是为了向我说出这三个字的吗？”娜丹欲笑还嗔，斜了他一眼，“其实我知道你现在的心里，想的最多的人并不是我，而是另一个女人。”

“我可以发誓……”纪空手有些急了，却见娜丹的香唇贴了上来，堵在了他的嘴上。

半晌才到唇分时刻，娜丹带着微微娇喘，道：“我说的是灵竹公主。”

纪空手搂着她盈盈一握的小蛮腰，眼睛一亮：“莫非你认得她？”

“岂止是认得，我们简直是最要好的朋友。漏卧王一向与我父王交好，所以我们在很小的时候就已认识，结成了最投缘的姐妹，每年的这个时候，我们都会相约来到夜郎住上一阵，唯有今年，她比我来得早了一些，彼此间还没有见上一面。”娜丹微微笑道。

“可是她却失踪了。”纪空手心有失落，既然她们还没有来得及见面，娜丹当然不会知道更多有关灵竹公主的消息。

娜丹从怀中取出一个香囊，清风吹过，满室皆香，纪空手深深地吸了一口气，道：“好香！”

“我真想把它送给你留作纪念，可是却不能，因为它们原是一对，象征着我与灵竹公主的友谊。”娜丹一字一句地道，“这香囊中的香气十分特别，不管是揣在怀里，还是藏于暗处，我只要放出一种驯养的山蜂，若灵竹尚在十里范围之内，它就可以带我找到。”

纪空手不由大喜：“既然如此，我们还犹豫什么呢？”

娜丹摇了摇头：“我不能带你去，除非你能答应我一件事情。”

纪空手奇怪道：“什么事？”

“因为我和灵竹是要好的朋友，所以无论灵竹怎么得罪了你，你都一定要原谅她。”娜丹的脸上现出了少见的严肃，幽然道，“我知道她是一个心地善良的姑娘，若非情不得已，她绝不会去轻易伤害别人的。”

纪空手蓦地想到那一夜在铁塔之上，灵竹公主那有些怪异的眼神，心中一动：“其实我知道她是心地善良的姑娘，她所做的一切也无非是兑现当年她父王对李秀树的一个承诺。我目前要做的事情，就是找到她，将之毫发无损地交到漏卧王手中，让漏卧王没有出兵的借口，仅此而已，并没有其他的恶意。”

“她害得你这么惨，难道你不恨她？”娜丹看了看他那尺长的伤口，道。

“我没有理由恨她，因为我知道她的背后是李秀树。就算我有恨她的理由，却因祸得福，让我得到了你，这足以让我忘却这段仇恨。”纪空手说到最后，似笑非笑，将娜丹紧紧地揽入怀中。

……

当一群细小的山蜂嗡嗡飞向半空时，纪空手与娜丹也乘舟离开了小岛，直到这时，纪空手才发现这小岛并非如自己想象中的那般宁静，在竹影暗林中，数十道人影悄无声息地担负着小岛的安全警戒。

“看来你的派头并不小。”纪空手微微一笑，道，“我第一次看到你时，以为来到了蓬莱仙岛，碰上了一个出尘脱俗的仙子，心里还好生激动哩！”

娜丹并没有笑，只是紧紧地拉着纪空手的手道：“我也不想这样，可是谁叫我是苗疆的公主呢？若不是想自由自在地过一种普通人的日子，我也不会每年跑到夜郎来了。”

“其实世上的事就是这样，当你一无所有的时候，便希望拥有一切，而当你拥有一切的时候，所得到的东西就成了你的累赘，反而让你失去了自由。”纪空手微微笑道，说出了一句近乎哲理的话，然而他的笑意刚刚浮现脸上，却突然凝固。

“难道自己所做的一切不是正像这样吗？”纪空手心中一震。他曾经一无所有，随着个人的努力，得到了权势，得到了地位，得到了以前连想都不敢想的东西，但却并不感到幸福，当责任成为一种枷锁，禁锢了自由时，他才发觉，也许随意的生活才是人最大的幸福。

他苦笑了一声。

很快舟抵湖岸，两人下船，不疾不徐地跟在山蜂之后，穿街过巷。

“如果另一只香囊不在灵竹公主身上，我们恐怕就会白走一趟了。”纪空手拉着娜丹的小手在人流中穿行，突然想到了什么似的道。

这种可能性并非不存在，对于纪空手来说，此时的时间是最重要的，如果再不能找到灵竹公主，那么对于夜郎这个国家，对于夜郎这个国家的子民，无疑是一场大的灾难。

“就算白走一趟，我们也要走，难道不是吗？毕竟我们别无选择。”娜丹安慰他道。

再走两条大街之后，纪空手突然发现眼前的建筑与店铺都有种似曾相识之感，正欲说话，却听娜丹“咦”了一声，道：“这不是北齐大街吗？”

纪空手灵光为之一现，刹那之间，他终于明白了灵竹公主的藏身之处。

“最危险的地方，其实也是最安全的地方。因为在每一个人的意识之中，都认为危险的地方戒备森严，没有人会甘冒风险藏匿其中。正因人人都有这样的想法，就往往会将最危险的地方忽略。这样一来，反成了对方最安全的地方。”纪空手在夜郎王、陈平、龙赓三人的注目之下，展开了他的大胆推理。他之所以如此自信，是因为还有娜丹站在门外，那群山蜂就停在门外的一丛茶花中。

“李秀树无疑是一个非常聪明的人，他布下的每一个局都经过了巧妙的构思，是以结果总能出人意料之外。我们听到灵竹公主失踪的消息之后，一开始就步入误区，认为灵竹公主已被李秀树劫持出了通吃馆，而且派出的人也一直跟踪到了八里香茶楼。”纪空手的思路非常清晰，是以讲述起来丝毫不乱，“于是，有了这个先入为主的思想，我便顺着这条线路追查过去，很快就发现李秀树好像是有意让我发现他们的行踪，有诱敌深入的感觉。”

“你既然预感到了这种危机，何以还要继续前行？”夜郎王似有不解。

“因为我别无选择。”纪空手看了看陈平与龙赓，微微一笑，“他们都中了胭脂扣的毒，在这种情况下，我唯有义无反顾。”

陈平与龙赓的眼中无不流露出一种东西，就是感动。

“然而事态的发展显然出乎了我的意料，在经过了生死搏杀之后，我发现，无论是李秀树，还是灵竹公主，他们根本不在那艘大船上，他们只是以灵竹公主作幌子，为我专门布下了这场杀局。”纪空手看似轻描淡写，一句带过，但陈平与龙赓却知道纪空手必定经历了九死一生，才能得以全身而退。否则，以纪空手的身手，又怎会受人如此重创？

“他们不在船上，会在哪里？”纪空手笑了笑，“这已经成了我心中的一个悬念，只有当我与娜丹公主来到北齐大街时，才蓦然明白了李秀树玩的花样。”

“娜丹公主?”夜郎王与陈平吃了一惊，显然对这个名字并不陌生，向门外看去，只见娜丹盈盈一笑，然后转头望向那一丛盛开的茶花。

“如果我不是遇上了娜丹公主，只怕，我已经葬身鱼腹了。”纪空手知道娜丹不想介入到这种是非旋涡中，是以才不进来。由此可见，她能出手相救自己，的确是出于一片真情，这不由让纪空手感激地望了她一眼，苦涩而道。

龙赓轻轻地拍了一下他的肩：“我想，从此之后，这种事情不会再发生了，因为在你的身边，至少还有我。”

他说这句话时，整张脸就像是一块铁石，也许无情，却坚定，更有一种对信念与朋友的忠诚。

“当然不能少了你。”纪空手微笑而道，“以李秀树的武功与心智，要想置他于死地，没有你还真是不行。”

夜郎王一怔，道：“这灵竹公主与李秀树到底藏身在哪里呢?”他一直等着纪空手说出结果，心里都有几分急了。虽然他从纪空手的话里隐约猜到了一些，却不敢肯定。

陈平和龙赓都将目光投在纪空手的身上，只听得纪空手一字一句地道：“如果我所料不错，他们应该一直就在临月台。”

这个结果虽然有些匪夷所思，却是最有可能出现的结果。唯有如此，才能解释李秀树的所作所为，才使得一切事情变得合乎情理。金银寨人口不过数万，以陈平的势力尚且查不到他们的一点线索，这只能说明他们的藏身之处就在通吃馆内。

这就是所谓的灯下黑。

因为李秀树算定了人们通常的思维习惯，既然灵竹公主是在通吃馆内失踪的，就不会有人想到灵竹公主会藏身通吃馆。这样一来，通吃馆反而成了最安全的地方，即使纪空手、陈平等人把金银寨搜个底朝天，也不会想到灵竹公主其实就在他们的眼皮底下。

这个计划不仅大胆，而且奇绝，也唯有像李秀树这样的奇才能够想得出来。虽然纪空手从一开始就有些疑心，却也没有料到李秀树会如此狡诈。

然而天网恢恢，疏而不漏，却让纪空手遇见了娜丹。偏偏娜丹又与灵竹公主相识，当那群山蜂追着香气来到北齐大街时，纪空手灵光一现，才终于明白了李秀树这个大胆的计划。

“现在我们应该怎么办?”夜郎王的脸上出现了几分惊喜，随即又多了几分隐忧。当他得知灵竹公主的下落时，心里不松反紧，又担心起灵竹公主此刻的生死来。

“现在最大的问题，就是灵竹公主在李秀树的手上，虽然这里面不排除灵竹公主是和李秀树合伙串谋演了这么一出戏，但我们还得防范李秀树在形踪暴露之后，狗急跳墙，真的将灵竹公主劫做人质，甚至有可能对灵竹公主下毒手。”纪空手眉头紧皱，考虑到采取行动之后有可能引发的结果，心里也有几分隐忧。因为他心里明白，对手既然是李秀树，那么就有可能发生一切可能的事情，无法以常理度之。

“灵竹公主一死，只怕我们与漏卧国的这一战就势难避免了。”陈平一脸沉重地道。

“所以我们要防患于未然，尽量避免这种情况的发生。为了保险起见，从现在开始，我们对临月台采取明松暗紧的方式，在临月台四周布控，形成一个非常严密的包围圈，然后由我与龙兄设法潜入临月台，营救灵竹公主。”纪空手沉吟半晌，说出了自己的营救方案。

龙赓一脸凝重地道：“可是我们无法确切地知道灵竹公主的具体位置，贸然行动，一旦被李秀树发现了我们的行踪，只怕会加速灵竹公主的死亡。”

纪空手微微一笑，道：“谁说我们不知道灵竹公主的藏身位置?也许人不知道，但有一种东西肯定知道。”说到这里，他的目光已落在了门外嗡嗡直飞的那群山蜂上。

临月台位于距铜寺铁塔不过数百米之远的一个小岛上，以廊桥走道与其他建筑相连。既不排除在整个通吃馆建筑群之外，又是一个单独的整体，环境幽雅，风格迥异，怪不得灵竹公主会看中此地，成为自己在通吃馆的落脚点。

夜郎王与纪空手等人守在临月台出口的一个隐秘所在，看着上百名夜郎高手悄然进入指定位置，形成了数道伏击圈后，这才望向纪空手与龙赓，道："此事事关我夜郎国的和平大计，只有辛苦二位了。"

纪空手与龙赓望了陈平一眼，然后对夜郎王恭身行礼道："大王但请放心，我们一定尽力而为。"

纪空手转身的一刹那，与人在一株树后的娜丹相视一眼，见她一脸紧张与关切，心中一动，微微地笑了一下，这才开始行动。

为了避免临月台中的人起疑，娜丹只放出了七八只山蜂引路，纪空手与龙赓伏下身去，沿着廊桥的底部爬行而去。

桥下便是平滑如镜的湖水，桥桩深入湖水之中，一眼望去，足有上千根之多，唯有如此，才能承荷起这千米廊桥的重量，而纪空手与龙赓正可借着这些粗若桶形的桥桩掩身前进。

这两人不仅武功高绝，而且心智出众，往往一个眼神，已知对方心意，是以两人配合十分默契，很快行至廊桥的一半，正在这时，纪空手心中一动，似乎听到了什么动静。

他的耳目之灵，自从有了补天石异力辅助之后，方圆十丈范围内的动静都难以逃出他感官的捕捉。

此刻天色渐暗，本来他们可以在天黑之后行动，但由于时间紧迫，必须争分夺秒，是以才会决定提前行动。

然而行动提前，势必给他们的行动带来诸多不便，生怕自己的行踪被敌人所发现。因为他们心里清楚，这临月台看似宁静，其实步步惊心，稍有不慎，形势就会急剧变化，朝不利于他们的方向发展。

纪空手听到的是两股似有若无的气息，气息的来源就在前方十丈外的桥桩之后。李秀树显然考虑到了敌人有可能从桥下侵袭而来，是以在桥下设伏了哨岗，这无疑给纪、龙二人前行增加了不小的难度。

从气息中听出，敌人的身手一般，充其量只是二三流角色，但要想悄无声息地将之干掉，肯定不行。因为在临月台上肯定还设有瞭望哨，监视着廊桥上下的动静。

纪空手与龙赓对视一眼，似乎都认识到了问题的棘手。虽然他们可以等下去，但那空中的山蜂却不等人，慢悠悠地在空中嗡嗡飞行。

所以两人没有犹豫，以最快的速度沉潜入水中，没有发出一丝的声响，只在他们入水处生出一个内陷式的漩涡，泛出数道波纹扩散开来。

两人屏住呼吸，沉潜至水下一丈余深，然后形如大鱼前游。暗黑的水下世界并没有让他们丧失应有的位置感与距离感，凭着敏锐的感官触觉，他们在水下自如地游动着。

一盏茶工夫之后，就在纪空手看到小岛没入水中的山体时，他看到前方数丈处悬挂了一片网状物，连绵之长，环绕了整个小岛，显然是李秀树为了提防敌人从水下侵入布下的机关。

敌人防范如此严密，的确让纪空手感到了一种心理上的可怕，这也使得他在思想上给自己敲响了警钟。

他在水中给龙赓做了一个向上蹿的手势，沿着桥桩缓缓地向上浮游，就在距水面不过数寸的空间里，贴耳倾听了一下水面上的动静，这才慢慢地冒出水面来。

廊桥的尽头是一座水榭，沿水榭往上，便是一行直通岛中的台阶，掩于树影之中，清风徐动，一片宁静。

纪空手并没有在思想上有任何的松懈，反而更加小心翼翼，因为他心里清楚，在静默的背后，涌动的是无限的杀机。

夜色一点一点地弥漫天际，迷蒙的月色下，山蜂依然嗡嗡前行，两人借着地势的掩护，从台阶两边的山石树木间向岛中跟进。

台阶直达一座几重房楼的大院，进入院里，守卫渐渐森严起来。每道建筑之前都挂满风灯，亮如白昼，纪空手与龙赓避过几处暗岗暗哨，终于看到了那七八只山蜂飞入了一座掩映于茶树之中的阁楼。

这座阁楼面积不大，却精致小巧，透过窗棂，灯光渗出，将阁楼四周的环境映衬为一个明暗并存的世界，更将这暗黑的空间衬得十分诡异，如同鬼域一般。

虽然相距还有十数丈，但在纪空手的心里，已经感受到了那似有若无、无处不在的压力。

山蜂既然飞入阁楼，那么证明了灵竹公主必在楼中，可是问题在于，这阁楼中除了灵竹公主之外，还有谁？

未知的世界总是让人感到新奇，在新奇之中必然觉得刺激，伴随刺激而来的，却只有杀机隐伏的危机。

纪空手当然不会幼稚到真的相信阁楼里会这般的宁静，他的飞刀已然在手，握刀的手上渗出了一丝冷汗！他虽然不能觉察到敌人的确切位置，但却可以感觉到敌人的气机正一寸一寸地逼近，那种无形却有质的杀气犹如散漫于寒夜中的冰露般让人情不自禁地心悸。

他与龙赓对视了一眼，只见龙赓的脸上也是一片凝重，毫无疑问，龙赓必定也感觉到了这股气机的威胁。

“嗖……”纪空手脑中灵光一现，飞刀蓦然出手。

“呼啦……”一声轻响，沿飞刀所向的空间，突然多出了十数支劲箭，势头之烈，端的惊人。

纪空手与龙赓没有一丝犹豫，就在箭出的同时，他们至少发现了三处敌人的藏身所在。

剑与人几成一体，和着清风而出，有一种说不出的飘逸。龙赓的身形快逾电芒，甚至赶到了清风的前端。

“噗……噗……”寒芒一闪间，龙赓的手腕一振，连刺五剑，正好刺入五名敌人的咽喉！其出手之快，这五人中竟然没有一人来得及作出反应。

与此同时，纪空手扑向了另一处藏敌之所，拳芒暴出，无声无息，却控制了前方数丈范围。当他的拳头连中三名敌人的胸膛时，就如击中面团一般，发出一种近似于无的沉闷声。

当两人完成出击之时，几乎用了同样的时间，刚刚掩好身形，便听到窗前闪出一道人影，低声喝道："谁!?"

窗外除了风声之外，并无人应答。

那人迟疑了一下，"呼……"窗户一张一合之下，一条人影如夜狼般蹿出，竟然是那位"只手擎天"!

那只铁手在暗影中竟有光泽泛现，而他的脸上更透发出一股无法抑制的杀意。

此人出现在临月台，这就证明了纪空手判断的准确。如果纪空手要想在不惊动他人的情况下将之刺杀，难度实在不小。不过，纪空手似乎没有考虑这些，而是又从怀中取出一把飞刀在手。

"铁手"显得十分谨慎，当他没有听到窗外的回音时，心里就"咯噔"了一下，隐隐觉得有点不对劲，等他来到窗外，闻到风中挟带的一丝血腥气时，他已然感觉到了杀机的存在。

然而他既没有叫喊，也没有退缩，而是等了半天，才踏步向前，这顿时令纪空手与龙赓都松了一口气。

这绝不是运气使然，而是"铁手"身份之高，乃是仅次于李秀树之下的人物，虚荣心与自尊心使他不能喊，也不能退，而是必须向前。

即使如此，"铁手"也显得非常机警，绝不冒进，一步一步地向纪空手藏身的一棵大树逼来。

就在这时，小岛外的远处突然响起了一片隐隐约约的人声，虽然听不清晰，但四周的火光却映红了半空。

纪空手心中一喜，知道这是夜郎王与陈平按照原定计划采取公然闯入的方式，以吸引敌人的注意力，便于纪空手与龙赓能够更好地行动。时机拿捏之妙，恰到好处，这怎不让纪空手感到欣喜?

"铁手"又怎知其中的奥妙？本来疑心极重的他，禁不住停下脚步，怔了一怔。

一怔的时间，极短极短，也就是将流畅的意识顿了一顿的工夫。

然而，就在这一怔间，"铁手"似乎惊觉到了什么。

——在他左手方的茶树间，一道寒芒破影而出，无声无息，犹如疾进中的鬼魅。

"铁手"想也没想，就将铁手迎空振出，同时身形只进不退，连冲数步。

寒芒是剑锋的一点，带出的气势犹如烈马，树叶齐刷刷地断裂，却没有发出金属碰撞的脆响。

剑与铁手根本就没有接触，龙赓的意图，本就不是为了攻击而攻击，他的出手是另有深意。

剑从铁手边堪堪掠过，气流蹿动间，龙赓的身形一闪而灭，又蹿入一片茶树中间。

"铁手"不由愕然，刚刚缩回扬在虚空中的铁手，自己的背部竟然被一股凭空而生的刀风紧罩其中。

这无疑是决定纪空手与龙赓此行是否成功的一招，是以纪空手出刀之际，不遗余力，一刀破空，誓不回头。

"铁手"眉锋一跳，心中大惊，纪空手杀出的这一刀其势之烈，角度之精，犹如梦幻般的神来之笔。

"铁手"虽然看不到背后的动静，却对这种刀势似曾相识。当这一刀挤入自己身体七尺之内时，他这才猛然意识到，自己所要面对的敌人竟是纪空手！

他的心里顿时漫涌出一股巨大的恐惧，想喊，却已喊不出，因为刀势中带来的压力足以让人窒息。

他十分清楚自己绝不会是纪空手的对手，而且在纪空手的一边，还有那名剑术奇高的剑客。然而，他的心里并不甘心束手待毙，而是心存侥幸，无论如何，他都必须出击。

“呼……”铁手如风轮般甩出，一振之下，犹如莲花绽放，在虚空之中幻生千万寒光，直迎向纪空手的飞刀。

他这形如格挡式的出击，还有一层用意，就是希望闹出一点动静，以惊起阁楼中人的注意。

“砰……”纪空手看出了“铁手”的意图，绝对不会让他创造出这种机会。就在刀势最烈的时候，他的飞刀偏出，趁着侧身的机会，陡然出脚。

脚的力道不大，却突然，就像是凭空而生的利箭，踢向了“铁手”的腰间。

“铁手”要想避让时，已来不及，闷哼一声，已然倒退。他退得是那般无奈，竟忘了在他退却的方向，有一丛茶树，而在茶树的暗影里，还有一股凛凛的剑锋。

这不能怪他，因为他没有丝毫的喘息之机，整个人的意识都围绕着纪空手那飘忽不定的刀芒而转动，使得他在一刹那间竟然忘记了身后还有强攻守候。

美丽而跃动的弧线闪没虚空，如诗一般的意境展露于这夜空之中……

第六十三章　飓风行动

这一刀划出虚空，的确很美，仿佛纪空手的手中，拿的不是刀，而是画师手中的笔，平平淡淡地画出了一种美的极致。

“铁手”眼中绽射出一道光芒，脸上尽是惊奇之色，他显然没有料到这一刀是足以致命的，整个人仿佛浸入了刀中所阐释的意境之中。

他没有任何格挡的动作，只是再退了一步，心中期待着这一刀中最美时刻的到来。

然而，他却没有看到这一刻的到来，在无声无息中，他感到身后突然有一道暗流涌动，以无比精确的角度，直透入他的心里。

是剑，来自于龙赓手中的一把剑。当这一剑刺入虚空时，其意境同样很美，可惜“铁手”却无法看到，永远无法看到。

“铁手”缓缓地倒下了，倒下的时候，两眼依然睁得很大，瞳孔中似乎依然在期待着什么。

他至死也没有明白，无论是刀，还是剑，它们最美的时刻，总是在终结的那一瞬间。热血如珠玉般散漫空中，犹如欢庆之夜半空中的礼花般灿烂……

“铁手”倒下的时候，他甚至来不及惊讶，而真正感到吃惊的人，居然是纪空手！

因为他怎么也没有料到，以“铁手”的武功，竟然在自己与龙赓的夹击之下几无还手之力。

这的确让人感到不可思议，“铁手”曾经与纪空手有过交手，在纪空手的印象中，此人单打独斗，也许不是自己的对手，但若是真正地击败他，恐怕不费点精神也难以办到。

难道说自己一旦与龙赓联手，彼此之间就能相得益彰，发挥出不可估量的威力？

纪空手带着这种疑惑，望向龙赓，然后彼此间都流露出心领神会的笑意。

然而在纪空手的心里，并没有感到有任何的轻松，虽说刚才的交手没有发出太大的动静，但以李秀树的功力，只怕还是难以逃过他的耳目。既然如此，何以这阁楼中依然能够保持宁静？

这令纪空手心生悬疑，同时更不敢有半点大意。他与李秀树只不过有一面之缘，但在一系列的事件中，他已领教了不少李秀树的厉害之处，面对这样的强敌，不容他有任何的疏忽。

他没有继续迟疑下去，做了一个手势，示意龙赓多加小心，同时蹑着脚步向阁楼逼近。

站到阁楼之外，纪空手的心里忽然生起了一种十分怪异的感觉，竟然感应到阁楼中只有一个人的气息。

只有一个人，是谁？为什么只有一个人？这令纪空手大惑不解。

不过对他来说，遇上这种事情，通常就只用一种办法，那就是推开门看，而不会去胡思乱想。因为他始终认为，人的思想是用来考虑有一些价值的事情的，而不必浪费在这种马上便可以看到的事情之中。

“吱呀……”门果然开了，却不是纪空手用手推开的，也不是龙赓用剑抵开的，而是有人从门里拉开的。

门分两扇，站在门里的人竟然是灵竹公主！她的脸上毫无表情，目光无神，似乎有几分冷漠。

“你们终于来了。”灵竹公主淡淡而道，好像她事先预料到了纪空手会找到这里一般。

“你果然在这里!”纪空手的神情放松了不少。能够看到灵竹公主平安无事地出现在自己的眼前，纪空手便感到了自己所做的一切努力都没有白费。

“本公主一直就在这里，这里既是本公主所选的住处，本公主不在这里，还会在哪里?”灵竹公主淡淡一笑，仿若无事般。

纪空手的眼中暴出一道厉芒，直直地盯在灵竹公主的脸上，冷冷地道：“你如果觉得这是一场好玩的游戏，那么你就大错特错了！你可知道，为了你失踪的事情，你的父王此刻正率兵三万，驻于夜郎国界，一场大战就要因你而起。”

他看着灵竹公主渐渐低下了头去，顿了顿道：“战争是残酷的，一战下来，白骨累累；一人战亡，殃及全家。若是因你之故而伤亡千人，就将有数万人因你的这个游戏而痛苦一生，你于心何忍?”

灵竹公主俏脸一红，显然心有触动，低语道：“本公主也没有料到事情会变成这样，当年父王承诺高丽亲王，答应为他做成一桩大事，事隔多年，他既寻上门来，本公主为了兑现父王当年的承诺，当然只有出手相助。”

“你说得不错，一诺千金，重情重义，本是做人的本分，但是为了取信一人而损害到千万人的利益，这不是诚信，而是伤天害理!”纪空手缓缓而道，“李秀树的用心之深，手段之毒，远非你这样的小姑娘所能了解的，如果夜郎、漏卧真的因你而发生战争，那么你将因你的无知成为漏卧的千古罪人!”

灵竹公主抬起头来，故意挺了挺胸脯，道：“本公主不是小姑娘，用不着你来对我说三道四!”

纪空手瞄了一眼她胸前高挺的部位，微微一笑，道：“你既然明白其间的利害关系，那是再好不过了，我也懒得多费口舌。我只想问你，李秀树他们现在哪里?”

这才是纪空手关心的话题，然而纪空手知道灵竹公主的个性乖张，性格倔强，倘若一上来就提起这个话题，她未必就肯一一作答。而此刻灵竹公主的嘴上虽硬，可心里已经意识到了自己一时任性造成的恶果，已有补救之心，是以他才出口相询。

果不其然，灵竹公主迟疑了半晌，才吞吞吐吐地道：“其实就在你们到来之前，他们还在这里，等到他发现来人是你们时，已经知道形迹败露，所以当机立断，抢在你们进来之前就走了。”

“走了？去了哪里？”纪空手心中一惊，问道。

“当然是离开了临月台，至于去了哪里，本公主就不得而知了。”灵竹公主道。

纪空手紧紧地盯着她略带红晕的俏脸，摇了摇头，道：“你在说谎!”

“放肆!”灵竹公主眉头一皱，脸上顿有怒意，“你既不信，无须再问，就算问了，本公主也再不作答!”

纪空手吐了吐舌头：“你又何必生气呢？我说此话，必有原因。你说李秀树他们已经离开了临月台，可我们明明人在外面，怎么就没有看到他们的身影呢？难道说我们的眼睛都已瞎了？”

他说出这话来，灵竹公主果然气鼓鼓地别过脸去，一副充耳不闻的样子。

正当纪空手无计可施之时，一阵脚步声从外面传来，竟是夜郎王与陈平率人闯了进来，在他们的身后，娜丹也跟随而来。

灵竹公主见了娜丹，好生亲热，两人叽叽喳喳地说了好一阵子，却听纪空手道：“你好像还没有回答我的问题。”

灵竹公主怔了一怔，瞪他一眼。娜丹问明原由，红着脸在灵竹公主的耳边低语了几句。

灵竹公主脸上好生诧异，目光中似有一丝幽怨，冷冷而道：“李秀树早在你们进入临月台前，就派人挖了一条通往岛外的暗道，那里藏了几条小舟，不经廊桥，他们就可出岛而去。”

纪空手心中一惊，这才知道自己每次与李秀树交锋，竟然都落入下风。对于这一点，他本该事先想到，毕竟北域龟宗与东海忍道都擅长土木机关，挖掘地道最是内行。

在灵竹公主的引领下，果然在一面墙下发现了一条可容双人并行的地道，龙赓正要跳入，却被纪空手一把拦住。

“此时再追，已经迟了，而且李秀树显然并不惧怕我们追击，否则他也就不会留下灵竹公主了。”纪空手非常冷静地道。

龙赓一怔之下，顿时会意。以李秀树的行事作风，他若真怕人发现地道，肯定会杀人灭口，所以他留下灵竹公主的原因，一来是不怕有人追击，二来灵竹公主既然性命无忧，他算定纪空手等人自然不会穷追猛打。当务之急，是要将灵竹公主送回漏卧，以消弥即将爆发的战争。

纪空手沉吟良久，突然低呼了一声：“李秀树果然是李秀树，行事简直滴水不漏。”

众人无不将目光注视在他的身上，搞不懂他何以会发出这番感慨。

纪空手道：“既然灵竹公主安然无恙而回，那么我们现在要做的第一件事，会是什么?”

陈平道：“此时距子时尚有几个时辰，如果我们即刻启程，快马加鞭，可以在子时之前赶到边疆，将灵竹公主交到漏卧王手中。”

纪空手点点头：“此事如此紧急，当然不容出半点纰漏，所以我们通常只能派出大批高手加以护送，但这样一来，又势必造成整个通吃馆内兵力空虚。”

陈平恍然大悟：“然后李秀树就会趁这个大好时机，开始对房卫与习泗下手。”

“不仅如此，为了掩人耳目，他也肯定会对卞白下手，造成一种假象。这样一来，他们便可顺利完成此行的最终目的了。”纪空手断然道。

“那么我们现在应该怎么办?”夜郎王情急之下道。

“大王不必操心，此事交给我办就成了。”纪空手微一沉吟，已然胸有成竹。

当下纪空手与龙赓、陈平站到一边，开始商议起行动的方案，而夜郎王与刀苍城守出了临月台，准备了一百匹快马守候城门外，只等纪空手他们商量妥当，即刻启程，赶往漏卧边境。

“李秀树绝对想不到我们会识穿他的把戏，所以这一次对我们来说，是一个机会。”纪空手的眉间已隐生杀机，他已经非常清晰地意识到，李秀树这帮人的活动能力之大，非同小可，已经成为了他们完成计划的绊脚石，如果不能加以铲除，必生无穷后患。

龙赓眼睛一亮，道：“我们虽然人数不少，却缺乏那种对成败起到决定性作用的高手，如果我与你都护送灵竹公主前往漏卧边境，只怕难以顾及到这里，势必不能对李秀树构成致命的威胁，除非……”

他显然已经猜测到纪空手心中所想，却没有继续说下去。

纪空手道：“护送灵竹公主一事，的确重要，但李秀树既然决定对房卫与习泗下手，就不会将自己的注意力放在那上面，所以护送公主一事，反而变得安全。以夜郎王身边的高手，再加上刀苍手下选派一帮精锐，已足够完成任务。”

“你的意思是说，由大王亲自护送灵竹公主前往？”陈平一怔。

“这看似有些风险，其实非常安全。一来夜郎王已在边境驻有重兵，以应不测之变，在双方实力相当的情况下，漏卧王绝不敢轻举妄动，公然出兵一战；二来灵竹公主既然回到漏卧，漏卧王便出师无名，假若硬要出兵一战，士气不振，难有作为；三来漏卧王此次出兵，肯定与李秀树的鼓动大有关系，灵竹公主既然由我们送回，他肯定会有所联想，算到李秀树这边大势已去。有了这三点，再加上夜郎王亲临，给他一个台阶下，漏卧王又何乐而不为呢？”纪空手说出了他的推断。

“那我们事不宜迟，即刻去办。”陈平看看天色，心里有些急了。

纪空手微微一笑，道：“话虽如此说，但我们却不能如此做，至少要像李秀树所期望的那样，精英尽出，护送灵竹公主回国。唯有如此，他才相信我们在通吃馆内的实力空虚，方敢放手一搏。”

龙赓笑道："然而我们大张旗鼓地出了城后，便悄悄地给他杀一个回马枪！"

"不仅如此。"纪空手望向陈平，"在通吃馆内，对房卫、习泗、卞白三个点上的布防，表面上是一视同仁，分出同等的兵力布置守卫，但我们的重点却在房卫身上，只要房卫无事，就无碍于我们大计的实施。至于习泗、卞白，生死由命，也就随他们去吧。"

三人哈哈一笑，一个围杀李秀树的杀局就在这一笑中酝酿而成。

这三大棋王中，卞白乃韩信的人，纪空手不看重他尚且有理可寻，而习泗来自于项羽，房卫来自于刘邦，无论项羽、刘邦，都与纪空手有不共戴天之仇，何以纪空手会轻习泗而重房卫，生怕房卫受到别人的攻击呢？这其中难道另有图谋？

纪空手的这一着棋的确让人匪夷所思，以李秀树的才智，也绝对想不到纪空手会有这样的打算。所以当纪空手与李秀树再一次正面交锋的时候，从一开始，李秀树似乎就在算计中落了下风。

他还能扳回来吗？这没有人知道，世事如棋，当棋子还没有落到盘上的一刹那，谁又能推算出这是一着妙手，还是一着臭棋呢？

夜到子时，最是沉寂。

夜深，如苍穹极处般不可揣度；夜静，静如深闺中的处子守候明月。明月照人，月下的人影无疑是最孤独，最寂寞的，对影望月，当然成了画师手中最能表现静默的画卷。

清风徐来，微有寒意，吹动起茶树的繁花枝叶，沙沙轻响，宛若少女沉睡中的梦呓。

月华淡如流水，树影婆娑，摇曳于七星亭的院墙内外，整幢建筑就像是一头蛰伏已久的巨兽，静默中带出一种让人心悸的氛围。

七星亭乃是通吃馆内有名的建筑，不大，却精美，房卫与乐白、宁戈所带的上百名汉王军队中的精锐高手就住在此间。

在七星亭的外围，陈平已派出一部分力量作了例行的防范部署，而他府内的高手却在他的分派下，进入了事先指定的位置，迅速埋伏于各个交通路口。

虽然一切行动都在秘密进行之中，但是仍然没有逃过房卫等人的耳目。就在陈平刚刚布置完毕之后，房卫派人悄悄将陈平请入七星亭的内室之中。

“看陈爷如临大敌的样子，莫非是得到了不利于老夫的消息?”房卫恭身行礼之后道。

“房先生不必担心，我的确是听说有人将在今夜子时对你不利，但以我陈平的力量，足以确保你的安全。”陈平微微一笑。其实他进入七星亭后，一路留心观察，发现七星亭内的戒备森严，高手如云，并非如自己想象中的弱不禁风。

“既然有人于我不利，老夫又岂能袖手旁观，让陈爷来为老夫担当风险?老夫此行，手下倒也不乏一些高手，如果陈爷有什么地方用得着他们的，尽管开口。”房卫显得十分客气。

“房爷此话正好说到点子上了，我的确想请房爷身边的高人作好准备，以应不测之变。”陈平脸色一肃，颇显凝重地道，“因为此次敌人的来头不小，实力雄厚，弄不好就是一场生死搏杀。”

房卫惊奇道：“此人是谁?难道说他与我有仇?”

“此人虽然与先生无仇，却与汉王有怨，他明知此次铜铁贸易权的归属对汉王来说十分重要，所以才蓄意破坏，甚至不惜刺杀于你。”陈平顿了顿，“此人正是高丽国亲王李秀树!”

“李秀树?”房卫对这个名字并不太熟悉，将目光投向了身边的乐白。

乐白忙道：“此人不仅是高丽国的亲王，亦是北域龟宗的宗主，以王爷身份，兼统棋道宗府、东海忍道，其势力之大，未必在五阀之下。他们的势力范围一向在中原以北，只在近一两年才出现南下的迹象，致使江湖传言，他与韩信暗中勾结，联手图谋中原大好河山。”

房卫倒抽了一口冷气，这才明白陈平此举，绝非小题大做。

陈平告辞而去，他的身影是在数道目光的锁定下离去的。在暗黑的虚空中，同样有一双深邃的眼睛亮着厉芒，注视着陈平远去的背影。

夜色依然朦胧。

在朦胧的月色之下，数十条暗黑的人影渐渐向七星亭靠拢，当先一人，就是李秀树。

在他的身后，有东木残狼、原丸步等一众高手，精英尽出，似乎对今晚的行动势在必得。

李秀树的确有这样的自信，这不仅是因为他本身具有雄厚的实力，而且他相信自己调虎离山之后，通吃馆已是一片空虚，自己完全可以如一股飓风般横扫，以达到最终目的。

所以这次行动的代号，就叫飓风。

望着七星亭里的一片暗黑，李秀树敏锐地感受到了似隐似现的重重杀机。在暗夜里，他的目光就像是带着寒意的发光体，仿佛预感到了其中的危机。

然而他并未将这一切放在眼里，此次夜郎之行，真正让他感到有所忌弹的，只有两个人，那就是纪空手与龙赓。

龙赓的可怕之处，在于他超凡脱俗的剑道，李秀树虽然没有与之交手，却亲眼目睹过他在剑道中演绎的内容，那种深邃，那种博大，连李秀树这样的一代宗师都难有必胜的把握。

而那个名为左石的年轻人，从表面上看，他似乎远不如龙赓那般锋芒毕露，就像是一块深藏泥中的宝石，光华尽敛。但李秀树却知道他是属于那种在闲庭信步中乍现杀机的高手，不动则已，一动必是惊天动地，往往左右着整个战局的走向。

如此厉害的两个人，的确在无形中给了李秀树极大的威胁，所以他才会精心设下杀局来对付他们。当杀局失败之后，李秀树意识到这两个人的存在无疑是自己完成此行任务的最大障碍，于是他宁可放弃用灵竹公主的生死来引发两国之战的计划，而改用灵竹公主的安全问题来调动他们，离开金银寨。

当他手下的眼线前来禀报，说是亲眼看到龙赓与左石护送着灵竹公主离开了金银寨时，他才算真正地松了一口气，开始谋划今晚的行动计划。

今晚的行动十分简单，就是杀！只要杀掉房卫与习泗，一切就可大功告成。

这本是下下之策，但事已至此，却成了李秀树唯一的选择。所以他要求自己属下的只有一句话，那就是“只许成功，不许失败”！

然而他的人到了七星亭外，却没有马上进去，而是各自守候在既定的位置上，等待着他的命令。

这就是李秀树与别人的不同之处，他行事的作风，类似于猎豹，当他没有十足的把握时，绝不轻易出手，宁可多费时间在一些准备的工作上；然而他一旦出手，就绝不回头，所以攻击的必定是敌人要害。

这种方法需要时间，需要耐性。当你付出了之后，就会收到意想不到的效果。

李秀树从来没有怀疑过这种方法，也尝试到这种方法给他带来的成功，所以他静静地伏在一座小山丘上，俯瞰着眼下这片暗黑的空间。

他已经感到了一股浓烈的杀机，弥漫于七星亭上空，然而他并不感到吃惊。经过了灵竹公主失踪一事之后，通吃馆内的戒备必定大大加强，房卫也会加倍提防，还有刀苍所布置在三大棋王外的兵力也定会增多，如果这处没有杀机出现，李秀树反而会感到惊讶。

按理说在得到了龙赓与纪空手不在金银寨的消息之后，李秀树应该轻松才对，可是他却没有，在一刹那间，他的心灵中仿佛出现了一丝不祥之兆，使得他原本紧张的神经负荷起更大的压力。

这令他有些怀疑起自己的直觉来，因为自他踏入江湖的那一天起，其直觉就从来没有出现过一次失误，难道说自己真的老了，以至于失去了敏锐的判断?

他不知道，也无法知道，只是摇了摇头，将自己的注意力重新集中在七星亭里。

明月当空，夜色朦胧，李秀树耳目并用，甚至用一种灵觉去捕捉七星亭内的任何动静。很快，他就清晰地知道在哪一条道路上，埋伏了多少人；在哪一栋建筑旁，暗伏了多少杀机。当这一切汇成图像印入了他的脑海时，他已经形成了自己对事态的评估与判断。

他的右手缓缓地向空中伸去，很慢，很缓，就像是承荷了一座大山！目光再一次透过暗黑的夜色巡视部下。在这些人中，不乏有身经百战的高手，每一个人都精神抖擞，信心十足，作好了战斗的准备。他们的目光无不盯注在李秀树的这只大手上，等待它伸至极限，等待它停顿下来，等待它如流星般挥落……

当这只大手挥落的一刹那，飓风行动就将开始，这是他们事先约定的信号。而在整齐计划中，因为分工的不同，每一个人的行进路线都将不同，每一个人出发的时间也不尽相同，唯一相同的，就是他们所攻击的都是同一个目标。

大手终于重重地挥下!

第一组人马出发了。这一组人马只有三人，人数不多，却是精锐中的精锐！李战狱、东木残狼、张乐文，这三人加在一起，就像是一个无敌的组合。他们的任务，就只有一个——刺杀房卫!

他们三人无疑是飓风行动的核心，其他的小组都是围绕着他们展开行动的，就像是一把锋利的剑，他们三人无疑是剑的剑锋，而其他的人则是剑背、剑身、剑柄，只有当它们组成一个完美的整体后，剑才可以发挥出最大的威力。

这三人的武功不凡，人又机警，行动起来犹如狸猫，毫无声息地进入了七星亭。三人似乎都具备了非常敏锐的感官，得以从容绕过敌人的防线，直接到达了七星亭的中心——七星楼。

七星楼分三层，每层都高达一丈有五，要想爬到顶端，绝对不是一件容易的事情。李秀树之所以要派出这三人，是因为他知道房卫就在七星楼中，却无法知晓其具体位置。为了使得整个刺杀更具突然性，他要求李战狱、东木残狼与张乐文各守一层，一旦发现目标，立即实施攻击。

他将这次行动取名为飓风，当然力求整个行动能如飓风般迅速、突然，带有惊人的震慑力。

所以当他看到李战狱三人进入到预定位置之后，毫不犹豫，将手下的人马兵分三路，沿三个方向进入到事先设定的线路上待命，等候他最终动手的信号。

他的手已伸入怀中，再伸出来的时候，指间已经多了一管礼花，而这管礼花一升入空中，就是整个行动开始的信号。

手在空中悬凝不动，在他作出决定之前，习惯性地审视了一下自己这次行动的整个方案。

——由李战狱、东木残狼、张乐文三大高手联袂出击，事先守候在七星楼内。

——然后三路人马分三个方向攻向七星楼。此攻乃佯攻也，目的就是为了吸引对方的注意力，从而为李战狱三人刺杀创造机会。

——楼外既有动静，房卫绝对不会坐视不理，必然出来观望，只要他一现身，就很难再有活着的机会。

——房卫一死，飓风行动便已结束，趁着局面混乱，己方就可全身而退。

这个方案的确非常绝妙，而且有效，美中不足的，是没有明确撤退的行动和路线。不过这本就不是李秀树考虑的范围，他做事从来就是为达目的，不择手段，纵然己方有一定的伤亡，他也只会认为这是成功所必须付出的代价。

李秀树的心中不免有几分得意，虽然飓风行动还没有开始，但他却预见到了行动的结果——他实在想不出自己会失败的理由。

然而就在这一瞬间，那种曾经在他心头出现的不祥之兆如幽灵般再蹿了出来，令他又有了几分惊骇。

林间有风，枝叶轻摇，沙沙的枝叶摆动声和着繁花送来的清香，使得七星亭上的空间显得悠远而宁静。

在这宁静之中，李秀树仿佛感应到了一股不同寻常的气息，犹如梦幻般若有若无，弥漫于这段空间之中。

他不能确定，当他企图寻找到这股气息的来源时，刹那之间，杀气又似乎全部收敛，就像是一种错觉，在这个世上根本就没有这种气息存在。

李秀树的脸色变了一变，在他的记忆中，他从来没有遇到过这种情况。

也许自己真的老了？李秀树的心里涌出一股悲哀。

但这一战关系到他此行夜郎的成败，也许是巨大的压力让他紧张起来，神经绷直到了一定的极限，所以才产生了错觉。

这是他给自己的一个解释，还有一种情况，就是这不是错觉，这股杀气的确真实存在。

如果是后一种情况，李秀树真的想不出在这通吃馆内，除了那个叫左石的年轻人与龙赓之外，还有谁？

这种气息绝不是普通的高手能够拥有的，唯有超强的高手才能在呼吸之间将这种气息自然地流露出来。在不知不觉中化作空气的一分子，让所有的生机融入这片虚空之中，不分彼此，使人根本无法分辨出来。

然而，在不能确定的情况下，李秀树更愿意将自己的这种发现归类于错觉，因为他心里清楚，今夜已是他最后的，也是唯一的机会，如果再不动手，他的夜郎之行将以失败告终。

所以，他只犹豫了一下，手臂终于振出。

“嗖……”半空中顿时传出一声短促而尖锐的呼啸，随着“砰……”的一声炸响，一道美丽而绚烂的礼花冲天而起，如繁花般绽放。

好美的一幅图画，只是在暗黑的夜空下，这美丽的背后，似乎并不单纯，隐藏着一股淡淡的，如烟花般缥渺的杀机。

烟花升起的那一刹那，撕破了夜空的宁静，喊杀声起，数十人影兵分三路，喊打喊杀地直奔七星亭上的七星楼。

这些人无疑都是李秀树手下最精锐的人马，行动之快，闪亮的刀芒如疾风速移，若入无人之境一般飞速向前移动了百步左右。

这实在太顺利了，对方好像一点反应都没有，静谧得有些反常。

眼看他们冲到七星楼前的一块广场，突然一声炮响，原来以七星楼为中心点，四面已经全被上千的战士包围了起来，四面八方，一里之内全是闪烁的光点，无数支火把陡然亮起，向着敌人掩杀而来。

李秀树人在局外，虽然这一切在意料之中，但他仍然感到有些吃惊，不自禁地将目光锁定在七星楼上。

七星楼却静得可怕，在同一个空间里出现静闹两个截然相反的世界，这实在让人心惊，让人觉得不可思议。

无论是李战狱，还是东木残狼、张乐文，他们此刻的心情同样紧张，静伏在守候点上，握着兵器的手甚至渗出了丝丝冷汗。

虽然自火光起，他们等候的时间并不长，但楼中的人显然不像他们事先预料的那般冲出楼来观察动静，反而龟缩不动，这不由得不让他们三人有意外的惊惧。

难道说这楼里根本就没有人？

李战狱心中暗暗吃惊，如果说房卫不在楼中，不仅整个飓风行动徒劳无功，而且他们也难以制造出大的混乱来掩护自己全身而退。现在唯一的办法是，既然楼里无人出来，那么他们只有破门而入，展开搜寻，直至将房卫击杀。

“啪……”一声很轻很细的声响传入李战狱的耳朵，李战狱突生警兆，立感不妙，因为他感觉到楼中并非全无动静，一团暴涌而来的气机正如电芒般的速度向自己迫来。

“砰……”他所正对的房门裂成了无数块木条，若箭雨般直罩李战狱的身体而来，紧接着一点寒芒闪烁在这木条之后，刺破了夜空的宁静，也刺破了这原本静寂的空气。

李战狱的脸色陡然一变。

他对李秀树制订出来的行动方案近乎迷信，从来就没有怀疑过半分。这倒不是李秀树自踏足江湖以来，鲜有失手的纪录，而是这次行动本来是经过了准确无误的计算之后，再反复推敲才出炉的，绝不可能出现任何纰漏。可是当惊变陡然发生时，一下子就将李战狱的心理完全打乱，失去了他原本应有的自信。

这就好像是一个人自以为自己一直在算计别人，可到了最后，却发现自己早在别人的算计之中，这种心理上的打击实在让李战狱感到难以承受其重。

然而李战狱并没有因此而乱了手脚，他并不是第一次面对这种危机。虽然来人的剑势极端霸烈，但他对自己的长枪同样抱有不少的信心。

危机是一种涌动的杀意，不可捉摸，飘忽不定，比烈焰更野，比这流动的空气更狂，剑芒闪烁间，跳动着一种有如音乐的韵律。

那破空之声慑人心魂，是气流与剑身在高速运行中发出的磨擦声，像是幽冥中的鬼哭，又像是荒野中的狼嚎，暗黑的剑流泻于暗黑的夜，形成一种令人心悸的妖异。

李战狱的眼神为之一亮，犹如暗夜中的一颗启明星，当寒芒乍起的一瞬，长枪已如一条怒龙般飙出。

“当……”剑与枪在刹那间交击一点，脆响暴出，打破了本已宁静的平衡。

气流随之而动，风啸随之而起，两人一触而分，李战狱这才看清对手的面目。

来人竟是乐白！虽然李战狱并不知道对方的名字，也不知道对方是谁，却从对方刚才的那一剑中认了出了来人绝对是一位不容小视的高手。

没有人敢小视乐白，他是问天楼四大家臣之一，混进入世阁卧底，又成为赵高最为倚重的三大高手之一，像这样一位在五阀之中都能排得上号的人，试问天下有谁胆敢不将之放在眼里？

李战狱当然也不会小视他！此刻的李战狱有些动容，因为他完全没有料到，在七星楼里还有这样的好手存在。刚才的那一剑，不仅角度精妙，更在于气势之流畅，平添了不少力道，李战狱的虎口至今犹有发麻之感。

“呀……”不过，没有任何理由不让李战狱出手，他必须出手，所以长枪再次振出，划出一道亮丽的弧线振入虚空，织就了一道密如蛛网的气旋。无论是谁，只要进入气旋，必将被利刃般的气流分割肢解。

乐白当然感应到了对方那浓冽无比的杀气与战意，虽然他同样对眼前的敌人十分陌生，却从敌人的反应与气势中感觉到了一种可怕的战意。

这一刻间，乐白没有任何考虑的机会，唯有斜身避让，然后出剑。

乐白的身体犹若一道旋风，与剑同舞，在半空中旋动成一团暗云。当暗云乍出时，李战狱只感到自己的视线模糊，心生茫然。

剑在何处？人在何方？

李战狱无法知道，只有疯狂地舞动着枪锋上的气旋，不容对方的剑有半点挤入的机会。

剑就是剑，剑是有实质的组合体，然而剑在乐白手中，似已不再是剑，更像是呼啸于空气中的一道飓风，无处不在地显示出异样的凄厉。

李战狱的眼睛变得好亮，对手如此强大，使他从对手的剑迹中看到了死亡的威胁，同时也激发了他体内的所有潜能。

劲气在手中一点一点地提聚，长枪每每颤动一下，手中的力度便增强一分。当李战狱感到自己手上的血管有一种几欲爆裂的感觉时，他竭力攻出了震撼人心的一枪。

他要击杀对手，以最快的时间将敌人置于死地！无论对手有多么的强大，他都绝不容许这种可怕的敌人活在世上，对他的行动构成任何阻碍。

这是一种疯狂的想法，对手越强，这种想法听起来便越有神经质的味道。但李战狱并不觉得这是不可能完成的事情，一种来自心底的威胁改变了他正常的思维，使他狂妄自大到认为自己已是无所不能的神。

有的时候，人的精神的确可以决定一切，特别是在生死之间，危险可以使人的潜能迅速提升至极限，而李战狱的这一枪，无疑已经证明了这一点。

“呀……”一声惨叫声来自楼下，使得弥漫在七星楼间的气氛为之一紧，显得更加惊心动魄。

死去的不是乐白，也不是李战狱，但李战狱听出了死者的声音，竟然是伏击在楼下的张乐文。

这令李战狱感到惊骇莫名，张乐文死了！这实在让人有些不可思议，因为他们的行动无疑是保密的，没有人事先会知道他们要攻击的位置。然而事态的发展却像是一个布下的陷阱，早已等着自己三人掉入进去一般。

但李战狱已没有时间再去思考，在他的面前，还有一把随时可以致人于死地的剑。乐白的人就像他手中的剑那般稳定，没有半点波动的心情，平静得可怕，足以让任何人感到可怕。

他的步法进退有度，身影如梦如幻，攻防有张有弛，若流水般自如，每一个动作都展现出一个高手应有的气势与魄力，更有一种无法形容的动感与力度。

李战狱在乐白的剑势之下一点一点地丧失着自信，他生于高丽，长于北国，武功之强，只佩服过李秀树，却从不承认别人的武功会超过自己。此次夜郎之行，他先是遇上了纪空手，接着又遇到乐白，使得他受挫之下，不得不承认自己以往的认识是多么的幼稚。无论是从招术的精妙还是功力的深浅来看，他都不可能是这两人的对手。然而在他的内心深处，还有一股如凶悍勇猛之兽般的战意，一旦将之激发，他相信自己还有机会。

若猛兽猎食般的战意，到底强到什么程度？没有人知道，就算有人知道，也无法形容得出来，李战狱当然亦说不清楚。但李战狱却确定自己的体内真有这股东西的存在，只要当它出现的时候，身体的各个感官都有一种如野兽般的感觉，使得全身的生理机能变得异常敏锐，似有一种超能量的物质在支配着他的思维。

“呼……”长枪破入虚空，暗影浮动，气旋翻涌，就在乐白一步一步地逼近李战狱三丈范围之内时，李战狱“嗷……”的一声狂号，目赤如火，发须俱张，在乐白没有作出任何反应之前，长枪直奔乐白的咽喉。

这一枪来得突然，就像凭空而出，若烈马奔涌，更像是一道撕裂云层的闪电，几乎突破了速度的极限。

在一刹那间，李战狱甚至坚信，这是一招绝对致命的杀招！无论对手曾经有多么的强大，他最终的命运都只能是倒下！

但是，世事难料，这个世界上本就没有太多的绝对，连六月飞雪都有可能出现，一个人的生死又怎能没有变数？

凛凛的枪锋快而且准，的确挤入了乐白密布的剑气中，只距乐白的咽喉仅七寸，但是陡然之间，这七寸的距离就像是一道不可逾越的鸿沟，竟成了枪锋永远无法企及的距离。

这只因为，长枪突然凝固在了虚空之中，仿佛被冰封一般。

这一切来得如此突然，如此不可思议，难道说李战狱突然良心发现，以至于及时收力？抑或因为……

其实不为什么，只因为在长枪的枪头处，多出了一只手，一只非常稳定而有力的大手，就像是一座横亘于虚空的山峰，阻住前路，不容枪尖有半寸的进入。

第六十四章　汉王刘邦

这一切都在李战狱的意料之外，却在乐白的意料之中，即使在枪锋逼向自己咽喉七寸时，他也没有惊慌过，因为他坚信，这只大手的主人总是会在最需要的时候出现。

一只黑黑的手，青筋凸起，牢牢地锁住枪身。当李战狱的目光向上一抬时，忍不住打了一个寒噤，因为他从来没有见过有谁的眼睛是这般的阴沉，这般的深邃，这般的寒彻人心。

那双眼睛之中有一种让人神经崩溃的强大自信，更有一丝近乎怜悯的同情。他的眼睛里何以会出现同情？同情的对象又是谁？

李战狱禁不住吞了一口口水，却难以咽下，发出一种“咕咕……”的可怕之声。拥有这种目光的人，同情的对象当然不是他自己，那么，难道对方同情的人竟是他李战狱？

这似乎太不可思议了，令李战狱机灵的兽性像碰到强大的猎人般随之泯灭，一股莫大的恐惧若潮水般漫涌全身。

此时此刻，死亡似乎并不是一件十分遥远的事情，那只大手紧握枪身，悬凝空中，纹丝不动，但那手上的力度跳跃着一股浓烈的死亡气息，如幽灵般弥漫空中。

手，不是兵器，只不过是人体的一部分。可当它透出杀意时，却是天下间最灵动、最机敏的杀人凶器，因为它有生命，有思想，更有血与肉的灵动。

李战狱唯有退，弃枪而退！

他本不想弃枪，在这种情况下，弃枪终究是一件十分凶险的事情，然而他却不得不弃，他也曾经试着想将长枪抽回，但枪身却如大山般沉重，沉重得让人无法撼动。

脚步如履冰面，滑退若飞，李战狱的这一退足有七丈，眼看就要退出七星楼，退到一片茶树繁花之中。

他不由得暗自窃喜，有了林木的掩护，有了暗夜的遮隐，他完全可以发挥出北域龟宗特有的逃生术，这本就是他所学的拿手绝技。

就在他抬眼来看的一瞬间，那双眼睛却依然在前，相距不过一尺，让人几疑这是幻觉。

李战狱无法不惊，他明明退了七丈，怎么还会与这双眼睛相对？这清澈深邃的眼眸，莫非是阴魂不散的幽灵？

“呼……”他在惊惧之下，猛然出拳。

这一拳没有角度，没有变化，却充满力道！当劲气在拳心蓦然爆发时，这大巧若拙的劲拳直奔那双眼睛而去。

他只想一拳将这双眼睛打爆，将这眼睛里蕴含的自信与激情统统打至无形。

没有人会怀疑这一拳的力量，也没有人会怀疑这一拳的霸烈，如此充满力度的一拳，李战狱根本不相信有人可以不屑一顾。

然而，问题却不在这里。

问题是这一拳是否真的能够击出去。

就在李战狱的脸上露出狰狞的笑容时，突然，他听到了一种骨骼碎裂的声音，“咔……咔……”声音犹如夜鹰的厉啸，让人心生悸寒。

他的脸上肌肉为之一紧，笑容顿时僵住。然后他便感到了一种剧痛来自手心，那种彻骨之痛，犹如负荷了千斤之物的挤压，骨与肉顿成血酱。

他怎么也没有料到，自己的这一拳不但没有击出，反而被人迎拳握住，捏得残废。

那双眼睛里依然闪现出同情之色，直到这时，李战狱才蓦然惊觉，自己的确是值得同情。

可惜的是，这一切都太迟了一些。

他已经感到了有一道寒气直钻入心，那种莫名的感觉，就像是掉入了一个无边无际的暗黑空间。

“有容乃大……你……你……到底是谁?”这是李战狱挣扎着说出的最后一句话，他的眼睛瞪得圆圆的，仿佛死得并不甘心。

“我就算说了，你也未必能听得进去。”那双眼睛的主人缓缓地抽剑回鞘，闻了闻夹在花香中的那股血腥，淡淡一笑，“本王就是刘邦!”

当烟花绽放半空的时候，李秀树的脸上情不自禁地露出了一丝微笑。

他无法不笑，他相信自己的计划，更相信自己属下的办事能力。当命令发出的时候，他已在静候佳音了。

不过，这种好心情并没有维持多久，甚至不过是昙花一现。突然间，他感到自己的背上一阵发紧，警兆顿生。

在他的身后，依然是一片茶树，树上繁花朵朵，在清风的徐送下，满鼻花香。

然而花香之中却隐藏着一股似有若无的肃杀，不是因为这深冬的夜风，而是因为在花树边，凭空多出了一个人。

一个手中有刀的人，刀虽只有七寸，人却达八尺有余。当人与刀构成一幅画面时，却有一种和谐的统一，让人平生寒意。

肃杀、厉寒，没有一丝生机，人与刀出现于天地间，犹如超脱了本身的事物，给人格格不入之感，更有一种孤傲挺拔之意。

这是一种感觉，一种很清晰很真实的感觉，当李秀树产生这种感觉时，他的整个人就像岩石一般伫立不动，因为他心里十分清楚，虽然彼此相距九丈之远，但只要动将起来，这根本算不得距离。

他没有动，还有另一个原因。虽然他没有回头看一眼，却心如明镜，知道身后之人能够在自己毫无察觉的情况下，进入到自己身边的十丈范围之内，除了那位名为左石的年轻人外，还会有谁？

他一直觉到有些奇怪的，就是左石的身份。以其人之武功，绝不会是无名之辈，可自己的确是人到夜郎之后才听说过这个名字，如果他是化名乔装，那么其本身又会是谁？

李秀树也怀疑过左石就是纪空手的化名，却不敢确定。他知道，纪空手所用的是离别刀，兵刃对于一个武者来说，它就是另外一种形式的生命，不到万不得已，谁也不会轻易舍弃。

他又怎知纪空手之所以要舍弃手中的离别刀，只是为了得到更多更深的武道真谛！他又怎知此刻的纪空手，已达到了心中无刀之境，无论是离别刀，还是七寸飞刀，在他的眼中，都只是一种形式的攻防手段，随意拿起一物，他都可以将之发挥出离别刀与飞刀可以达到的刀境。

但纪空手只所以仍不弃飞刀，是因飞刀本就是一种舍弃时才可以发挥真正威力的武器。

正因为如此李秀树才不敢确定，而感到了纪空手的可怕。像这样冷静而极富内涵的年轻高手，他也曾看到过一位，那就是他一力扶持的韩信，但平心而论，他觉得眼前此人若与韩信相比，当是有过之而无不及。

纪空手的目光悠远而深邃，抬起头来，紧紧地盯住李秀树的背影。他心中的惊讶并不下于李秀树看到他时的程度，因为虽然两人之间从未交手，但纪空手的心里已经感觉到了自己面对的正是一位比之五阀亦不遑多让的超级高手。

李秀树深深地吸了一口气，脚下微动，缓缓地转过身来。

一刹那间，四日相对，两道眼芒如电火般在虚空中碰撞相交，两人的心头无不为之一震。

一股莫名的战意自纪空手的心头生起，透入神经，自然而然流露出一种狂热而亢奋的野性，不经意间，他跨出了一步。

随意地一步，只有三尺不足，然而当这一步踏出之后，这段空间已无风，只有一种无奈和肃杀，随着空气而渐渐凝固。

杀气漫出，如弓弦一般紧绷，使得人有一种喘不过气来的感觉。

一步、两步、三步……

当两者相距只有三丈时，纪空手才终于停止了脚步，整个人步履一斜，不丁不八，有若渊亭岳峙一般，透出一股慑人般的凝重。

他的眼芒有若刀锋一般锐利，坚定而自信，紧紧地盯住李秀树的眼眸，一刻都未放松。

李秀树的耳际传来了七星楼的喊杀声，知道战事已起，时间不多，犹豫了一下，才冷冷地道："你究竟是谁？何以要与老夫作对？"

纪空手悠然一笑，嘴角间泛起一丝淡淡的冷漠，道："我是谁并不重要，重要的是我不能不与你作对！"

"哦？"李秀树眼中流露出一丝诧异，道，"莫非我们有仇，还是有恨？"

"我们无仇也无恨，只因道不同，所以不相为谋，我们注定了天生就是对手。"纪空手的声音有若淡淡的清风，在不经意间透出一股肃杀。

"这个世界上，没有天生的敌人，也没有天生的朋友，人生不过短短数十年，过得舒心就好，又何必多结冤家，多树强敌呢？也许再进一步，我们是很好的朋友，这又何尝不可能呢？"李秀树淡淡而道，他实在没有必胜的把握，所以不敢轻举妄动。

"不可能！我们绝对不可能成为朋友！"纪空手脸色肃然道，"你身为高丽亲王，却远到夜郎，可见你的野心之大，已入邪道，而且你的行事作风从来就是为达目的，不分善恶，不择手段，正是魔道中人的特性。虽然我不是除魔卫道之士，但是只要稍具正义感之人，都不可能与你同流合污，成为朋友，所以我们注定会成为冤家对头。"

"你一心与我为敌，莫非认为凭你的武功已经足够将老夫击败？"李秀树冷冷地看了纪空手一眼，手已经按在了剑柄之上。

"我不知道，但是我想，在这个世界上本就没有不可能的事情，就算我击败了你，也不是一件奇闻。"纪空手淡淡一笑，自有一股透入骨子里的傲意。

“你不可能击败老夫，这是绝对的!”李秀树也笑了笑，就在他拔剑的同时，突然在纪空手旁边的几丛茶树中现出几条人影。

纪空手显然没有料到李秀树还留有这么一手，自己之所以事先没有察觉，是因为这几个人来自于地下，自闭呼吸，自绝生机，擅长于一种传说中的瑜迦术。这种来自于异邦武道的功夫，纪空手虽然不曾亲见，却听五音先生说过，是以一怔之下，已然明了。

“原来你还有埋伏。”纪空手的脸色变了一变，摇了摇头，“看来谁要与你作对，都不是一件很容易的事情。”

“你现在才知道，只怕迟了。”李秀树猛一挥手，只见那三名杀手同时暴吼一声，自三个不同的方位如电扑出，快得让人目眩。

纪空手的眼角微张，眉锋跳动，冷冷地道：“迟与未迟，只有动手后才能见分晓!”

他的飞刀早已在手，脚步前移，丝毫不惧，反而迎向来敌。

他完全无视对方从不同角度攻来的利刃，更不将这三名杀手放在眼中。他讲究气势，是以一出手便先声夺人。

这种无畏的打法显然出乎敌人的意料之外，因为这种打法近乎无理，有点像是街头混战时的把戏，简直有失高手风范。

然而纪空手要的就是这种效果，只有这样，他才可以及时摆脱这三人的纠缠，直面李秀树，如果一味纠缠下去，势必影响到自己的激情与战意。

饶是如此，这三人也无法占到丝毫便宜，一怔之下，纷纷避让纪空手划来的刀势。

李秀树的眼睛一亮，似乎看到了纪空手的刀势来路，细细品味之下，却又摇头，还是没有琢磨出纪空手的武功路数来。

以他丰富的阅历与惊人的眼力，江湖中所不知的门派实在不多，然而纪空手刀出的刹那，他始终有一种似是而非的感觉，根本不能与他记忆中任何一个门派的武功对号入座，这让他感到惊诧莫名。

他却不知，纪空手的这一生所学，根本就不拘泥一招一式的模式，也不强求刀中应有的变化，他只追求武道中的至深境界，兴之所致，一切随意，每每由感而发，恰是刀招最该出现的地方，是以他的刀看似有招，实乃无招，李秀树又怎能识破他的刀路所在？

那三名杀手无疑也是一等一的高手，又岂甘心被纪空手一刀逼退？当下人随剑走，气流蹿动间，如风般扑至。

“呼……”双剑掩护之下，一剑自匪夷所思的角度中杀出，刺入了纪空手飘动的衣袂之中，李秀树刚要喝彩，却见那持剑之人脸上并无惊喜，反而一脸凝重。

那是因为在纪空手的另一只手上，同样还有一把飞刀，当来人近距离逼近时，他的飞刀出手，以最快的速度贯入了其眉心。

这一招叫出其不意，也是纪空手惯用的手段。当别人都认为他只有这一只手可以杀人的时候，真正致命的，反而是他另一只手上的飞刀。

“砰……”刀既出，他的脚尖踹起，正好击中另一名杀手的膝部，便听得“咔嚓”一声，腿骨折断，那人翻滚在地。

无论是纪空手的刀，还是他的脚，出击的时机都把握得十分精妙，分寸拿捏得恰到好处，是以才能趁敌不备，一击得手。可是当他的飞刀刺向最后一名杀手的时候，此人显然早有准备，反手一剑，竟然将纪空手逼退半步。

纪空手“咦”的一声，不觉有几分诧异。表面上看，他好像悠然轻松地出手，在刹那间毙敌一名，伤敌一名，仿若信手拈花，好不从容，但实际上他动手之前，已经算好了自己每一步的后续之招，这一连串的攻击，实是涵括了他对武学最深刻的认识，代表了他本身实力的最精华，所以居然还有一人未被受制，自然出乎了他的意料之外。

“叮……”但惊诧归惊诧，纪空手的身手丝毫不慢，刀走偏锋，贴上剑身一擦，一溜火花刺刺作响，直削敌人手腕。

刀式的角度之刁钻，方位之怪异，完全有绝不空回之势。然而就在纪空手以为势在必得时，刀却陡然失重，竟然刺入空处。

纪空手心中不由骇然，便在这时，一道剑光一晃，直迫他的胸口而来。

他这才知道，这三人能够成为李秀树的贴身近卫，端的都是不可小视的人物。刚才自己的那一刀之所以失手，就是因为敌人在刀削手腕的一刹那，剑柄离手，换到了另一只手上，然后毫无半点呆滞地反守为攻。

这换手剑看上去简单，但纪空手却知道要想做到分寸俱佳，丝毫不差，没有十年功夫绝对不行。眼见来剑汹汹，仓促之间，纪空手突然身体横移半尺，竟然用腋窝夹住了剑身。

杀手脸上的表情顿时僵住，就像是大白天撞见了吊死鬼一般，简直不敢相信自己的眼睛。他实在没有料到，对手的招式竟会这般古怪，每每出人意料，却能让人体会到那种处处受制的难受。

他的信心为之丧失，便要弃剑而逃，但就在这时，一道惊人的剑气狂泻而来，迅如狂飙，平生于他的背后，他心中一喜，知道李秀树终于出手了！

若山洪般狂泻的剑气似一道闪电，又似一股毫无规律的飓风，骤然而生，充盈着一种毁灭一切的气势。李秀树在这个时候出手，的确是把握住了时机，唯有如此，当他的这名杀手感到了这股剑气时，纪空手却浑然未觉。

因为，就在纪空手夹住那杀手的来剑的一瞬间，他与杀手、李秀树这三点之间，联成一线，如果李秀树此刻出手，正好是纪空手视觉的盲点。

再则，当李秀树刺出这一剑的时候，就已经准备要牺牲自己的这名手下。因为他考虑到，真正要让自己的这一剑有所作为，必须突然，而要做到真正的突然，最好的办法就是让剑从自己的手下身上透身而过，再攻向纪空手。如此精妙的杀招，如此无情的杀招，若非李秀树，又有谁能应景生情，瞬间想到？

这的确是势在必得的杀招，因为谁也不会料到，李秀树竟然不惜以自己手下的生命作代价，以完成这致命的一击。

纪空手呢？他能想到吗？

刘邦竟然也到了夜郎！

这无疑是一个让人吃惊的消息。

此时天下已成三分之势，表面上看，项羽号称西楚霸王，建都彭城，下辖九郡，各路诸侯慑其威而归顺，拥兵百万，声势最劲，君临天下，指日可待。然而无论是刘邦，还是韩信，他们虽然名为项羽手下的一路诸侯，但都拥有属于自己的强大力量，韬光隐晦，奋发图强，渐成均衡之势，使得天下局势扑朔迷离。逐鹿中原，谁为霸主，尚拭目以待。

在这个紧要关头，刘邦竟然远离南郑根本之地，却到了千里之外的夜郎，其用心实在让人无法揣度。虽说铜铁贸易权对于汉军来说十分重要，甚至决定了汉军今后的战力是否强大，但是绝不至于让刘邦在这个时候来到夜郎。

既然如此，那么刘邦夜郎之行究竟有何居心呢？这就像是一个谜，除了他自己外，再无一人知道。

七星楼中，激战正酣，随着张乐文、李战狱之死，东木残狼人在顶楼之上，正与宁戈拼杀不休，陷入孤局。

刘邦缓缓地回到楼中，既没有关注楼外的战局，也没有观望头顶上的这一战，而是一脸凝重，若有所思："一个小小的夜郎国，竟然多出了这么多的高手，看来李秀树此役是势在必得。若非我们事先有所准备，只怕这一战胜负难料。"

他的身后是乐白与房卫，两人同时恭声道："这全是汉王运筹帷幄，才使得我方胜券在握。"

"本王并非无所不能，如果不是陈平事先提醒，并且派人守护在外围，今夜死的人只怕就是你们了。"刘邦皱了皱眉。

"想不到韩信竟然如此背信忘义，先拿我们的人祭刀！当年若非汉王刻意栽培，他又怎能有今日的这般势力？"乐白愤愤不平地道。

"韩信一向不甘人下，胸怀大志，有今日的背叛是必然之事。当年本王在鸿门时就料到会有今天，若非本王留有一手，抓住了他的一个致命弱点，又怎会大胆地扶植他，让他在这么短的时间内崛起于诸侯呢?”刘邦微微一笑，似乎并不着恼韩信的背信之举，倒像是早有预料一般。

乐白迟疑了片刻，硬着头皮道：“汉王深知驭人之道，为属下所佩服，但韩信此人，无情无义，最是善变，不可以常理度之，要想真正让他为汉王所用，恐怕还需多做几手准备。”

刘邦点了点头，道：“你所说的也是实情，本王自会多加考虑。本王此刻担心的，是韩信既然与高丽国勾结一起，实力必然大增，他能利用高丽国来壮大声势固然是好，可万一若反受高丽国所控制，那么就会后患无穷，于我大大的不利!”说到这里，他的眉头紧皱，显然意识到了问题的严重性。

“照属下来看，这种可能性并不大。”乐白道，“毕竟韩信是一方统帅，手握重兵，高丽国若想控制他，似乎并不容易。他与高丽国的关系，更像是一个同盟，互助互利，各取所需。”

刘邦冷冷地道：“他们这个同盟，只是由利害关系结成的同盟，一旦到了无利可图时，这个同盟自然也就崩溃了，消散无形。”

“哗啦啦……”就在说话间，猛听得头顶上一声大喝，瓦片与碎木如飞雨泻下，去势之疾，煞是惊人。

“以宁戈的武功，怎么还没有将对手摆平?”刘邦皱了皱眉，带了几分诧异。

“这几人肯定是李秀树手下的顶尖人物，武功之高，令人咋舌。刚才一战，若非汉王及时出手，只怕属下至今还是胜负难料!”乐白想到李战狱那疯狂的一枪，心中依然有几分悸动。

刘邦侧耳听了一听，沉吟片刻，道：“宁戈未必是此人的对手!”

乐白惊奇道：“汉王何以这般肯定?此时楼顶上只闻禅杖声，不闻刀声，可见宁戈已经控制了整个局势，何以汉王反而认为宁戈实力不济呢?”

刘邦脸色阴沉地道：“宁戈此刻已尽全力，满耳所听，尽是禅杖舞动的呼呼之声，可见其内力消耗之大，已难支撑多久，倒是他的对手刀声不现，劲力内敛，讲究后发制人。走！你们随本王上去看看！”

刘邦当先上楼，才上楼顶，却见明月下，禅杖与刀寂然无声，宁戈和东木残狼相对而立，脸色凝重，似已到了生死立决的关头。

刘邦第一眼看到的，并不是东木残狼的人，而是他手中的刀。这种战刀有异于中原武林之刀，更类似于剑的形状，身兼刀剑的优点，有着非常流畅的线形。假如加以改良，最适合于马上近搏，这给刘邦留下了深刻的印象。

唯一美中不足的，是这种战刀的刀柄过长，必须双手互握，才能大显战刀的威力。刘邦对这种刀柄的设计心存疑问，一时之间，又无法细细研究，便将它搁置心头，留待日后再找铸兵师交流。

当刘邦的注意力从刀转向人的时候，不由再一次惊讶起来，因为东木残狼此刻脸上的表情他似曾相识，在刚才的一战中，曾经在李战狱的脸上也出现过。

这种表情的出现，让刘邦感到心惊。在他的直觉中，东木残狼已不像人，而更像是一头凶残的猎豹，带着野兽的敏锐与霸道！这种异变的迹象，很像是传说中的一门武功心法，当这种武功心法运用到人的身上时，可以使一个武者的功力在瞬息间提升至极限，发挥出意想不到的功效。

既然李战狱会这种武功心法，那东木残狼也必定会，看来这种绝技在李秀树旗下的子弟中已是非常流行，这使得刘邦不得不重新估量起李秀树与韩信的实力来。

以李秀树、韩信的武功，放眼天下，能与之匹敌者已经不多，如果他们再因异变而使功力在瞬间提升，那么其武功岂非已变得非常可怕？

他不敢再想下去，只是将目光盯注在伫立于瓦面上的两人，全神贯注地凝视着异变之后的东木残狼。

然而无论是宁戈，还是东木残狼，他们都没有觉察到刘邦的到来，而是双目如鹰隼般瞪视着对方，一眨不眨，似乎在他们的眼中，只有彼此，再无其他。

眼芒如寒月的光辉，渗入虚空。

四周旋起激烈的气流，忽上忽下，忽左忽右，不停地蹿动不休。屋顶上的青瓦不时挤裂开来，迸成碎片，随着气流激飞半空。

宁戈卓立不动，双脚微分，单手握紧禅杖，数十斤重的兵器拿在手中，浑如无物般轻松。他的另一只手紧握，骨节爆响，青筋直凸，禅杖的杖锋泛出一片白光，遥指高楼另一端的东木残狼。

东木残狼双手互握，刀成斜锋，整个人冷静异常。他的眼芒暴闪虚空，隐生毫光，犹如一头蛰伏于山林的野狼，正瞪视着眼前的猎物。

“嗷……呜……”东木残狼发出了一声近乎野狼般的凄号，终于结束了这短暂的僵持。两人心里都十分清楚，这暂时的平静不过是一种过渡，随之而来的，将是彼此决定生死之时！

东木残狼的人如风般跃到高楼的半空，刀亦如风，以一种超长距离的俯冲直劈向宁戈的头颅。

其速之快，确已超出了人类的范畴；其动作之敏锐，犹如一头奔行中的猎豹，给人以强悍的力度感与流畅之美。

宁戈冷笑一声，手臂一旋，如风车四转，舞动禅杖，洒出万千寒光，将自己紧紧罩入其中。

东木残狼并不因此改变自己行动的路线，反而加速向前，眼见刀芒就要与禅杖生出的寒芒相交的一刹那，他的手腕一振，全身劲力蓦然在掌心中爆发。

“叮……轰……”一连串的兵刃交击炸出蹿涌不休的气流，使得整个空间的气氛紧张至极，衣袂飘后，须发倒竖，两人的眼睛已然如火般赤红，似已着魔。

两条人影蹿动于气流之中，时分时合，眨眼间互攻十数招，漫天都是刀芒杀气。

宁戈的手臂已然微麻，心中不由大骇。他天生神力，加之祖传绝技，在力道增补方面素有心得，算得上是江湖上最具神力之人。谁知与东木残狼这番力斗之下，竟然落入下风，这的确让他感到莫名惊诧。

然而他一生与人交手，最喜恶战，敌人愈强，愈是能激发他心中的战意，当下斗得兴起，倏地寒芒尽收，化作一道电芒似的强光，拦腰截向东木残狼。

东木残狼显然没有料到宁戈竟然强行反攻，在这种情况下，由守为攻无疑十分艰难，强力为之，必有破绽。

果然，宁戈的颈项之上全无防备，已成空门，机会稍纵即逝，又岂容东木残狼有半刻时间多想？当下毫不犹豫，腰身一拧，整个人直如陀螺般旋飞空中，借这旋转之势，双手执刀，平削而出。

间不容发之际，东木残狼在距禅杖锋芒不过寸许处让过攻击，手腕一翻，刀锋一改方向，向宁戈的颈项斜劈而至。

他这一让端的巧妙，腰力之好，超出了人的想象空间。而更让人心惊的是他的战刀无处不入，气势之盛，犹如高山滚石，势不可挡，大有不夺敌首誓不收兵之势。

他一出手，就知道自己已经胜券在握了，他想不到宁戈还有什么办法来躲过自己这势在必得的一击。

无论出现什么变故，宁戈这一次看来都是死定了。

然而，就在东木残狼手腕一翻的刹那，他看到了宁戈的脸，看到了在他的脸上有一丝坚决而凄然的笑意。

东木残狼禁不住怔了一怔，他想不出宁戈在此刻还能笑得出来的理由。

“砰……”禅杖从中而断。

在宁戈的手上，变成了两截近似板斧的怪异兵器。

他没有想到去格挡东木残狼的战刀，也无从格挡，他的人反而像一发穿膛的炮弹般跃出，迎向了东木残狼挥出的那一片刀芒。

东木残狼根本来不及作任何的闪避，战刀舞动，照准宁戈的头颅旋飞出去！很快便听到了骨节碎裂的声音，甚至看到了一个血肉模糊的头颅飞上半空。

然而在同一时间内，他感到自己飞行空中的身体陡然一轻，一股锥心钻肺般的剧痛让他模糊的思维陡然变得异常清晰。宁戈撞上来的同时，根本无畏于生死，却用自己手中的两截怪异之刃深插入东木残狼的腰腹，拦腰截去。

东木残狼终于明白了，宁戈的确是没有办法躲过自己这必杀的一刀，正因为他知道自己必死，所以就不惜一切，来了一个同归于尽。

这是东木残狼今生的最后一点意识。

然后高楼之上，除了依旧浓烈的血腥外，又归寂然。

半晌之后，才从刘邦的嘴里发出了一声近似于无的叹息。

这既是纪空手视线中的盲点，他又怎能看到呢？

他看不到，也无法听到，虽然李秀树的剑势烈若飓风，却悄然无声。

但纪空手却能感觉到！事实上当他出手的刹那，他就将自己的灵觉紧紧地锁定在李秀树的身上，一有异动，他便能在最短的时间内捕捉到。

李秀树的剑芒终于从自己属下的身体中透穿而过，向前直刺，然而刺中的，是一片虚无。

虚无的风，虚无的幻影。当李秀树终于选择了一个最佳的时机出手时，目标却凭空失去了，仿佛化作了一道清风。

“轰……”汹涌的剑气若流水般飞泻，击向了这漫漫虚空。

茶树为之而断，花叶为之零落，李秀树这势不可挡的一剑中，已透发出霸者之风。

当纪空手的身形若一片冉冉飘落的暗云出现在李秀树的眼前时，已在三丈之外，他望了一眼横在两人之间的那具死尸，嘴角处泛出了一丝似是而非的笑意。

李秀树的身形也伫立不动，缓缓地将剑上抬，随着剑锋所向，他的眼眸中射出一道寒芒，直逼纪空手的眼睛，浑身上下散发着一股霸烈无匹的气势。

他的耳边依然传来喊杀不断的声音，身后的半空已被火光映红。飓风行动最大的特点就是突然，要在最短的时间内清除目标，然后全身而退，可是事态的发展似乎并非如李秀树意料中的那么顺利，这让李秀树隐隐感到了一丝不安。

不过，他已无法再去考虑其他的人与事，在他的面前，已经摆下了一道他还从未遇到过的难题，这位名为左石的年轻人的确让他感到了头痛。

在纪空手的脸上，面对那如惊涛骇浪般的气势，他似乎并不吃惊，只是冷然以对。他的脸上露出一丝悠然之笑，十分优雅，让人在他的微笑中读出了一种非常强大的自信。

“好！好！好！想不到在年轻一辈中，还有你这样的一号人物，的确值得老夫放手一搏！”李秀树知道时间对自己的宝贵，所以他别无选择，必须出手。

然而在出手之前，他的整个身体都在微微地做着小范围的调整，每一个动作都如行云流水般流畅，那么自然、优雅，不着痕迹，没有一丝的犹豫与呆滞。当他的人最终与手中的剑构成了一个优美的夹角时，身体已如大山般纹丝不动，竟然形成了一个近乎完美的攻防态势。无论是攻是守，都无懈可击，不显丝毫破绽。

李秀树没有动手，他本可以在第一时间选择出手，却没有，因为就在他即将出手的刹那，他完全找不到可以下手的机会，也无法揣度出纪空手的意识与动向。虽然他的气势如虹，无处不在，但却完全感觉不到纪空手的气机，就像是一个本不真实的幻影，既是幻影，又从何来而来的生机气息？

李秀树心中一惊，相信纪空手对武道的理解已经超过了自己。若非如此，他绝对不会找不到纪空手的气机痕迹。但他知道，纪空手或许真的将自己融入了自然之中，这也未尝没有可能，因为武道的最终极点，就是玄奇的天人合一。

天就是天，人就是人；人既生于天地之间，其心之大，或可装下天，或可装下地，天地自然也在人心之中。当心有天地时，天就是人，人就是天，天人方可合一，这本就是武道的至理。

这的确是一个可怕的对手，虽然超出了李秀树的想象，但李秀树却不相信纪空手已经达到了天人合一的境界。

因为他没有感到纪空手的气机所在，却感觉到了一把刀，一把七寸飞刀。他的心里微有诧异，是他只感觉到了刀，却感觉不到人，难道说眼前的年轻人已将自己的生命融入于刀中，不分彼此？

李秀树没有再迟疑，缓缓地踏前一步，一步只有二尺九寸，但只踏出这么一步，天地竟然为之而变，整个空间里的空气就像是遇到了一道凹陷下去的地缝，突然急剧下沉，仿佛被一股旋涡之力强行吸纳，气流通过两人的脚面，气势也随之疯涨，残花碎叶随着气流在半空中旋飞不停。

李秀树的眉锋微微一跳，刹那之间，他不仅感受到了那把七寸飞刀，同时也感到了纪空手的存在。

人在，刀在，既然人与刀已在，就必然有迹可寻。这至少说明，纪空手距天人合一的境界尚有一段距离，正因为有这么一段距离，所以当李秀树的气势锋端强行挤入这段空间时，使得纪空手的心境为之一动，本来无懈可击的气机因此而扯裂出一道缝隙，从而出现了一丝破绽。

破绽既出，稍纵即逝，李秀树当然不会放过这种绝佳的机会。然而，纪空手比他动得更快。

李秀树的眼中闪过一丝异样的色彩，就在他决定出手的瞬间，看到了在虚空之中那把缓缓蠕动的刀。

刀，当然是纪空手的刀，慢如蜗牛爬行，一点一点地在虚空寸进。但这种慢的形态，似乎已超越了速度与时空的范畴，使得快慢这种相对的形态形成了一种和谐的统一。

李秀树心中一惊，因为他也无法判断此时的刀是快是慢。他只知道，无论是快是慢，都必然潜藏杀机。

刀已如风般隐入了一道旋风之中，让人分不清哪是刀，哪是风。

李秀树冷哼一声，手臂一振，剑漫虚空，剑锋带出的暗影自眼芒所向而升起，然后扩散成一张恶兽的大嘴，似乎欲吞噬这空中的一切。

当暗云与旋风悍然相触时，“轰……”然一声爆响，残花碎叶犹如陡然发力的暗器般向四方迸裂，与空气急剧磨擦，使得这寒夜陡生一股热力，甚是莫名。

眼看暗影罩空，纪空手突然发力加速，手中的刀若劈开云层的一道电芒。

出乎纪空手意料的是，李秀树居然不退反进，迎刀而上。

这的确让人不可思议，在如此霸烈的刀势之下，李秀树竟表现得如此自信。

也许，他真的应该自信，因为他以自己属下的三条性命，换来了一点点的先机。

只是一点先机，对李秀树这等高手来说，已足够了。

纪空手顿感不妙，李秀树踏前之时，身形随之而动，将他用刀弥补的破绽重新撕裂，使得本身非常严密的气机又裂出一条缝隙。

剑气随之渗入。

纪空手之所以能够在短短数年崛起于江湖，跻身于一流高手之列，是在于他无意中得到了千年一遇的补天石异力，以及其超乎寻常的智慧。论及临战经验之丰，他绝对比不上李秀树；论及时机的把握上，他与李秀树仍然有细微的差距。更何况李秀树在动手之前，已细细研究过他的出手，是以两人甫一交锋，纪空手顿时落了下风。

李秀树当然知道自己的长处，也十分擅于把握机会，但让纪空手感到可怕的是，李秀树竟然能在没有机会的情况下创造机会，只此一点，已足以让他全力而为。

于是他只有再次出招，用自己的刀来减缓心中的压力。

“呼……”刀终于升起于虚空的极处，如流星划过漫漫的天际。在这一刻间，刀已不再是刀，因为纪空手的心中无刀，心中既然无刀，眼中又怎会有刀？

虚空之中，只有无边的杀气。

“好妙的一刀！”李秀树忍不住在口中叫道，他的剑随之漫入虚空，太极生两仪，两仪生四象，四象生八卦……在无穷无尽的变化之中，剑锋化作一道异光，生出一股霸烈无匹的吸力，强行吸纳着空中一切的异体。

剑在旋动，形成一个巨大的黑洞，在不断地扩大、推进，“呼呼”之声刺人耳膜，显得是那般诡异，那般玄奇。

李秀树消失了，纪空手也不见了。

只有剑在，而刀不存！

其实刀在，人亦在，只是纪空手已将自己融入刀中，刀就是人，人就是刀，如一阵清风，悠然地横过这漫漫的虚空。

心中无刀，只因他的本身就是刀。

这才是人刀合一的境界。

这也是两大高手的真正对决。

他们的武功，已经突破了人体的极限；他们的速度，已经超越了时空的范畴。沙石飞扬，残花激卷，在一片虚无的空间，构筑成一幅亮丽而玄奇的画面。

“啊……”李秀树在飞旋中突然一声大喝，剑芒陡长七尺，强光乍现，横劈向两人相隔的空间，气流如潮水般飞涌，形成无数个可以撕裂空气的旋涡。

纪空手心中生惊，没有料到李秀树的一剑之威竟然形同狂飙般霸烈！他唯一的应对方式，就是退！用一种疾泄的方式直退，然后再寻机反击。

然而他一退之下，顿感周身的压力全消，仿佛有一种失重的感觉。他怎么也不会想到，李秀树竟然也会在这个时候抽身疾遁，突然消失在暗黑的夜色中。

这一逃的确让纪空手大吃一惊，同时也让他领教了李秀树的高明。

就连纪空手，也不得不为李秀树能在这种情况之下还能保持高度的冷静而感到佩服不已。

也许再战下去，李秀树可以占到上风，甚至可以将纪空手置于死地，但李秀树的头脑始终非常清晰，明白这一战只是他与纪空手之间的较量，就像是棋局中某一着的得失。而他今天来到这里的目的，是击杀房卫之后全身而退，此刻房卫生死未卜，自己手下的人马还在酣战，他又岂能为一着之得失而误了全局？

所以从一开始，李秀树就不想与纪空手有过多的纠缠，只是他选择退走的方式怪异了一些，但不可否认，这种方式不仅成功，而且有效。

等到纪空手明白了这一点后，数十步外的林木间又升起了一道炫目的烟花，照耀半空，煞是好看。

纪空手明白，这是李秀树下令撤退的信号。

第六十五章　异变奇术

战事来得突然，去得也快，七星亭似乎已恢复了往日的宁静。

虽然场面经过了打扫处理，看上去却依然留有不少打斗的痕迹，浓浓的血腥弥散于空中，使气氛显得还是紧张了些。

陈义代表陈平送来了酒菜，与房卫客套了几句，以示慰藉，而刘邦依然藏于幕后，未现真身。

对刘邦来说，此时还不是他露面的时候。他当然不能现身，以他此刻的身份地位，假如被人知道他到了夜郎，必将成为夜郎国人注目的焦点，这恰是他最不愿意看到的事情。

距七星亭百步远的铜寺中，纪空手、龙赓、陈平三人相对而坐。有了上次铁塔的教训，这次在铜寺之外，陈平派出精锐高手负责戒备。

“这一次七星亭一战，李秀树手下的高手几乎折损了大半，只剩下二三十人跟随李秀树逃出了金银寨，至今去向不明。”陈平的脸上并无喜悦之情，心头反而更加沉重。因为他派出守卫七星亭的人员中的伤亡人数是李秀树一方的数倍之多，加上房卫方面的伤亡人数，此战孰胜孰败，实是很难鉴定。

唯一让他感到轻松一点的是，房卫安然无恙，这样一来，一切还可以按照原计划进行。

“如此说来，李秀树在夜郎的行动基本应该告一段落了。接下来，就是两天后的棋赛，这也是我们计划中的重中之重，出不得半点纰漏。”纪空手沉吟了片刻道。

龙赓和陈平脸上同时生起一丝疑惑，道：“你何以敢肯定李秀树就不会再杀一个回马枪呢?”

纪空手道：“因为李秀树是一个聪明人。”他顿了一顿，“七星亭一战，他的实力受到折损，空前惨痛，这显然出乎了他的意料之外。他是那种只为自己而生，不为别人而死的人，要他为了韩信的利益而去卖命，这显然不符合其性格。所以我想，他应该不会重蹈覆辙，再回夜郎。”

“那他这一趟夜郎之行岂不是一无所获?”陈平摇了摇头。

“就算一无所获，他也足以在韩信面前交差了。何况还有一卞白，如果卞白能在棋赛上有所作为，岂非一样也能达到目的?”纪空手笑了笑，脸色突然凝重起来，“我之所以可以肯定李秀树不会再插手夜郎之事，是因为我和他有过一次交手。当时他已占到先机，却为了顾全大局而急流勇退，说走就走，可见此人能忍常人所不能忍之事，更不会为了一时之气而使自己冒全军覆灭之虞。”

龙赓眉头一皱，道：“他难道真有这么厉害? 竟然与你交手，犹能抢到先机!”

纪空手苦笑道：“此人的确了得，他的武功固然可怕，但心智之高，算计之精，才是最让人感到头痛的地方。”

纪空手向来以智计闻名，却给了李秀树这样的评语，可见李秀树的确是纪空手心目中的强敌。

“但无论他如何了得，最终却还是栽到了你的手上，这就叫魔高一尺，道高一丈!”陈平不由哈哈一笑。

纪空手微微笑道：“他只是运气不佳而已，正好逢上我运数旺盛的时候，所以只是侥幸得手罢了。纵观他这一系列的手段，细细品来，构思精巧，心思缜密，想来若不成功当真稀奇，谁知机关算尽，终究不成，看来真应了那句老话，谋事在人，成事在天。”

龙赓细细一想，也觉确是如此，不由兴奋地道：“看来老天爷也向着我们，此计若成，先生在九泉之下亦可瞑目了。”

纪空手心头一震，轻叹一声：“要让先生在九泉之下瞑目，我们要走的路还长得很。他老人家虽然盛年之时归隐江湖，其实一直心系天下苍生，唯有天下一统，盛世降临，才算了结了他这一生未遂的夙愿。”

龙赓与陈平同时沉声道：“我们愿随公子一起，去完成先生这未遂的夙愿。”

纪空手心中感动，道：“若得二位相助，何愁大事不成？只是此事不能操之过急，只有一步一步地来，我们才有希望去最终实现它。”

他的眼睛望向龙赓，突然想到了什么，道：“你那边有什么发现？”

龙赓闻言肃然道：“果然不出公子所料，刘邦的确是藏在七星楼中。”

他此言一出，陈平已是霍然色变，站将起来道：“他竟然到了我通吃馆内，那我们还等什么？”

“我们必须等下去，因为，这绝不是我们动手的最佳时机！”纪空手缓缓地摇着头，与陈平四目相对。

陈平默默地看着纪空手的眼睛，希望能从这双深邃的眼睛中看到一些什么。

“时机，什么才是时机？此时此刻，难道不是击杀刘邦的最好时机？”这只是他的心里话，并没有将之说出来。

他没有说出来的原因，是从这双深邃的眼睛中看到了一种真诚。他没有理由去质疑一切，更没有理由不相信朋友，纪空手既然认为这不是最佳时机，就必然有其充足的理由。

果不其然，纪空手的脸色变得十分凝重，缓缓而道：“如果我们现在动手，成功的机率的确很大，但弊大于利，我们只能是得不偿失！”

他的目光再一次投向陈平，道：“第一，从七星亭一战就可看出，刘邦即使人在夜郎，也依然拥有较强的实力。如果我们贸然行动，即使胜了，也未必就能杀得了刘邦；其二，就算我们杀得了刘邦，然而，我们此时人在夜郎，杀了刘邦之后，必然会给夜郎国带来不小的祸患，甚至是一场战争，这岂不是有违我们的初衷？而最重要的一点是，击杀刘邦绝不是我们的最终目的，在我的计划中，刘邦早晚得死，但他的死只是一种手段，而不是目的，选择让他在什么时候死，才是我计划中最关键的一个着重点。”

“什么计划？”陈平脱口问道。

“一个超越了你们原定计划范畴之外的计划，它的庞大，大到了你们不可想象的地步，所以我又叫它——夜的降临！因为只有黑暗才能隐盖一切！”纪空手一字一句地道。在说出这些话之前，他的灵觉早已飘游于十丈范围的空间内，确定在这段空间只有他们三人的时候，他才开始说话。

无论是龙赓，还是陈平，他们都不由自主地怔了一下。在他们两人之间，的确是有一个复仇的计划，而目标就是刘邦！身为五音先生的弟子，他们当然不能坐视五音先生的死而不理，更不能容忍师门的仇敌依旧在这个世上逍遥，所以他们制订了一个非常周密而严谨的计划，就是为了将刘邦置于死地！

然而纪空手心中的计划竟然超越了这个计划的范畴，那么它又是一个怎样的计划？在这个计划中，它的最终目标不是刘邦？难道会是……天下！

这一串串的悬疑涌上心头，令龙赓与陈平都有莫名之感，两人眼中都期待着纪空手能为他们解开心中的谜团，但纪空手只是微微一笑，不再说话。

这既然是一个黑暗的计划，当然就要冒天大的风险，不仅如此，要完成这个计划，还需要有精密的算计与无畏的勇气，这并不是一般的人可以承受的心理负荷。

虽然龙赓与陈平都是非常优秀的人，也绝对是靠得住的朋友，但这个计划带给人的压力实在太沉、太重，犹如大山挤压，纪空手宁愿自己一个人去背负它，也不想牵连到他们。

这究竟会是一个怎样的计划呢？

纪空手既然不说，龙赓与陈平也没有再问下去，他们心里十分清楚，纪空手之所以不说，当然有他不说的理由，他们之间既然是朋友，就没有理由不相信纪空手。

于是他们绕开了这个话题，又回到了龙赓在七星楼发现刘邦的这件事情上。纪空手更想知道，将近一年未见的刘邦发生了怎样的变化。

“我按照公子的吩咐，就埋伏在七星楼外的假山后，那里的位置不错，正好可以观察七星楼中的动静。当李秀树派来的三大高手分别进入楼层之时，楼中的人先发制人，很快就占据了主动，后随着刘邦的出现，一举奠定了胜局。”龙赓的眼中似有一份惊奇，显然对自己所见到的事情有几许疑问。

“当时刘邦有否出手？”纪空手最关心的正是这个问题，他相信以龙赓的眼力，只要刘邦出手，就必然能看出其武功的深浅。

“他出手了，而且一招就结束了李战狱的性命。从他出剑的招式来看，其剑法博大精深，深不可测，绝对是个难缠的角色。”龙赓一脸肃然。

“如果换作是你，要想胜他，会有多大把握？”纪空手希望通过对比，以更确切地了解刘邦拥有的真正实力。

龙赓沉吟了一下，眉头紧锁：“这无法比较。”

他说的是实情，两大实力接近的高手决战，真正能够决定胜负的因素并不在于武功，他们往往比的是对环境的熟悉，对地形的观察，以及心理的承受能力等等此类这些看似细微的东西，甚至可以说，感性决定一切，出手前那一刹那的感觉最为重要。正因为属于感性的东西皆是虚无变幻之物，是以，龙赓无法作出自己的判断。

“如果换作是我，我会有多大胜算？”纪空手虽然知道龙赓很难回答这个问题，可还是问了出来。

龙赓与他的目光相对，一字一句地道：“虽然你是我见过的少有的武道奇才，但我仍然要说，面对刘邦，你也没有必胜的把握！除非你真的能够做到心中无刀的境界！”

纪空手微微一笑，道：“心中无刀，的确美妙，那种境界十分玄奇，让人有触摸到武道至高处的感觉。可惜的是，我只有偶尔为之，等待灵觉的爆发，却自始至终不能将这种美妙的感觉紧紧地抓于手中。”

他的脸上微现红晕，仿若醉酒，似乎沉醉在那种昏昏然的境地，然而这种神情只在他的脸上一闪即过，淡淡笑道：“假如是你我联手，会有几成把握？”

这一次龙赓回答得很快，连想都没想就道：“这只有一种结果，那就是他死定了！必死无疑！”

纪空手深深地凝视他一眼，道：“我等的就是你这句话，如此一来，我就放心了。”

两人对视而笑了起来，充满了十足的自信。的确如此，当这两大天赋异禀的武道奇才一旦联手，试问天下，谁可匹敌？

但龙赓的笑容却一笑即收，代之而来的是一脸凝重，沉吟半晌，才一字一句地道：“不过，今天一战，却让我看到了一件非常古怪的事情，那就是在李战狱与东木残狼的身上，又出现了江湖中传说的异变，如果李秀树与韩信也深谙此道，只怕我们真正的大敌就是这二人了。”

“异变？”纪空手显然是第一次听到这样的名字，不由一怔，“这难道是一种非常可怕的武功吗？”

“异变一术，来自于天竺异邦，相传在周武王建国一战中，由其谋臣子牙引入中原，用之于兵，遂得天下无敌之师，灭商立周，功不可没。后来这种异术传入江湖，被人用之于武道，的确有一定的奇效，只是此术过于繁琐，程序复杂，要想精通，十分艰难，而且此术最易走火入魔，一旦受害，轻则功力大减，致人残废；重则一命呜呼，难保性命。是以才在数百年前遭到中原有识之士的禁绝，从此销声匿迹，不复存在。想不到它又在今日得以出现。”龙赓眉头紧锁，忧心忡忡。

“真有这么可怕？”纪空手将信将疑。

“异变一术，其实就是在某一个时段里，当修炼者运用它之时，便可在一瞬间激化人的原始本能，因此修炼者不仅可以拥有野兽般的力量和敏锐，同时也有着人类的思维与意识，使其攻击力迅速提升数倍，从而在瞬间决定战局。然而奇怪的是，我明明看到李战狱与东木残狼都出现了异变的迹象，何以并没有看到他们异变之后产生的效果？反而其功力有不增反减的感觉。”龙赓摇了摇头，感到不可思议。

“你可以确定他们所使之术真是异变吗？”纪空手道。

“我虽然从未见过异变，但对异变并不陌生，先生博学多才，藏书甚丰，其中有一本名为《脱变》的手册中记录的正是有关异变的图解说明。当时我甚为好奇，便请教先生，先生言道，‘异变不过是旁门异术，讲究速成，妄想捷径，这已是入魔之兆，真正的武者是不屑为之的，因为是魔三分害。当一个人入魔太深时，他最终的结局，只能是遭魔反噬，绝无例外。’”龙赓点了点头，非常肯定地道。

“这就奇了，异变既是旁门异术，修炼者等同于饮鸠止渴，何以李战狱和东木残狼还要修炼呢？更让人觉得古怪的是，李秀树曾经与我有过交手，何以在他的身上并未出现异变？”纪空手提出了自己心中的疑团。

陈平一直只是静静地听着，没有说话，直到这时他才想了想，插嘴道：“莫非李秀树根本不知道异变一术，而李战狱与东木残狼一直偷瞒着他？”

纪空手摇了摇头：“这种可能性不大，李战狱与东木残狼都是李秀树所倚重的高手，一向在他的身边走动，如果是这两人无意得到异变一术的修炼之法，是很难瞒过李秀树的耳目的。”

龙赓的眼神陡然一亮，道：“还有一种情况，就是李秀树得到了异变之术后，不知其利弊何在，为了慎重起见，他选择了与自己武功差距不大的李战狱与东木残狼作为实验者。”

纪空手拍掌道：“以李秀树的性格为人，这是最有可能出现的情况。我所感到不解的是，李秀树是从何处得来的异变之术？何以得到之后不敢放心修炼？此人既然将异变之术传给李秀树，说明他们之间的关系已然到了一种比较亲密的状态，可李秀树似乎并不完全信任他，像这样的人，会是谁?”

“韩信?”陈平与龙赓同时叫道。

“对，此人很可能就是韩信。可是，他为什么要这样做呢?”纪空手的眉头一皱，这才是他最终想知道的答案。

纪空手的判断十分准确，李秀树自七星亭一战之后，就像一阵风般消失于空气中，去向不明，无影无踪。

夜郎王也回到了金银寨，一场涉及到夜郎、漏卧两国安危的战争因为灵竹公主的出现而消弥无形。漏卧王虽然野心极大，对夜郎国虎视眈眈，但他也深知师出无名，难以得到将士与国人的拥护，再加上李秀树失败的消息传来，他唯有退兵。

夜郎王为了显示自己的大度，在漏卧王退兵之际，特意邀请漏卧王与灵竹公主再返金银寨，以观摩即将举行的棋王大赛之盛况。漏卧王为示心中无鬼，只得同意灵竹公主代自己走上一趟。

一切都在按部就班地进行。

腊月十五，大吉，相书云：诸事皆宜。

棋王大赛便在这诸事皆宜的日子里拉开了开赛的帷幕。

装饰一新的通吃馆内，成了金银寨最热闹的所在。园林广阔，环境优美，其间布置豪华气派，古雅中显着大气，自是出自于名家设计，从点滴间已可看出夜郎陈家雄浑的财力物力，同时也体现了夜郎王对这次棋王大赛的重视程度。

他无法不重视，在这三方棋王的背后，有着中原三大势力的支撑，无论这三大势力最终是谁一统天下，都可以左右他夜郎小国的命运，所以他一个也得罪不起。唯一的办法，就是尽自己一方地主之谊，至于铜铁贸易权，那就各凭天命。

他之所以要举办棋王大赛的一个重要原因，是他相信陈平的棋技！如果没有这个作为保证，万一出现通负的局面，那岂不更是火上浇油？

这的确是夜郎立国以来少有的一件大事，是以全城百姓与邻国的王侯公主着实来了不少，在这些宾客之中，既有懂棋之人，为欣赏高水平的棋赛而来，也有对棋一窍不通者，他们大多是抱着凑凑热闹的心情而来，更主要的是对棋赛的胜负下注搏戏。

有赌的地方，永远不会寂寞、冷清，这是一句名言，也是至理。

所以通吃馆内气氛热烈，人气十足，也就不足为奇了。

然而通吃馆在热闹之余，却戒备森严，数千军士与陈府家丁穿上一式整齐的武士服，三步一岗，五步一哨，把守着通吃馆内的所有建筑与通道，随时保持着在最短时间内的应变能力。

一切事务均是井井有条，闹而不乱，仿若过节一般。

棋赛的举办点被安排在铁塔之上，一张棋几，两张卧榻，置两杯清茶，布置得十分简单，在棋几的中间放一张高脚凳，由四方棋王公选出来的德高望重者入座裁判，以定胜负。

然而距铁塔不过数百步远的万金阁，却不似这般清静。整个阁楼全部开放，摆座设席，可容数百人同时就位，在正门所对的一方大墙上，摆下一个长约四丈，宽四丈的棋盘，棋子宛如圆盘，重叠一旁，在棋盘的两边，各放一条巨大木匾，左云：静心；右云：黑白。正是道出了棋之精义。

在万金阁入座之人，不是持有千金券者，就是有钱有势的主儿。其他无钱无势的客人只能待在通吃馆前的大厅里，观棋亦可，赌钱也行，倒也其乐融融。

纪空手等人到达万金阁内时，除了三方棋王未至之外，其余宾客早已入席闲聊，吹牛谈天，闹得万金阁犹如集市。

今天果真是诸事皆宜的大吉之日，天公作美，阳光暖照。茶树随清风摇曳，送来阵阵花香，使得这盛大的棋赛更如锦上添花。

纪空手似是不经意间地向大厅扫了一眼，微微一笑，这才挨着娜丹坐在陈平席后。

他心里十分清楚，虽然李秀树已经去向不明，但在这三方棋王中，斗争才刚刚开始。面对这喧嚣热闹的场面，他似乎看到了潜藏其中的危机。不过，他充满自信，相信无论风云如何变幻，尽在他大手一握之中。

他的眼光落在了棋王大赛的主角身上，一看之下，不由一怔。

在这种场合之下，又在棋赛即将开始之时，陈平整个人端坐席间，一动不动，闭目养神，显得极是悠然。他似乎并没有意识到自己参加的是一场关乎他个人荣誉和国家命运的棋赛，倒像是等着品尝素斋的方外之士，给人以出奇的镇定与自信。

“龙兄，依你所见，陈爷的棋技与另三大棋王相比，能否有必胜的把握？”这个问题一直藏在纪空手的心里，如鲠在喉，现在趁着这份闲暇，终于吐了出来。

龙赓并没有直接回答纪空手提出的这个问题，只是笑了笑：“你猜我刚才进来之前做了一件什么事？”

纪空手摇了摇头，知道龙赓还有下文。

“我把我身上所有的钱财都押了出去，就是赌陈爷赢。”龙赓压低声音道。

娜丹惊奇道：“看来你还是个赌中豪客。”

龙赓笑道：“可惜的是，我口袋里的银子只有几钱，一两都不到，庄家拒绝我下注。”

纪空手哑然失笑：“我虽然对棋道不感兴趣，但若是要我选择，我也一定会选陈爷赢。”他看了一眼陈平，接着道，“其实世间的很多事情都是相通的，所以才会有一事通，万事通的说法。真正优秀的棋手通常也与武道高手一样，每到大战在即，心态决定一切，只有心中无棋，才不会受到胜负的禁锢，从而发挥出最佳的水平。”

龙赓深感其理，表示赞同。

鼓乐声喧天而起，随着门官的唱喏，在夜郎王的陪同下，三大棋王依次步入厅堂，坐在了事先安排好的席位上。

随着主宾的到来，万金阁的气氛变得肃穆起来，嘈杂的人声由高渐低，直至全无。

纪空手的目光紧盯住房卫身后的一帮随从，除了乐白等人，刘邦扮作一个剑手赫然混杂其中。

只不过一年时间未见，刘邦变得更加可怕了，虽然他的打扮并不起眼，但稳定的步伐间距有度，起落有力，显示出王者应有的强大自信，顾盼间双目神光电射，慑人至极。若不是他刻意收敛，在他周围的人必定会全被他比了下去。

当两人的目光在无意中相触虚空时，有若闪电交击，一闪即分，刘邦的脸上有几分惊讶，又似有几分疑惑。

刘邦脸上的表情尽被纪空手收入眼底，这令纪空手心中窃喜，因为刘邦脸上的这种表情，正是纪空手所希望看到的。

他这看似不经意地一眼，其实是刻意为之。他必须知道，经过了整形术的自己是否还能被刘邦认出，而眼睛往往是最容易暴露整形者真实身份的部位，如果刘邦不能从自己的眼神里面看出点什么来，那就证明了自己的整形术是成功的。

这很重要，对纪空手来说，这也许是他的计划能否成功的最关键一步，所以他没有回避，而是直接面对。

从刘邦的表情上看，他显然没有认出这位与自己对视的人会是纪空手，他只是有一种似曾相识之感，所以才会流露出一丝惊讶。

随着众人纷纷入席之后，夜郎王终于站在了棋盘之前。偌大的厅堂，倏地静了下来，数百道目光齐聚在他一人身上，期盼着棋赛由他的口中正式宣布开始。

夜郎王目视送礼，与三大棋王对视一眼之后，这才干咳一声，道："三位棋王都是远道而来的贵宾，能齐聚我夜郎小国，是我夜郎的荣幸，也是本王的荣幸。棋分黑白，规矩自定，关于棋赛的各项规矩，三位棋王也已经制定完毕，而棋赛的彩头，相信各位也做到了心中有数，在此本王也就不再多言了。本王想说的是，虽然是小小的一盘棋，却千万不可伤了和气，落子之后，必分输赢，赢者无须得意，输者不必气恼，胜负乃是天定。”

他的话中带出一丝无奈，面对三强紧逼，他的确为难得紧，只希望陈平能一举击败三大棋王，他也好有所应对。

众人虽不明就里，但也从夜郎王的脸上看出了一些什么，正感大惑不解时，卞白已微笑道：“既然棋分胜负，那么裁判是谁?”

夜郎王不慌不忙地道：“至于裁判的人选，此事关系重大，恐怕得由三位棋王公选一位才成。”

卞白淡淡而道：“能够裁决胜负者，无外乎要具备三个条件：一，德高望众，可以服人；二，棋艺精湛，能辨是非；三，不偏不倚，保持公正。在下心目中倒有一个人选，不知房爷与刁爷能否同意?”

房卫与刁泗冷哼一声，道：“倒想洗耳恭听。”

“所谓求远不如就近，依在下看来，大王正是这裁判的最佳人选，二位难道不这样认为吗?”卞白看了他二人一眼，道。

卞白的提议的确是最合适的人选，能让三位棋王可以放心的，也只有夜郎王。

既然裁判已定，陈平缓缓地站将起来，将手一拱，道：“谁先请?”

“慢!”卞白一摆手，“在下心中还有一个问题，想请教陈爷。”

陈平道：“请教不敢，卞爷尽管说话。”

“陈爷乃棋道高人，敢以一敌三，可见棋技惊人。不过事无常势，人有失手，万一陈爷连输三局，我们三人之间的胜负又当如何判定?”卞白话里说得客气，其实竟不将陈平放在眼里。

陈平也不动气，微微一笑，道：“若是在下棋力不济，连输三局，三位再捉对厮杀，胜负也早晚会分，卞爷不必担心。”

“好，既然如此，在下不才，便领教陈爷的高招。”卞白本是棋道宗府之主，平生对棋道最是自负，自然瞧不起夜郎国中的这位无名棋手。当下也不想观棋取巧，想都不想，便要打这头一阵。

此话一出，房卫与刁泗自然高兴。这第一战纯属遭遇战，不识棋风，不辨棋路，最是难下，照这二人的意思，谁也不肯去打这头阵，想不到卞白倒自告奋勇地上了。

当下卞白、陈平与夜郎王一起上了铁塔，三人各坐其位，薰香已点，淡淡的香味和着茶香，使得铁塔之上多了一份清雅。

在这样的环境下对弈，的确是一件让人心情愉快的事情。当卞白缓缓地从棋盒中拈起一颗黑子时，他突然感觉到，一个懂得在什么样的环境里才能下出好棋的人，其棋技绝不会弱。

想到这里，他的心不由一凛，重新打量起自己眼前的这名对手来。

其实在万金阁时，他就刻意观察了一下这位夜郎陈家的世家之主。当时给他的感觉就是一个挺普通的人，除了衣衫华美之外，走到大街上，都很难将他分辨出来。

可就是这样的一个人，当他坐到棋几前，面对着横竖十九道棋格时，整个人的气质便陡然一变，眼芒暴闪间，仿佛面对的不是一个方寸之大的棋盘，而是一个横亘于天地之间的战场，隐隐然透着一股慑人的王者风范。

“你执黑棋？”陈平望着卞白两指间的那颗黑子，淡淡一笑。

“难道不可以吗？”卞白心里似乎多出了一份空虚，语气变得强硬起来，仿佛想掩饰一点什么。

“当然可以。”陈平笑了起来，“无论你执什么棋，都必输无疑！”

卞白深深地吸了一口气，压下心中的怒火：“你想激怒我，从而扰乱我对棋势的判断与计算？”

“你错了，棋道变化无穷，更无法判断它的未来走势。当你拈起棋子开始计算与判断的时候，你已经落入了下乘。”陈平淡淡而道。

“难道你下棋从不计算？”卞白还是第一次听到这样匪夷所思的论断，虽然他排斥这种说法，但在他的内心里，却充满了好奇，因为他很想知道别人对棋道的看法。

“我曾经计算，也对棋势作出判断，然而有一天当我把它当作是有生命的东西的时候，我赋予它思想，它回报我的是一种美，一种流动的美。”陈平说完这些话后，缓缓地从棋盒中拈起了一颗白子。他的动作很优雅，棋子在他的手上，就像是一朵淡雅而幽香的鲜花。

卞白的眼里闪出一片迷茫，摇了摇头，然后手指轻抬，“啪”的一声将棋子落在了棋盘上。

“我不知道什么叫美，我只知道，精确的计算与对棋势的正确判断是赢棋的最有力的保障，我愿意用你认为下乘的手段来证明给你看。棋既分胜负，决输赢，就没有美的存在。”卞白已是如临大敌，再不敢有半点小视之心，手势一摆，“我已落子，请！”

陈平微微一笑，不再说话，只是将手中的棋子当作珍宝般鉴赏了一下，然后以一种说不出的优雅将它轻轻地放在了他认为最美的地方。

万金阁，一片寂然。

虽然相隔铁塔尚有一段距离，没有人可以看到陈平与卞白的这一战，但是通过棋谱的传送，这一战中双方的招法已经真实显现于阁里大厅中的大棋盘上。

随着棋势的深入，这盘棋只用了短短的十数着，就完成了布局，进入中盘阶段。观棋的人无不窃窃私语，面对陈平每一步怪异的招法无不惊叹。

房卫与刁泗最初还神色自若，等到陈平的白子落下，两人的脸色同时一变，显得十分凝重。

他们敢以棋王自居，对于棋之一道自然有其非凡之处，而且对棋势的判断更达到了惊人的准确。可是当他们看到陈平所下出来的每一步棋时，看似平淡，却如流水般和谐，让人永远也猜不透他下一步棋的落点会在哪里，这令他们感到莫名之下，心生震撼。

“如果是我，当面对着这种唯美的下落时，我将如何应对？”习泗这么想着，他突然发现，陈平的棋虽然平淡如水，却无处不在地表现着一种流动的美，这种美在棋上，更渗入到人的心里。

纪空手不懂棋，却已经知道这盘棋的胜负已在陈平的控制之中。这一次，他不是凭直觉，而是凭着他对武道的深刻理解，去感受着陈平对棋道所作出的近乎完美的诠释。

武道与棋道，绝对不属于同类，但武至极处，棋到巅峰，它们都向人们昭示了一点共通的道理，那就是当你的心中没有胜负的时候，你已经胜了，而且是完胜。

因为心中没有胜负，你已不败。

“你在想什么？”娜丹轻推了纪空手一下，柔声问道。

纪空手笑了笑：“我在想，当这盘棋结束的时候，这汉中棋王与西楚棋圣是否还有勇气接受陈平的挑战？”

娜丹咯咯笑了起来，眼儿几成了一条线缝，道：“你是否能猜到我此刻在想什么？”

纪空手压低嗓音道：“这还用得着猜吗？”他的脸上显现出一丝暧昧，似笑非笑，让人回味无穷。

娜丹的俏脸一红，眼儿媚出一缕秋波，头一低，道：“虽然我们苗疆女子愿意将自己献给所爱的人，再找一个爱自己的人相守一生，但是我想，如果他是同一个人，那该是多么美妙的事情。”

纪空手伸手过去，将她的小手紧紧握住，道：“这并非没有可能，其实在这个世上有很多事情都是这样的，当你付出的时候，迟早都会有所收获，爱亦如此。”

娜丹的眼睛陡然一亮，道：“你没骗我吧？”

“我对爱从不撒谎，知道我为什么会喜欢你吗？”纪空手道。

娜丹抬起头来，以深情的目光凝视着他。

“因为你不仅柔美似水，更是一个懂得美的女人。当我走进你的世界里时，你带给我的总是最美的色彩。”

这像是诗，有着悠远的意境，缥渺而抽象，但娜丹觉得自己已经抓住了什么。

棋到八十七手，卞白陷入了深深的思索。

而对面的座上是空的。

陈平双手背负，站在铁塔的栏杆边上，眺望远方。他的目光深邃，似乎看到了苍穹极处的黑洞，脸上流露出宁静而悠然的微笑，似乎感受到了天地间许多至美的东西。

“好美！”他不经意间低语了一句，像是对自己说的，又像是对别人说的。

卞白却听到了，抬起头来，眼神空洞而迷茫。

“我的眼中，并没有你所说的流动之美，所见到的，只有无休止的斗争，力量的对比。”

“这并不奇怪，因为你是美的破坏者，而不是创造者。你的棋太看重于胜负，具有高速思维与严密的逻辑，所以你的棋只能陷入无休止的计算与战斗之中。”

“你说得如此玄乎，恐怕只是想扰乱我的思维吧？到目前为止，棋上的盘面还是两分之局，你的美并未遏制我的计算与力战。”

“那么，请继续。”陈平轻叹了一口气，有一种高处不胜寒的寂寞。

第六十六章　智者游戏

“这第八十八手是卞白出现的一个疑问手，这一着法看似精妙无比，有着非常丰富的变化，但当陈平这八十九手应出的时候，再来品味整个棋面，卞白的棋已渐渐地被陈平所左右。”习泗的声音不大，却是对着房卫而说的。

这似乎不可思议，两个对立的人为了一盘棋展开了彼此间的交流，这并不是说明他们已放弃了自己的立场，而是这一盘棋实在是他们平生看到的非常经典的一战，人入棋中，已是忘乎所以。

刘邦没有说话，只是皱了皱眉头。

但全场之人的注意力全部聚在了他们二人身上，这两人身为棋王，无疑对这一盘棋的走势有着权威性的评断。

“其实，卞白的棋在布局的时候就已经出现了问题。”房卫提出了自己的异议，虽然他们都是天下顶尖的棋手，但由于性格不同，对棋道的理解不同，使得他们各自形成了与对方迥然不同的风格。

从地域划分来看，这次棋王大赛汇集了东、西、南、北四大流派的顶尖高手加盟参战，房卫与习泗便是东部与西部的代表，他们能够在各自的地方称王，就已经证明了他们本身的实力。以他们的身份地位，也绝对不会轻易地服谁，所以在他们之间一旦出现分岐，必然会固执己见，坚持自己的观点。

“房兄的认识似乎有失偏颇，在卞白下这第八十八手棋时，盘面上的局势最多两分，谁也不能在棋形棋势上占到上风，如果下白在这第八十八手棋上改下到这个位置，形势依然不坏。”习泗所指的是在黑棋左下角选择大飞，这手棋的确是当时盘面上的最佳选择，但房卫却凭着自己敏锐的直觉，感到了仍有不妥的地方。

两人站将起来，来到了摆棋的那块大棋盘前，指指点点，各抒己见，争论越发激烈，就好像他们不是观棋者，而是下棋者，置身其中不能自拔。

纪空手的目光看似始终没有离开过这两人的舌战之争，其实他的注意力更多的是放在刘邦身上。为了不引起刘邦的警觉，他与龙赓在低语交谈，以此来掩饰他真正的意图。

“什么是围棋？”纪空手对棋道一窍不通，所以看到房卫与习泗对棋所表现出来的痴迷感到不解。

“围棋的起源甚古，始于何年，无法考证，但在春秋列国时已有普及，以黑白双方围地多少来决定胜负，规则简单，却拥有无穷变化，是以能深受世人喜爱。下棋按照过程分为布局、中盘、收官三个阶段，他们所说的飞、封、挖、拆、跳、间均是围棋招式的术语，是用来攻防的基本手段。”龙赓身为五音门下，虽然不是专门学棋之士，但对棋艺显得并不陌生，娓娓道来，俨然一副行家模样。

纪空手听得云里雾里，一脸迷茫，不过他从双方的棋艺中似乎看到了一股气势，同时也感到了这黑白两分的世界里涌出的流畅之美，让人仿佛驰骋于天地，徜徉于思想的张放之间。

“这岂不像是打仗？”纪空手似乎从这棋中闻到了硝烟的气息。

“这本来就是一场战争，围棋源于军事，兵者，诡道也，下棋者便如是统兵十万的将帅，可以一圆男儿雄霸天下的梦想。其中的无穷变化，暗合着兵家诡道之法，虚虚实实，生生死死，让人痴迷，让人癫狂，是以才能流行于天下。”龙赓道。

纪空手心中一动，道：“我是否可以将之理解为能在棋中称霸者，必可在世上一统天下？”在一刹那间，他甚至怀疑，陈平除了是五音先生门下的棋者之外，是否会与那位神秘的兵家之士是同一人？

这固然有些匪夷所思，却未尝就没有可能。

龙赓只是轻轻摇头，道：“不能，在行棋与行军之间，有一个最大的区别，就是这棋道无论具有多少变化，无论多么像一场战争，但它仅仅只是像而已，而绝不是一场战争，充其量也只是智者之间的游戏。”

说到这里，龙赓的身体微微一震，道：“凭我的感觉，陈平与卞白的这场棋道争战应该是接近尾声了，最多五手棋，卞白将中盘认输！”

果然，在铁塔之上，当卞白行至第一百四十七手棋时，他手中所拈的黑子迟迟没有落下。

“卞爷，请落子。”陈平的脸上依然透着一股淡淡的微笑，优雅而从容，显得十分大气。

卞白的脸色变了一变，额头上的青筋根根冒起，极是恐怖，眼神中带着一份无奈与失落，喃喃而道：“这么大的棋盘上，这颗子将落在哪个点上？”

“你在和我说话吗？”陈平淡淡而道。

卞白缓缓地抬起头来，整个人仿佛苍老了许多，茫然而道：“如果是，你能告诉我吗？”

“不能。”陈平平静地道，“因为我也不知道棋落何处。”

卞白深深地看了他一眼，缓缓地站将起来道：“我输了。”

他说完这句话时，脸上的紧张反而荡然无存，就像是心头上落下一块重石般轻松起来，微微一笑，道：“可是我并不感到难受，因为无论谁面对你这样的高手，他都难以避免失败一途。”

“你错了，你没有败给我，只是败给了美。”陈平说了一句非常玄奥的话，不过，他相信卞白能够听懂这句话的意思，“美是无敌的，是以永远不败。”

卞白败了，败得心服口服。

他只有离开通吃馆，离开夜郎国。

随着他的离去，韩信的计划终于以失败而告终。

铜铁贸易权之争，就只剩下刘、项两家了。

然而无论是房卫，还是习泗，他们都是一脸凝重。虽然他们对自己的棋艺十分自信，可是当他们看到陈平与卞白下出的那一盘经典之战时，他们谁也没有了必胜的把握，更多的倒是为自己担起心来。

的确，陈平的棋艺太过高深莫测，行棋之间完全脱离了攻防之道，算计变化，每一着棋看似无心，全凭感觉，却在自然而然中流动着美的韵律，感染着对手，在不知不觉中已经左右了整个棋局。

不过，这并非表示房卫与习泗就毫无机会，随着夜色的降临，至少，他们还有一夜的时间准备对应之策。

一夜的时间，足以存在着无数种变数，且不说房卫与习泗，就是那些押注买陈平输的豪赌之人，也未必就甘心看着自己手中的银子化成水。

所以，人在铜寺的陈平，很快就成了众矢之的。夜郎王显然也意识到了这一点，派出大批高手对铜寺实施森严的戒备，以防不测。

就在纪空手与龙赓为陈平的安全苦费心思的时候，陈义带来了一个令人意想不到的消息——习泗不战而退，放弃了这场他期盼已久的棋赛。

在铜寺的密室里，纪空手三人的脸上尽是惊诧莫名之状，因为他们谁也没有想到，习泗会做出如此惊人之举。

“虎头蛇尾。”纪空手的脑海中最先想到的就是这样一句成语，“你们发现没有，无论是卞白，还是习泗，他们在棋赛开始之前都是信誓旦旦，势在必得，何以到了真正具有决定性的时刻时，却又抽身而退？难道说在韩信与项羽方面都不约而同地发生了重大的变故？”

陈平摇了摇头：“这不太可能，卞白输棋而退，李秀树又遭重创，韩信因此而死心，这尚且说得过去。而习泗既是项羽所派的棋王，论实力是这三方来头最大的，应该不会轻言放弃。”

“也许是习泗看到了你与卞白的那一战之后而心生怯意，知道自己赢棋无望，不如替自己寻个台阶而去，这种可能性并非没有。”龙赓想了想道。

纪空手的眼睛盯着供桌上的一尊麒麟，摇头道：“习泗只是项羽派来的一个棋手而已，他的职责就是赢棋，而没有任何的决定权。所以我想，习泗退走绝对不是他本人的主意。不过，这其中最主要的原因，恐怕还是习泗棋艺上技不如人，迫使项羽以退为进，另辟蹊径。”

他缓缓地看着陈平与龙赓道：“对于项羽，我和他其实只有一面之缘，但我却知道此人刚愎自用，凶残狠辣，绝对不是一个容易对付的角色。像这样的一个人，若非他没有绝对的把握，恐怕不会轻易言退。”

“你的意思是说，习泗的退走只是项羽所用的一个策略，他的目标其实仍然盯着铜铁贸易权？”龙赓沉吟片刻道。

“是的，习泗的退走只是一个幌子，其目的就是想掩饰项羽的真正意图，以转移我们的视线。”纪空手缓缓而道，“在这种非常时期，对任何一方来说，铜铁贸易权都是非常重要的，就算自己无法得到，他们也绝不会让自己的对手轻易得到。”

“难道你认为项羽也如刘邦一样暗中到了夜郎？”龙赓突然似想到了什么，惊呼道。

纪空手看着龙赓，一脸凝重，一字一句地道：“既然刘邦能够来到夜郎，项羽何以又不能在夜郎出现呢？如果没有项羽的命令，你认为习泗敢在这个关键时刻不战而退吗？”

龙赓肃然道：“如果事情真的如你所言，项羽到了夜郎，那么对我们来说，问题就变得十分棘手了。”

龙赓的担忧并非毫无道理，项羽年纪轻轻便登上阀主之位，其武功心智自然超乎常人，有其独到之处。虽然在龙赓的记忆里，项羽只是一个人的名姓称谓，但项羽此时号称西楚霸王，凌驾于众多诸侯之上，单凭这一点，便足以让任何对手不敢对他有半点小视之心。

“项羽身为流云斋之主，流云道真气霸烈无比，当年我在樊阴之时，就深受其害，迄今想来，仍是心有余悸。”纪空手显然意识到了问题的严重性，缓缓而道，“最可怕的还不是他的武功，而是他自起事以来从未败过的战绩。兵者，诡道也，若没有超乎常人的谋略与胆识，没有滴水不漏的算计与精密的推断，要在乱世之中做到这一点是几乎不可能的事情。以他的行事作风，不动则已，一动必是必胜一击。若是他到了夜郎，就表明他已对事态的发展有了十足的把握。”

陈平沉吟片刻道：“项羽虽然可怕，但是我想，他亲自来到夜郎的可能性并不大。虽然他的眼里，铜铁贸易权的确十分重要，但是一场战争可以让他改变任何决定。”

“战争？”纪空手与龙赓同时以惊诧的目光望向陈平。

陈平道：“对于项羽来说，他的敌人并非只有刘邦与韩信，但在众多诸侯之中，刘邦和韩信可说是项羽的心腹，因此他封刘邦为汉王，让其居于巴、蜀、汉中三郡，而把关中地区分为三个部分，封给章邯、司马欣、董翳这三位秦朝降将，企图钳制刘邦。同时将韩信封为淮阴侯，让他固守远离巴蜀千里之外的江淮，以九江王英布来遏制韩信。然而项羽在戏下挟义帝之名封王之时，曾经将齐王田市迁徙，另封为胶东王，而立齐王手下的田都为新的齐王，这自然引起了齐王部将田荣等人的不满，不仅不肯将齐王送到胶东，反而利用齐国现有的力量反叛项羽，抗击田都，使得这场战争终于在五天前爆发了。”

“五天前？夜郎与齐国相距数千里之遥，你是从何得来的这个消息？”纪空手心生诧异。他素知五音门下用鹞鹰传书的手段，是以能够通传消息，一日之内，可以知晓千里之外所发生的事情。不过，这种手段乃知音亭所独有，陈平不可能学得这门技艺，除非他另有法门。

“我也是从别人口中得到的这个消息，此人与公子十分相熟，专门以巴蜀所产的井盐与我夜郎做铜铁生意。”陈平微微一笑。

“后生无？”纪空手的心中陡然一惊。

“正是此人。”陈平道，“公子若要见他，只需多走几步即可，他此刻正在我通吃馆内。”

纪空手脸色一紧，道：“我绝不能让任何人知道我此刻就在夜郎，否则也不会易容乔装来找你们了。对我的计划来说，我真实的身份无疑是整个计划的关键，除了你们两人外，知道这个秘密的人就只有虞姬与红颜、娜丹。”

纪空手顿了一顿，接着道：“因为，在今后的一段时间里，当刘邦争取到了铜铁贸易权之后，我将以陈平的身份进入巴蜀，伺机接近刘邦。”

这是他第一次向别人吐露自己心中的计划，无论是陈平，还是龙赓，都丝毫不觉得有任何的诧异。因为他们两人所预谋的行动就是在刘邦争取到铜铁贸易权之后，他们可以名正言顺地借此接近刘邦，然后伺机复仇。

而纪空手的计划中，只不过将自己整容成陈平，使得这个刺杀的计划更趋完美，更有把握。

不过，陈平和龙赓看着一脸坚毅的纪空手，心里都觉得纪空手的计划未必会有这么简单。如果刺杀刘邦真是纪空手此行夜郎的最终目的，那么他完全可以在这个时候动手，根本不必等到刘邦回归南郑之后。

纪空手微微一笑，显然看出了他们眼中的疑惑，道：“不错！你们猜想的一点都没错，我之所以不在夜郎动手，有三个原因，一是我不想让夜郎国卷入到我们与刘邦的纷争之中。其二是我发现刘邦的武功之高，已达深不可测之境。在他心怀警觉的时候动手，我们未必有一击必中的把握。第三个原因，也是最后一个原因，那就是刺杀刘邦只是实施我计划的一个关键手段，而绝不是目的！”

他的眼眸中闪动着一种坚定的色彩，显示着他的决心与自信，仿佛在他的眼里，再大的困难也不是一座不可逾越的山峰，最终他将是成功的征服者！这似乎是不可动摇的事实。

“我现在所担心的是，项羽与田荣之间既然爆发了战争，一旦这个消息传到了刘邦的耳中，他绝对不可能继续待在夜郎。”纪空手的眉间现出一丝隐忧。

“何以见得?”陈平道,“眼看这铜铁贸易权就要立见分晓了,他怎会在这个时候抽身而退?”

“因为这是一个战机,一个意想不到的战机。刘邦只有利用这个战机出兵伐楚,才是明智之举,一旦错失,他必将抱憾终生。”纪空手的脸上已是一片肃然,仿佛看到了一场惊天动地的大决战就要在眼前爆发。

“如果刘邦走了,即使房卫夺得了铜铁贸易权,我们岂非也要大费周折?”陈平道。

“所以,我们就只有一个办法,趁着今夜,我们先行拜会他!”纪空手胸有成竹地道。

说完从怀中取出了随身携藏的小包裹,当着陈平与龙赓的面,妙手巧施,只不过用了半盏茶的功夫,便将自己变成了另一个陈平,无论模样神情,还是举止谈吐,都惟妙惟肖,形神逼真。

陈平与龙赓一看之下,无不大吃一惊,显然没有想到纪空手所使的整形术竟然达到了如此神奇的地步。虽然他们之前所见的人也并非是纪空手的真面目,然而当纪空手变作陈平时,两相对校,这才显出纪空手这妙至毫巅的整形手段来。

“你变成了我,那么我呢?”陈平陡然之间对这个问题产生了兴趣。

“你当然不再是你,你已变成了纪空手。当我们到了南郑之后,你却出现在塞外,或是江南,只有这样,刘邦才想不到他所面对的人不是陈平,而是纪空手。”纪空手微微一笑,似乎早已想透了这个计划中的每一个环节。

“你敢肯定刘邦看不出其中的破绽吗?”龙赓眼睛一亮。

“正因为我不能肯定,所以今夜拜访刘邦的,就是你与我,我也想看看刘邦是否能看出我只是一个冒牌的陈平。”纪空手笑得非常自信。

七星楼中,刘邦、房卫、乐白三人同样置身密室之中,正在议论着习泗不战而退的事情,这个消息的传来,显然也大大出乎了他们的意料之外。

“项羽绝不是一个轻易言退的人，他做事的原则，就是为达目的，不择手段，这一点从他当年与纪空手结怨的事情中就可看出。”刘邦沉吟半晌，依然摸不着半点头绪，但他却坚信在这件事情的背后，一定有着非常重要的原因，要不然这就是项羽以退为进所采取的策略。

昔日项羽列兵十万，相迎红颜，此事早已传遍天下，房卫与乐白当然不会不知。不过说习泗此番退去是另有目的，房卫并不赞同。

“习泗不战而退，或许与陈平表现出来的棋艺大有关系。”房卫似乎又看到了陈平那如行云流水般的弈棋风格，有感而发，“我从三岁学棋，迄今已有五十载。在我的棋艺生涯中，不知遇上过多少棋道高手，更下过不少于一千次的经典对局，却从来没有见过像陈平这样下得如此之美的棋局。他的每一着棋看似平淡，但细细品味，却又深奥无穷，似乎暗含至深棋理，要想赢他，的确不是一件容易的事情。”

“你认为习泗不战而退的原因，是怯战？”刘邦问道，同时脸上显出一丝怪异的神情。

房卫读懂了他脸上的表情，苦笑道：“应该如此，因为我曾细细研究过陈平与卞白的这场对局，发现若是我在局中，恐怕也只能落得与卞白相同的命运。”

“这么说来，明天你与陈平之间的棋赛岂非毫无胜算？”乐白不禁有几分泄气，想到此番来到夜郎花费了不少心力，到头来却落得个一场空，心中难免有些浮躁。

“如果不出意外，只怕这的确是一场有输无赢的对局。”房卫看了看乐白，最终一脸苦笑地望向刘邦。

刘邦的脸上就像是一潭死水，毫无表情，让人顿生高深莫测之感。他只是将目光深深地瞥了房卫一眼，这才缓缓而道：“出现这种局面，殊属正常，事实上本王对这种结果早有预料，所以才会亲自赶来夜郎督战。”

房卫惊奇道：“莫非汉王对棋道也有专门的研究？”

刘邦摇头道："本王对棋道一向没有兴趣，却深谙棋道之外的关节。当日夜郎王飞书传来，约定三方以棋决定铜铁贸易权时，本王就在寻思，这铜铁贸易权既然对我们三方都十分关键，那么夜郎王无论用什么方式让其中的一方得到，都势必引起另外两方的不满。最保险的方法，就是让我们三方都别想得到，这样一来，反而可保无事。于是本王就料到代表夜郎出战的棋手绝对是一个大高手，若是没有必胜的把握，夜郎王也不会设下这个棋赛了。"

房卫听得一头雾水，道："汉王既然知道会是这样一个结果，何以还要煞费苦心，远道而来呢?"

刘邦沉声道："本王一生所信奉的办事原则，就是只要事情还没有发生，你只要努力，事情的发展最终就是你所期望的结果。毕竟，你与陈平之间还未一战，谁又能肯定是你输他赢呢?"

"但是，棋中有古谚，棋高一招，缚手缚脚。以陈平的棋艺，我纵是百般努力，恐怕也不可能改变必败的命运。"房卫已经完全没有了自信，陈平对他来说，就像是一座高大雄伟的山峰，根本不是他所能逾越征服的。

刘邦深深地望着他道："如果在明天的棋赛中陈平突然失常，你认为你还会输吗?"

"棋道有言，神不宁，棋者乱！心神不宁，发挥无常，我的确这么想过，但是除非有奇迹出现，否则这只是一个假设。"房卫以狐疑的目光与刘邦相对。

"这不是假设，而是随时都有可能发生的事情。"刘邦一字一句地道，"你听说过摄魂术吗?"

房卫点了点头："这是一种很古老的邪术，可以控制住别人的心神与思维，难道说汉王手下，有人擅长此术?"他精神不由一振，整个人变得亢奋起来。

"这不是邪术，而是武道中一门十分高深的技艺。在当今江湖上，能够擅长此术的人并不多见，恰恰在本王手下，还有几位深谙此道。”刘邦微微一笑，“不过，摄魂术一旦施用，受术者的表情木讷，举止呆板，容易被别人识破，所以要想在陈平的身上使用，绝非上上之选。”

房卫一怔之下，并不说话，知道刘邦这么一说，必有下文。

果不其然，刘邦顿了一顿：“但是，在这个世上，还有一种办法，既有摄魂术产生的功效，又能避免出现摄魂术施用时的弊端，这就是苗疆独有的种蛊大法！”

房卫与乐白大吃一惊，显然对种蛊大法皆有所闻，然而他们不明白刘邦何以会提到它，既然这是苗疆所独有的大法，在他们之中自然无人擅长。

刘邦道：“‘苗人’二字，在外人眼里，无疑是这个世上最神秘的种族。他们世代以山为居，居山建寨，分布于巴、蜀、夜郎、漏卧等地的群山之中，一向不为世人所知。但是到了这一代的族王，却是一个极有抱负、极有远见的有为之士。为了让苗疆拥有自己的土地，建立起一个属于他们自己的国度，他四处奔波，殚精竭虑，最终将这个希望寄托在了本王的身上，这也是本王为何会出现在夜郎的原因。”

房卫与乐白顿感莫名，因为自刘邦来到夜郎之后，他们就紧随刘邦，寸步不离，并没有看到他与外界有任何的联系，想不到他却在神不知、鬼不觉的情况下竟然与苗王达成协议，建立了同盟关系，难怪房、乐二人的脸上会是一片惊奇。

刘邦的眼芒缓缓地从他们脸上一一扫过，这才双手在空中轻拍了一下，便听得“吱呀”一声，从密室之外进来一人，赫然竟是娜丹公主。

房卫与乐白心中一惊，他们明明看到娜丹公主在万金阁时坐在陈平身后，却想不到她竟会是自己人，这令他们不得不对刘邦的手段感到由衷佩服。

然而娜丹公主的脸上并无笑意，冷若冰霜，只是上前向刘邦盈盈行了一礼之后，便坐到一边。

这的确是一个让人意外的场面，假如纪空手亲眼看到了这种场面，他的心里一定会感到后悔。

因为娜丹恰恰是知道他真实身份的少数几人之一！

“娜丹公主既然来了，想必事情已经办妥了吧？”刘邦并不介意娜丹表现出来的冷傲，微笑而道。

娜丹冷冷地道：“我们苗人说过的话，永远算数，倒是汉王事成之后，还须谨记你对我们苗疆的承诺。”

刘邦笑了笑，深深地凝视着娜丹的俏脸，道：“人无信不立，何况本王志在天下，又怎会失信于一个民族？只要本王一统天下，就是你们苗疆立国之时，娜丹公主大可不必担心。”

“如此最好。”娜丹公主从怀中取出一根细若针管的音笛，交到刘邦手中，“娜丹已在陈平的身上种下了一种名为‘天蚕蛊’的虫蛊，时辰一到，以这音笛驱动，天蚕蛊很快会脱变成长，这便能让陈平在数个时辰内丧失心神，为你所用。事成之后，虫蛊自灭，可以不留一丝痕迹。”

刘邦细细把玩着手中的音笛，眼现疑惑：“这种蛊大法如此神奇，竟然是靠着这么一管音笛来驱策的吗？”

娜丹公主柳眉一皱，道：“莫非汉王认为娜丹有蒙骗欺瞒之嫌？”

刘邦连忙致歉道：“不敢，本王绝无此意，只是不太明白何以娜丹公主会与陈平的人混在一起？今日在万金阁中，本王见得公主与那名男子好生亲热，只怕关系不同寻常吧？”

娜丹公主俏脸一红，在灯下映衬下，更生几分娇媚，微一蹙眉，道：“这属于本公主的个人隐私，恐怕没有必要向汉王解释吧？”

刘邦微笑道：“窈窕淑女，君子好逑，男女间有这种情事发生，那是再正常不过，本王不过是出于好心相问而已，还望娜丹公主不必将之放在心上。”

他顿了顿道：“但是据本王所知，与你相伴而来的那位男子身份神秘，形迹可疑，这不得不让本王有所担心。因为本王觉得，虽然这是公主的个人隐私，却牵系到本王此次夜郎之行的成败关键，若是为了一个局外人而致使铜铁贸易权旁落他人，岂不让人抱憾一生?”

娜丹知道刘邦已生疑心，犹豫了片刻，道：“难道汉王怀疑此人会对我们苗汉结盟不利?”

“这并非是本王凭空揣测，而是此人出现在夜郎的时机不对。本王自涉足江湖，对江湖中的一流高手大致都能了解一些，可是此人好像是凭空而生一般陡然现身夜郎。在此之前，本王从未听说过江湖上还有一左石的人物，这岂能不让本王心中生疑呢?”刘邦的眼芒透过虚空，犹如一道利刃般冷然扫在娜丹的俏脸上。他从不轻易相信任何人，是以对任何事情都抱着怀疑的态度，尤其是当他第一眼看到那名为左石的年轻人时所产生的似曾相识之感，让他心中顿生警觉。

不过，他做梦也不会想到，此人竟然是纪空手所扮！在他的心中，最大的敌人并不是项羽，也不是正在崛起的韩信，而是始终将纪空手放在了第一位！所谓杀父之仇，夺妻之恨，虽说纪空手不是这两起事件的受益者，却是这仇恨的真正缔造者，刘邦对他焉能不恨？简直是恨之入骨！

像这样一个大敌，刘邦又怎能相忘？然而世上的事情就是这般离奇，当纪空手真正站到他的面前时，他却认不出来了。

这是否证明了丁衡的整形术的确是一门妙绝天下的奇技？但不可否认的是，纪空手敢如此做，已经证明了他的确拥有别人所没有的胆识与勇气。

娜丹当然听说过纪空手与刘邦之间的恩怨，深知在这两个男人的心中，都已将对方视作生死之敌。她现在所要做的，就是在自己个人与民族的利益之间作出抉择。

以刘邦此时的声势，的确有一统天下的可能。而苗疆世代饱受流离之苦，因为没有一块属于自己的土地而被迫寄人篱下，分居于国之间，所以对他们来说，拥有一块属于自己民族的土地是最大的渴求。

然而，要实现这个愿望并不是十分容易的事情。在苗疆人中，不乏骁勇善战的勇士，不乏血气方刚的汉子，但是他们花了整整数百年的时间，依然没有建立起自己的国度。而这一代的苗王，从认识刘邦的那一瞬间起，突然明白到凭借刘邦的势力，或许可以完成他们多年以来的梦想。

这绝不是天方夜谭，而是一个对双方都有利益的计划。以苗疆人现有的力量帮助刘邦夺得天下，然后再从刘邦的手中得到他们应该得到的那块土地，这笔交易对于苗疆与刘邦来说，未必不能接受。

正是基于这一点，苗疆人才与刘邦结成了同盟关系，而他们联手要做的第一件事，就是帮助刘邦夺得这铜铁贸易权。

于是，娜丹公主来到了夜郎，利用苗疆人在夜郎国中的各种关系和消息渠道，巧妙地偶遇了与陈平关系亲密的纪空手，不惜以自己为代价，从而得到了与陈平近距离接触的机会。

在这个计划中唯一发生的意外事情，就是娜丹公主在为纪空手疗伤的过程中，发现纪空手身中春药之害，限于当时时间紧急，无奈之下，她只能以自己的初贞来解这燃眉之急，付出了自己最宝贵的代价。

对于一个少女来说，这是何等巨大的牺牲，从而也可看出苗疆人面对土地所表现出来的势在必得的决心。不过，对娜丹来说，她的身边不乏随从侍婢，完全可以李代桃僵，达到同样的目的，何以她非要亲力亲为，以身相试呢？莫非在她跟踪纪空手之时，就已经为他身上透发出来的那种与众不同的气质所吸引？

这是一个谜，只有她自己才能解答的一个谜。不过，当这一切事情发生之后，她的心里无怨无悔，毕竟，她已经由着自己的性子爱过了一回。

面对刘邦咄咄逼人的目光，娜丹公主很难作出一个正确的决断：如果她把纪空手的真实身份告之，势必会给纪空手带来不必要的麻烦，甚至是杀身之祸。作为爱人，她当然不想看到这样的结局。可是假如刘邦发现她在这件事情上有所欺瞒，必将使得他们之间所形成的同盟关系出现裂痕，影响到苗疆得到土地的计划。作为苗疆的公主，这种结果当然也不是她所希望看到的。

何去何从？这的确是一个两难的抉择。

娜丹只觉得自己头大欲裂，思维一片混乱。

恰在此时，门上传来几声轻响，接着便听有人言道："回禀汉王，夜郎陈平已在楼外求见。"

月圆之夜，七星楼外，花树繁花，暗香袭人。

化作陈平的纪空手双手背负，抬头望月，与龙赓并肩而立，在身后的地面上留下两道拉长的影子。

对纪空手来说，今夜之行，看似平淡，其实凶险无比，更是他所施行计划的关键，只要在刘邦面前稍微露出一丝破绽，恐怕就是血溅五步之局。

此时此刻，无疑是他今生中最紧张的一刻。

他已经感到了自己身上的每一根神经都紧绷到了极限。

"你怕了吗?"龙赓在月色下的脸有些苍白，低声问道。

"我并不感到害怕。"纪空手勉强一笑，"只是有些紧张而已。"

"这只是因为你太在乎此事的成败，所以才会紧张，而你若抱着紧张的心态去见刘邦，就难免不会露出破绽。"龙赓冷冷地道，就像一阵寒风掠过，顿令纪空手清醒了几分。

纪空手道："我也不想这样，只是此事太过重大，让我感到了很大的压力。"

"那你就不妨学学我。"龙赓深深地吸了一口气，双眼微眯，似乎已醉倒在花香之中，"深呼吸可以调节一个人的心情，多作几次，也许就能做到心神自定。"

纪空手直视着他的眼睛，微微一笑："其实说话也是调节心态的最好办法，难道你不这样认为吗?"

"这么说来，你已经不紧张了?"龙赓也投以微微一笑，问道。

纪空手点了点头，将目光移向七星楼内明亮的灯火，道："我想通了，既然不想前功尽弃，就要勇于面对，何况我对自己的整形术还有那么一点自信。”

龙赓道：“你能这么想，那是再好不过了，就算刘邦练就一双火眼金睛，也绝对不可能发现你不是真正的陈平！毕竟对大多数人来说，‘陈平’只是一个名字，真正见过他本人的实在不多。”

纪空手不再说话，因为就在这时，他听到了身后传来的脚步声。

这脚步声缓急有度，沉稳中而不失韵律。步伐有力，间距如一，一听便知来者是内家高手。

脚步声进入了纪空手身后三丈时便戛然而止，如行云流水般的琴音突然断弦，使得这片花树间的空地中一片寂静，只有三道细长而悠然的呼吸。

纪空手听音辨人，觉察到来人的呼吸十分熟悉，正是刘邦特有的气息。他的心里不由“咯噔”了一下，寻思道：“刘邦一向谨慎小心，洞察细微，我可不能太过大意。”

他的心里虽然还有一丝紧张，但脸上却已完全放松下来，与龙赓相视一眼之后，这才缓缓说道：“未见其人，先闻其声，如果我所料不差，你莫非就是汉王刘邦？”

刘邦从楼中踱步出来的刹那，也感到了一股似曾相识的气息，几疑自己出现了幻觉，心中蓦然一惊：“那人身上的气息何以会像纪空手？如果此地不是夜郎，我还真要误以成他了。”

他之所以会这么想，显然在他的意识之中，纪空手绝不可能会在这个时候出现于夜郎。因为在他手下传来的线报中，纪空手这段时间应该出现在淮阴一带才对。

有了这种先入为主的思想，刘邦并没有深思下去，等到纪空手拱手相问时，更愈发坚定了刘邦自己的判断。

因为眼前此人的嗓音、眼神、气质，与纪空手相较，完全是截然不同的两种类型，而更让刘邦打消疑虑的是此人脸上悠然轻松的笑意中，透着一股镇定自若的神情——如果此人是纪空手，绝不可能在看到自己的时候会如此镇静！这就是刘邦推断的逻辑。

“陈爷的消息果然灵通，本王此行夜郎刻意隐瞒行踪，想不到还是没有逃过陈爷的耳目。”刘邦微微一笑，丝毫不觉得有什么诧异。

“汉王过誉了，王者终究是王者，无论你如何掩饰，只要在人群中一站，依然会透出一种鹤立鸡群的超凡风范。”纪空手拍起马屁来也确是高手，说话间已使自己的心态恢复到轻松自如的状态。

刘邦摆手道：“本王能成为王者，不过是众人帮衬，又兼运道使然，侥幸登上此位罢了，又怎能比得上陈爷这等世家之主？今日万金阁上欣见陈爷一试身手，棋风华美，那才是名士风范。”

两人相视一眼，哈哈笑了起来。

“请楼里一坐。”刘邦客气地道。

“不必了！”纪空手看了看天上的明月，“如此良宵美景，岂容错过？你我就在这茶楼下闲谈几句，也算是一件雅事。”

刘邦微微一笑，道：“陈爷果然是雅趣之人，既然如此，本王就恭敬不如从命。”

他打量了一下纪空手身边的龙赓，心中暗道：“这陈平的武功深不可测，无法捉摸，但他出身于暗器世家，家传武学有如此高的修为，不足为奇。可这位年轻人不过三十年纪，却是气度沉凝，一派大师风范，不知此人是谁，何以从来没有听人说起过？”

纪空手见他将注意力放在龙赓身上，心中一喜，忙替龙赓引见：“这位是我的好朋友，姓龙名赓，学过几天剑法，被我请为上宾，专门保护我的安全，为人最是可靠。你我谈话，无须避讳。”

刘邦哈哈一笑，意图掩饰自己的疑人之意，道：“哦，原来如此，怪不得看上去一表人才，犹如人中龙凤。”

当下他将目光重新转移到纪空手的脸上，沉声道：“我与陈爷虽然相闻已久，却从未谋面，是以交情不深。可今夜陈爷登门约见，似乎像是有要事要商，这倒让本王心中生奇了。”

“在下的确是有要事与汉王商量，事关机密，所以为了掩人耳目，才决定在这个时候冒昧登门，汉王不会怪责于我吧？”纪空手忙道。

“陈爷言重了，能认识陈爷这种世家之主，正是本王的荣幸。只是你此行若被夜郎王得知，难道不怕夜郎王对你生疑吗？”刘邦素知夜郎陈家对夜郎国的忠义之名，是以对陈平此举仍有疑虑，开口相问道。

“汉王所言极是，不过陈平此行，正是奉了我国大王之命而来，汉王大可不必有此顾虑。”纪空手道。

刘邦微微一笑，道：“原来如此，既然你是奉夜郎王之命而来，何不让夜郎王亲自与本王见面相谈？这样岂不更显得彼此间的诚意吗？”

纪空手早有准备，不慌不忙地道：“我王之所以让在下前来，自是有不得已的苦衷。比之天下，我夜郎国不过一弹丸之地，实力疲弱，因为盛产铜铁，才得西楚霸王、淮阴侯与汉王三方的青睐，屈尊驾临。在我王的眼中，三位都是当世风头最劲的英雄，势力之大，都有可能一统天下，任是得罪了三位中的哪一人，我夜郎国都随时会有灭国之虞。所以在别人眼中，三大棋王共赴棋赛是一场盛会，但在我王的眼里，却已看到了灭国之兆，稍有不慎，势必引火烧身，酿成灾难。”

“既是如此，你又何必要来求见本王呢？”刘邦微微一怔，“若是这事传了出去，岂非更是得罪了西楚霸王与淮阴侯吗？”

纪空手微微笑道：“汉王可曾听过‘置之死地而后生’这句古训？”

刘邦道：“莫非陈爷认为夜郎国已置身死地？这未免有些危言耸听了吧？”

“事实上夜郎国的确面临着立国以来的最严重的一次危机，随着中原局势的愈发紧张，作为大秦原来的附属国，夜郎国内的形势与中原局势息息相关，此时天下成三足鼎立之势，每一方对兵器的供求都达到了紧缺的程度，所以你们才会对铜铁贸易权如此感兴趣。但是，我想说的是，随着西楚霸王起兵伐齐，这铜铁贸易权已经没有像当初那么重要了，因为远水解不了近渴，这是谁都一听就明的道理。”纪空手的说话听起来极是平淡，但最后的一句话却让刘邦心头一震，脸色大变。

“你……你……你说什么？项羽真的派兵攻齐了？”刘邦的脸上陡然亢奋起来，激动得几乎语无伦次。

“是的，项羽兵入三秦之后，封立诸侯时，怨恨齐国田荣曾经没有出兵援助项梁，所以就立齐国的一位将军田都为齐王，招致田荣的怒怨，并且杀了田都，自立为齐王，从此与西楚决裂。以项羽的脾气，当然不能容忍有人反叛自己，是以这场战争也就在所难免。”纪空手将自己所知道的事情一一告知刘邦，却见刘邦默不作声，脸上的神情阴晴不定。

“你是从何得到的消息？何以本王会没有一点关于这场战争的音讯？”刘邦心生狐疑。

“这场战事发生不过五天，千里迢迢之外，汉王又怎能这么快便收到这个消息呢？而我夜郎陈家世代以经商为本，深知信息的重要性，是以不仅在天下各地广布耳目，而且相互之间各有一套联络方式，虽在万里之外，却可在一日之间知晓万里之外的事情。”纪空手当然不会说出消息的来源是知音亭，编造了一段谎言，倒也活灵活现，由不得刘邦不信。

刘邦冷然道：“你何以要告诉本王这个消息？是否有所企图？”